大地啊，我來到你岸上時原是一個陌生人，
住在你房子裡時原是一個旅客，
而今我離開你的門時卻是一個朋友了。

三毛

宏都拉斯首都的夜，
是濃得化不開的一個夢境，
夢裏幽幽暗暗、
走不出花花綠綠卻又不鮮明的窄巷……

我的心，

忘不了沿途那些貧苦居民的臉孔和眼神，

無法在他們善良害羞而無助的微笑裏釋放出來。

恬睡牧場，你是你，我是我，兩不相涉，
除非我墜馬，從此躺在這片土地上，
不然便不要來弄亂我平靜的心吧！

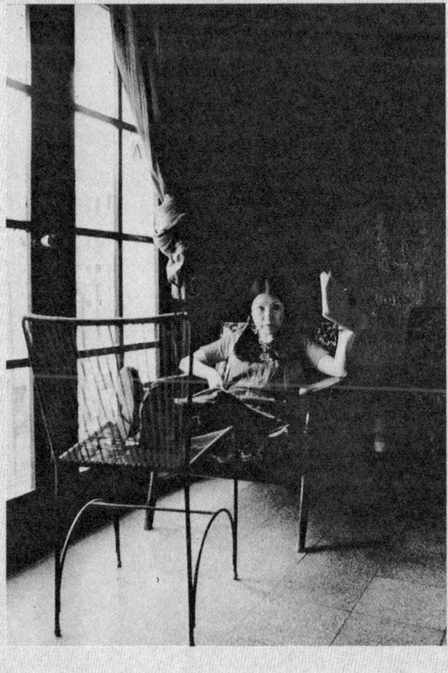

牧場上的人影遠了，
馬背上只聽見呼呼的風聲，雙手緊緊抱住前面的人，
他一面狂馳，一面喊叫著，
好似這一午後的情懷
便要在這飛翻的馬蹄裏踏出一個答案來……

奔走在日光大道

三毛

Echo Legacy

—總編的話—

而我們又想起了妳。

像沙漠裡吹來的一陣風，像長夜裡恆常閃耀的星光，像繁花盛放不問花期，像四季更迭卻不曾遺忘各自的美麗。是三毛，她將她自己活成了最生動的傳奇。是三毛筆下的故事，豐盛了我們那一片枯槁的心田。

三十年了，好像只是一轉眼，而一轉眼，她已經走得那麼遠，遠到我們的想念蔓延得越來越深邃。

是這樣的想念，驅使我們重新出版「三毛典藏」，我們將透過全新的書封裝幀，吸引更多讀者走進三毛的文學世界。「三毛典藏」一共十一冊，集結了三毛創作近三十年的點點滴滴：《撒哈拉歲月》記錄了她住在撒哈拉時期的故事，《稻草人的微笑》收錄她從沙漠搬遷到迦納利群島前期，與荷西生活的點點滴滴。《夢中的橄欖樹》則是她在迦納利群島後期的故事，她追憶遠方的友人，並抒發失去摯愛荷西的心情。

除此之外，還有《快樂鬧學去》，收錄了三毛從小到大求學的故事。《流浪的終站》裡的三毛回到了台灣，她寫故鄉人、故鄉事。《心裏的夢田》收錄三毛年少的創作、對文學藝術的評論，以及最私密的心靈札記。《把快樂當傳染病》則收錄三毛與讀者談心的往返書信，《奔走在日光大道》記錄她到中南美洲及中國大陸的旅行見聞。《永遠的寶貝》則與讀者分享她最心愛、最珍惜的收藏品，以及她各時期的照片精選。《請代我問候》是她寫給至親摯友的八十五封書信，《思念的長河》則收錄她所寫下的雜文，或抒發真情，或追憶過往時光。

她所寫下的字字句句，我們至今還在讀，那是一場不問終點的流浪，同時也是恆常依戀的鄉愁。三毛曾經這樣寫：「我願將自己化為一座小橋，跨越在淺淺的溪流上，但願親愛的你，接住我的真誠和擁抱。」親愛的三毛，這一份真誠，依然明亮，這一個擁抱，依然溫暖。如果我們的眷戀有回聲，如果我們依然對遠方有所嚮往，如果我們對萬事萬物保有好奇——那也許只是因為，我們又想起了妳。

—導讀—

三毛傳奇與三毛文學。

明道大學中文系講座教授　陳憲仁

三毛寫作甚早，年輕時即曾在《現代文學》、《皇冠》、《中央副刊》、《人間副刊》、《幼獅文藝》等發表文章。但真正踏上寫作之路，應該是一九七四年與荷西在西屬撒哈拉沙漠結婚後，寫下一系列「沙漠故事」才算開始。

三毛的《撒哈拉歲月》是中文世界裡，首次以神秘的撒哈拉沙漠為背景的作品，對於長期蟄居在台灣島國的人，無異開啟了寬闊的視野，加上她的文筆幽默生動，內容豐富有趣，從第一篇〈沙漠中的飯店〉發表之後，即造成轟動，後來更掀起了巨浪般的「三毛旋風」。

一九七九年十月至十二月，《讀者文摘》在澳洲、印度、法國、瑞士、西班牙、葡萄牙、墨西哥、南非、瑞典等國以十五種語言刊出三毛的〈一個中國女孩在沙漠中的故事〉；《撒哈拉歲月》這本書的翻譯本，一九九一年有日文版；二〇〇七年有大陸版；二〇〇八年有韓文版；二〇一六年有西班牙文版及加泰隆尼亞文版；二〇一八年有波蘭文；二〇一九年有荷蘭文、英文、義大利文、緬甸文；二〇二〇年有挪威文。另外，個別篇章也有越南文、法文、捷克文等譯文相繼出現，可見三毛作品在國際間確有一定的分量。

大家提到三毛，想到的可能都是她寫的撒哈拉沙漠故事的系列文章，其實三毛一生的作品，包括小說、散文、雜文、隨筆、書信、遊記等有十八本，翻譯四種，有聲書三冊，歌詞錄音帶三捲，電影劇本一部。體裁多樣，篇數繁多，顯現她的創作力不僅旺盛，且觀照範圍遼闊。

在三毛過世三十年之際，我們回顧三毛作品，重讀三毛作品，可以以文學的角度、文學的樂趣來閱讀、來發現，則三毛作品中優秀的文學特性，如對人的關懷與巧妙的文學技巧，將能處處顯現。

我們看《撒哈拉歲月》裡，三毛寫〈沙巴軍曹〉的人性光輝：一位西班牙軍曹，因為弟弟在西班牙軍人被撒哈拉威人大屠殺的慘案中死了，仇恨啃咬了十六年的人，卻在一群撒哈拉威孩子誤觸爆裂物、面臨最危急的時候，用自己的生命撲向死亡，去換取他一向視作仇人的撒哈拉威孩子的性命。

又如〈啞奴〉，三毛不惜筆墨，細細寫黑人淪為奴隸的悲劇，寫其善良、聰明、能幹、愛家愛人，對於身處這樣環境下的卑微人物，三毛流露了高度的同情，也寫出了悲憤的人道抗議。

再如〈哭泣的駱駝〉，書寫西屬撒哈拉原住民——撒哈拉威人爭取獨立的努力與困境，呈現其命運的無奈、情愛的可貴，著實令人泫然！

而在中南美洲旅行時，她對市井小民的記述尤多，感嘆更深，哀傷更巨。當進入貧富差距大、人民生活困苦的國家，她的哀慼是「青鳥不到的地方」；當她在教堂前面看到：一位中年男人、白髮老娘、二十歲左右的青年、十幾歲的妹妹，都用膝蓋在地上向教堂爬行，慢慢移動，全家人的膝蓋都已磨爛了，只是為了虔誠地要去祈求上天的奇蹟。

「看著他們的血跡沾過的石頭廣場，我的眼淚迸了出來，終於跑了幾步，用袖子壓住了眼睛。坐在一個石階上，哽不成聲。」

凡此，均見三毛為人，富同情心，具悲憫之情，對於苦痛之人、執著之人，常在關懷之中，她與人同生共活、喜樂相隨、悲苦與共。

三毛作品的佳妙處，當然不只特異的題材內容，不只流露的寬闊胸懷，還有她巧妙的寫作技巧。

我們看她的敘述能力、描寫功夫，都是讓人讀來，愛不釋手的原因。就以三毛自己很喜歡的《撒哈拉歲月．荒山之夜》為例，這篇文章寫三毛與荷西到沙漠尋寶，荷西出了意外，陷入沼澤中，三毛憑著機智與勇氣救出荷西。其文學技巧高妙處，約略言之，即有如下數端：

一、伏筆照應：

三毛把荷西從泥沼中救出來的東西「長布帶子」，是因為她穿了「拖到腳的連身裙」，才能將「長裙割成長布帶子」；荷西上岸後免於凍死，是因三毛出門時「順手拿了一個皮酒壺」。當後面出現這些情節，看到這些東西時，我們才恍然大悟，為什麼前面作者要描寫穿的衣服及順手抓起的東西？這種「草蛇灰線」的技巧，三毛作品中，隨處可見。

二、氣氛鋪陳：

當三毛與荷西的車子一進入沙漠，兩人的談話一再出現「死」字、「鬼」字，如：「上次幾個嬉皮怎麼死的？」、「死寂的大地像一個巨人一般躺在那裡，它是猙獰而又凶惡的。」、「我在想，總有一天我們會死在這片荒原裡」、「鬼要來打牆了。心裡不知怎的覺得不對勁」。

成功的營造氣氛，不僅讓讀者有身歷其境的感覺，也是作品成功的要件。

三、高潮迭起：

三毛善於說故事，故事的精采則奠基於「高潮迭起」。〈荒山之夜〉即是這樣的作品，高潮與低潮不斷的湧現：三毛數度找到救星，卻把自己陷入險境；荷西數度陷入死亡絕境，卻又次次絕處逢生。情節緊扣，讓人目不暇給，喘不過氣。

三毛作品除了「千里伏線」、「氣氛鋪陳」、「高潮起伏」等技巧之外，還有一項「情景交融」，運用得更好更妙，像：

〈娃娃新娘〉，出嫁時的景象：「遼闊的沙漠被染成一片血色的紅」，象徵即將面臨的婚姻暴力。

〈荒山之夜〉，荷西陷在泥沼裏，「沉落的太陽像獨眼怪人的大紅眼睛，正要閉上了」，平添蠻荒詭異的色彩。

〈哭泣的駱駝〉，三毛眼見美麗純潔的沙伊達被淩辱致死，無力救援，「只聽見屠宰房裡駱駝嘶叫的悲鳴越來越響，越來越高，整個天空，漸漸充滿了駱駝們哭泣的巨大的迴聲」，以強烈的聽覺意象取代情感的濃烈表達。

三毛這些「以景襯情」的描寫，處處可見可感，如：

一、寫喜：

「漫漫的黃沙，無邊而龐大的天空下，只有我們兩個渺小的身影在走著，四周寂寥得很，沙漠，在這個時候真是美麗極了。」

這是〈結婚記〉兩人走路去結婚的畫面，廣角鏡頭下的兩個渺小身影，襯出廣大的天地，世界是兩人的。此時的愉快心情，完全不必說。筆觸只寫沙漠「美麗極了」，正是內心美麗極了的「境由心生」，同時也是「以景襯情」的寫法。

二、寫愛：

〈愛的尋求〉，「燈亮了，一群一群的飛蟲馬上撲過來，牠們繞著光不停的打轉，好似這個光是牠們活著唯一認定的東西。」

三、寫驚：

〈哭泣的駱駝〉，當三毛知道沙伊達是游擊隊首領的妻子時，那種震驚，「黃昏的第一陣涼風，將我吹拂得抖了一下。」

四、寫懼：

（三毛聽完西班牙軍隊被集體屠殺的恐怖事件後）「天已經暗下來了，風突然厲裂的吹拂過來，夾著嗚嗚的哭聲，椰子樹搖擺著，帳篷的支柱也吱吱的叫起來。」

五、寫悲：

〈哭泣的駱駝〉，（三毛想到她的朋友撒哈拉威游擊隊長被殺的事件）「打開臨街的木板窗，窗外的沙漠，竟像冰天雪地裡無人世界般的寒冷孤寂。突然看見這沒有預期的淒涼景致，我吃了一驚，癡癡的凝望著這渺渺茫茫的無情天地，忘了身在何處。」

六、寫哀：

〈哭泣的駱駝〉，沙伊達被殺的地方是殺駱駝的屠宰房。「風，在這一帶一向是厲冽的，即使是白天來亦使人覺得陰森不樂，現在近黃昏的尾聲了，夕陽只拉著一條淡色的尾巴在地平線上弱弱的照著。」

三毛傳奇，一直是許多人津津樂道和念念不忘的。在三毛去世之後，兩岸也出現了不少三毛相關的傳記，足見她的魅力和影響歷久不衰，甚至於近年來，學院中亦陸續有以三毛為題的研究論文出爐，三毛作品的文學價值漸受重視，此刻回思瘂弦〈百合的傳說〉中說過的話：「紀念三毛最好的方式，還是去研究她的作品。」、「研究她特殊的寫作風格和美學品質，研究她強烈的藝術個性和內在生命力，才是了解三毛、詮釋三毛最重要的途徑。」相信，《三毛典藏》的出版，帶給大家的正是這樣的方向與契機！

三毛二三事。

三毛家人

「三毛」並不存在

在我們家中，「三毛」並不存在。

爸爸媽媽和大姐從小就稱呼她為「妹妹（ㄇㄟˇㄇㄟˊ）」；兩個弟弟喊她「小姐姐」；在姪輩的心中，她是一個稀奇古怪但是很好玩的「小姑」。

「三毛」這個名字從民國六十三年開始在《聯合報》出現，那些甚至連「三毛」的家人都沒經歷過的撒哈拉沙漠生活，讓我們的「妹妹」、「小姐姐」、「小姑」頓時成了大家的「三毛」；但即使在她被廣大讀者接受後的七十年代，家中仍然沒有「三毛」這個稱呼，大家一切如常，仍然是「妹妹」、「小姐姐」。儘管父母親實在以這個女兒為榮，但家人在外從來不會主動表示「三毛」是我的誰。記憶中，母親偶爾會在書店一邊翻閱女兒的書，一邊以讀者的身分問店家：「三毛的書好不好賣啊？」每當答案是肯定的，她總會開心的抿嘴而笑，再私下買兩三本三毛的書，自我捧場。父親則是有一次獨自偷偷搭火車，南下聽女兒在高雄文化中心的演講，到會場時發現早已滿座，不得其門而入，於是就和數千人一起坐在館外，透過擴音器聽女兒的聲音，結束後再帶著喜悅默默的搭火車回台北。

父親還會做一件事，就是幫女兒整理信件。當時小姐姐在文壇上似乎相當火熱，各地讀者雪片般的信件每月均有數百封。一開始，三毛總是一一親自閱讀，但到後來讀者來信實在太多，對身體不好的三毛成為極大的負擔；不回，則辜負了支持她的讀者的美意，一一回信，簡直不可能。於是父親就利用其律師工作之餘，每天花三四小時幫小姐姐拆信、閱讀、整理、分類、貼標籤，再寫上註記，標明哪些是要回的、哪些是收藏的。十多年來甘之如飴，這是父親用行動表示對女兒的愛護。而這十幾大箱讀者的厚愛與信中藏著的喜怒悲歡，已在小姐姐葬禮中全部火化讓她帶走。

「三毛」是她的光圈，但在我們看來，那些名聲對她而言似乎都無所謂。她的內在一直是陳平，一個誠實做自己、總是帶著點童趣的靈魂。她走過很多地方，積累了很多豐富的經歷，但也因為這些經歷、辛苦和離合，她的靈魂非常漂泊。對三毛的好朋友們、三毛的讀者，和身為三毛家人的我們來說，我們各自或許都看到了、理解了、感受了某一個面向的三毛，但又沒有人能真正看透全部的她。因此我們各自保有對她不同的記憶，用各自的方式想念她。這些記憶或許看似瑣碎，但是對我們來說，是家人間最平凡也最珍貴的回憶。在此身為家人的我們，願意和大家分享這些記憶，做為我們對她離開三十年的懷念。

從小就不同

「小姐姐」在我們家是一個說故事的高手。三十多年了，關於她，我們家人總有一個鮮明的印象：吃完晚飯後，全家人齊坐客廳，小姐姐把頭髮往上一紮，雙腿盤坐，手上拿一大罐面霜，一邊塗臉按摩，一邊「開講」她遊走各地的事。這些在一般人說來平凡無奇的經歷，從她口中講來則是精采絕倫，把我們唬得一愣一愣的。所以小姐姐總說自己是「說故事的人」，不是作家。

其實三毛從小就顯現她與眾不同的特點，譬如有一次她向母親討了點錢，去買了一支當時非常貴的馬頭牌花生口味的冰棒，然後抓著姐姐到離家不遠的一個山洞（防空洞）裏，把冰棒慎重的放到鐵盒做的香煙罐裏，說：「這裏涼涼的冰棒不會化，明年夏天我們就還有冰棒可以吃啊！」第二年的夏天，姐妹倆真的手牽手回到山洞裏，把已經發黃鏽掉的鐵罐挖出來，一打開，哇！只有黃黃濁濁的水。這是她從小可愛的一面，而這份童真在她一生中都沒有消逝。

另外當時我們重慶的大院子裏有個鞦韆，是她們姐妹倆喜歡去的地方。但因為院裏埋著一些墳墓，於是每到天黑姐姐便拉著妹妹想回家。但三毛從小膽子便大得很，總是在鞦韆上盪啊跳的，非摸黑不肯走。除了善良、憐憫、愛讀書，小姐姐同時勇敢、無懼又有反抗心，從小就很有想法，四個手足中，似乎只有她一個是翻轉著長的。她後來沒去上學，現在回想起來，在那個小小的年紀裏，我們自己對人生的態度已經不自覺的顯現出來了。

一切憑感覺

熟悉她的讀者或許記得，三毛曾在沙漠用棺材板做沙發。有時候想想，這個能用棺材板和輪胎把家裏布置得美輪美奐的女人是我的姐姐、陳家的女兒，我們都覺得不可思議。因為回到台灣以後她與爸媽同住，一間不到五坪大的房間，除了書桌、書架和床之外，一切可說非常簡單。但是在她自購的小公寓可就不一樣了，這個位在頂樓不大的鳥居，屋內所見幾乎全部是竹木製：木製牆面、木桌、木鳥籠（裏面裝著戴嘉年華面具的小丑）、竹籐沙發。對我們兄弟姐妹還有我們的小孩來說，那裏是個很特別的地方，完全散發著她個人獨特的美感。

除了家居布置，小姐姐手也非常巧，很會照顧身邊的人，和荷西在一起，可以把他養得白白胖胖，讓他天天想著吃「雨」（粉絲）。但對她自己來說，「吃東西」是非常無所謂且不重要的事，尤其在她專注寫作的時候。她在台北的家有冰箱，但常是空的。她工作起來可以沒日沒夜不吃飯不睡覺，所以我們家人經常買點牛奶、麵包、香腸、牛肉乾、泡麵放在裏面。記得有一次我們去看她，一打開冰箱，裏面空空蕩蕩，只有一條已經咬過幾口的生香腸。我們都大驚失色：「這是妳咬的嗎？」她說：「是啊！肚子餓了嘛！」

另一個她較不在意的便是金錢。小姐姐儘管文章常上雜誌報紙，但是稿費這部分，她一律不管，全部交給母親打理。她常說「我需要的不多」。事實也是如此，她最常穿的是一套牛仔工裝吊帶褲，塑膠鞋和球鞋，高跟鞋是很少上腳的。

不為人知的「能力」

在家中，基本上父母親是不喝酒的，即使應酬，也只是沾唇而已。但是這個二女兒不知是否得了祖父或外祖父的遺傳，她可以喝一整瓶白蘭地或威士忌不會醉倒。但她並不常喝，除非找到能一起說話的朋友。至於煙，小姐姐倒是抽得兇，每次去老家巷口的家庭式洗頭店，總是一邊說故事給老闆娘和其他客人聽，一邊手上一根根的抽，一個小時下來，可以抽上十來根，寫作的時候亦是如此。她抽煙總是用火柴而不用打火機，為的是燒火柴時那股「很好聞，有硫磺的味道」，同時燒火柴時「有火焰，有煙會散開，感覺很棒！」對她來說，火柴是記憶的一部分，會幫她增加靈感。

三毛記憶力很好，而這份記憶力或許在語言上也對她助益頗深。我們家父母親彼此說的是寧波話與上海話，到台灣以後，小姐姐日常說的是國語，但和二老講話時則換回這兩種語言。出生在四川的她除了四川話頗為流利，日後又和與她很親近的打掃阿姨學了純正的台灣話，完全不帶一點外省口音。她在台灣的日商公司短暫幫忙的日子中粗通了日文，並在出國後把西班牙文、英文、德文也統統收到自己的百寶箱中。中文和西班牙文是她這九種語言中最精通的兩種，每當父親有歐美的客戶或友人來台時，三毛總會幫著父親，讓大家賓主盡歡。

充滿愛的小姐姐

小姐姐一輩子流浪的過程中，或許都在尋找一份心裏的平安和篤定，好不容易有了荷西，他卻又撒手中途離去。除了荷西，小姐姐也很愛她的朋友們。三毛對朋友基本上無分男女、國籍、社會地位、有學問沒學問、知名不知名，一旦當你是朋友，她就拿心出來對你。她笨笨的、不會說捧人的話，但是對人絕對真誠，而且對不足的人特別的關心。她有很多很多的好朋友，而這些朋友對三毛的生命造成或大或小的影響。

不過她似乎習慣四處流浪，她說：「不要問我從哪裏來。」於是有了〈橄欖樹〉。當這首膾炙人口的歌不斷被翻唱之際，身為家人的我們除了為她驕傲，也為她心疼。她流浪的遠方不是一個我們能觸及的地方，但也因為是家人，我們比旁人更能看到她的快樂、傷痛和辛苦。另外一首最能代表她年輕的心情的歌則屬〈七點鐘〉，由三毛作詞，李宗盛作曲，描述年輕時約會的心情。詞裏寫道：「鈴聲響的時候，自己的聲音那麼急迫，是我是我是我……是我是我是我……」是啊！這就是我的小姐姐，這樣的小姐姐。

不再漂泊

對很多讀者來說，「三毛」，這個像吉普賽人的女子變魔術一樣的來到人間，寫下一篇篇故事，然後又像變魔術一般的離開。三十年了，三毛仍在你們的記憶中嗎？

在我們家中，「三毛」不存在，但是三十年前的那天，父母親和大姐口中的「妹妹（ㄇㄟˋ ㄇㄟˊ）」，我和我哥哥的「小姐姐」，走了。

我們很想念她。

儘管，我們不敢說真的完全理解她（畢竟誰又能真的理解誰），但是她非常愛我們，我們也非常愛她，對於家人的我們來說，足矣。對於她的驟然離世，父親有一段話，他說：「生命的結束，是一種必然，早一點晚一點而已，至於結束的方式就不那麼重要了。妹妹的離開，做父母親的固然極度的悲傷、痛心、難過、不捨，但是她的離開是我們人生的一部分，我們只能接受這個事實。妹妹豐富的一生高低起伏，遭遇大風大浪，表面是風光的，心裏是苦的。幸虧有家人和朋友的關懷，不然可能更早就走了。她曾經把愛散發給許多朋友，也得到很多回報，我們讓她好好的平靜的安息吧。」

如果有另一個世界，親愛的小姐姐，希望妳不再漂泊。

給小姐姐的一封信。

三毛弟弟　**陳傑**

小姐姐：

離開我們至今，已經三十個年頭了，還是很想念妳！每年都會去墓園跟妳和爹爹姆媽說說話，墓前總有不知名的讀者為妳獻上一束花；妳寫的故事，在一九七四年代後的二十年間，滿受讀者喜歡；本來想，一個人的盛名，總有凋零的一天，可是這麼多年過去，妳的書以及透過妳眼下看到的世界，反而在華文以外的國家開始受到矚目；除了不少國家詢問相關出版事宜，紐約時報、英國ＢＢＣ廣播公司所出的雜誌，還有Google都推文介紹「三毛」這位華人作者；然而以妳的個性來看，可能有點煩吧？妳從來都不是在意虛名或是耐煩生活瑣事的人，妳一直以來找尋的，總是靈魂的平安和滿足。身為弟弟的我，時不時想著，這些妳走過一生的紀錄，不如就讓它隨風而逝吧！只願妳與荷西在另一個時空裏，不受打擾地繼續兩人的愛戀情懷，這樣也好；世間事留給我們來處理，不去麻煩妳了。

二〇一八年，在妳與荷西結婚四十四年後，我們陳家人終於遠赴西班牙，拜訪了荷西一家人，這個緣分遲了幾乎半個世紀方才達成。荷西家人對我們很親切，為了一對離世的佳偶，兩家人將這個未嘗會面的缺口，補成一個圓滿的圓；從未到過西班牙的我們，儘管語言不通，透過比手畫腳、翻譯和老照片，兩家人在彼此的分享中，似乎又對妳與荷西的生命更了解了一些，就像是一本書的補遺，由於多了幾行字句，因而讓內容又變得圓滿了些。這樣的相見，是陌生但又溫暖的。我們兩家人不熟稔，但共同擁有一份思念。

另外和妳報告一下，我們也飛到大迦納利島和 La Palma 島，追憶妳和荷西曾經擁有的小房子，當地旅遊局特別在荷西潛水過世的地方，做了一個紀念雕塑，還出版了一本《橄欖樹與梅花》的書，來紀念妳這位異國女子在當地的生活片羽。這個曾在妳心中劃下深刻的快樂與苦澀的地方，現在它也把妳的面容永遠收藏了起來。在台灣，國立台灣文學館收藏了很多妳留下來的文物，並出了一本《三毛研究彙編》收集別人對妳的分析；在大陸，妳思之念茲的浙江舟山小沙鄉多年來做了很多與三毛有關的活動，像是「三毛祖居紀念館」、「三毛文學獎」等，還種植了橄欖樹林。四川重慶二〇一九年也設立了「三毛故居」，這些林林總總紀念三毛的方式，讓我們有點應接不暇，感恩但也疲於奔波。小姐姐，妳在乎嗎？天上與人間的想法也許是兩極的，但希望妳知道，不管是過去現在還是未來，我們家人總是以妳為榮，總是想保護妳，希望妳是歡喜的。爹爹姆媽在世時，也都感受到妳帶給他們的喜樂，挺好的。

妳的伯樂——平鑫濤先生也到天上去看妳了，要謝謝他的賞識，把三毛從殘酷的撒哈拉沙漠中挖掘出來，在世間成為一朵亮眼出眾的花；妳曾經對大姐說過：「姐姐，我的一生活得比妳精采十倍」，確是這樣；妳這顆「撒哈拉之心」，明亮過，消逝了，足以對世間說：好了，對嗎！

三十年，一個世代的過去，人們還記得這位第一個踏上撒哈拉沙漠的華人奇女子否？妳的一篇篇故事在他們心中還有回憶嗎？妳把生命都放下了，那些世間事何足留念，不必，不必，在天上再去做個沙漠新娘，讓自己開心一下，好嗎！

目錄

大蜥蜴之夜。

——墨西哥紀行之一

當飛機降落在墨西哥首都的機場時，我的體力已經透支得幾乎無法舉步。長長的旅程，別人睡覺，我一直在看書。

眼看全機的人都慢慢的走了，還讓自己綁在安全帶上。窗外的機場燈火通明，是夜間了。

助理米夏已經背著他的東西在通道邊等著了。經過他，沒有氣力說話，點了一點頭，然後領先出去了。

我的朋友約根，在關口裏面迎接，向我高舉著手臂。我走近他，先把厚外套遞過去，然後雙臂環向他擁抱了一下。他說：「歡迎來墨西哥！」我說：「久等了，謝謝你！」

這是今年第四次見到他，未免太多了些。

米夏隨後來了，做了個介紹的手勢，兩人同時喊出了彼此的名字，友愛的握握手，他們尚在寒暄，我已先走了。

出關沒有排隊也沒有查行李。並不想做特殊份子，可是約根又怎麼捨得不使用他的外交特別派司？這一點，是太清楚他的為人了。

畢竟認識也有十四年了，他沒有改過。

「旅館訂了沒有？」我問。

「先上車再說吧！」含含糊糊的回答。

這麼說，就知道沒有什麼旅館，台北兩次長途電話算是白打了。

在那輛全新豪華的深色轎車面前，他抱歉的說：「司機下班了，可是管家是全天在的，妳來這兒不會不方便。」

「住你家嗎？誰答應的？」改用米夏聽不懂的語言，口氣便是不太好了。

「要搬明天再說好嗎？米夏也有他的房間和浴室。妳是自由的，再說，我那一區高級又安靜。」

我不再說什麼，跨進了車子。

「喂！他很真誠啊！妳做什麼一下飛機就給人家臉色看？」

米夏在後座用中文說。

我不理他，望著窗外這一千七百萬人的大城出神，心裏不知怎麼重沉沉的。

「我們這個語文？」約根一邊開車一邊問。

「英文好囉！說米夏的話。」

說是那麼說，看見旁邊停了一輛車，車裏的小鬍子微笑著張望我，我仍是忍不住大喊出了第一句西班牙文——「晚安啊！我的朋友——」

這種令約根痛恨的行徑偏偏是我最愛做的，他臉上一陣不自在，我的疲倦卻因此一掃而空了。

車子停在一條林蔭大道邊，門房殷勤的上來接車，我們不必自己倒車入庫，提著簡單的行李向豪華的黃銅柱子的電梯走去。

約根的公寓，他在墨西哥才安置了半年的家，竟然美麗雅致高貴得有若一座博物館，森林也似的盆栽，在古典氣氛的大廳裏，散發著說不出的寧靜與華美。

米夏分配到的睡房，本是約根的樂器收藏室，裏面從紙卷帶的手搖古老鋼琴、音樂匣、風琴，到全世界各地大大小小的各種古古怪怪可以發聲音的東西，都掛在牆上。

我被引著往裏面走，穿過一道中國鑲玉大屏風，經過主臥室的門外，一轉彎，一個客房藏著，四周全是壁櫃，那兒，一張床，床上一大塊什麼動物的軟毛皮做成的床罩靜靜的等著我。

「為什麼把我安置在這裏？我要米夏那間！」

我將東西一丟，喊了起來。

「別吵！噓——好嗎？」約根哀求似的說。

心裏一陣厭煩湧上來，本想好好對待他的，沒有想到見了面仍是連禮貌都不周全，也恨死自己了。世上敢向他大喊的，大概也只有我這種不賣帳的人。

「去小客廳休息一下嗎？」約根問。

我脫了靴子，穿著白襪子往外走，在小客廳裏，碰到了穿著粉紅色制服、圍潔白圍裙的墨西哥管家。

「啊！您就是蘇珊娜，電話裏早已認識了呀！」

我上去握住她的手，友愛的說著。

她相當拘謹，微屈了一下右腳，說：「請您吩咐——」

約根看見我對待管家不夠矜持，顯然又是緊張，趕快將蘇珊娜支開了。

我坐下來，接了一杯威士忌，米夏突然舉杯說：「為這藝術而舒適的豪華之家——」對於這幢公寓的格調和氣派，米夏毫不掩飾他全然的沉醉、迷惑、欣賞與崇拜。其實這並沒有什麼不對，公平的說，這房子畢竟是少見的有風格和脫俗。而米夏的驚嘆卻使我在約根的面前有些氣短和不樂。

「阿平，請妳聽我一次話，他這樣有水準，妳——」米夏忍不住用中文講起話來。

我假裝沒有聽見，沉默著。正是大夢初醒的人，難道還不明白什麼叫做蓋世英雄難免無常，榮華富貴猶如春夢嗎？

古老木雕的大茶几上放著我的幾本書，約根忙著放〈橄欖樹〉給我們聽。這些東西不知他哪裏搞來的，也算做是今夜的佈景之一吧，不知我最厭看的就是它們。

波斯地毯，阿拉伯長刀，中國錦繡，印度佛像，十八世紀的老畫，現代雕塑，中古時代的盔甲，錫做的燭台、銀盤、銅壺——沒有一樣不是精心挑選收集。

「收藏已經不得了啦！」我說，衷心的嘆了口氣。

「還差一樣——妳猜是什麼？」他笑看著我，眼光中那份收藏家的貪心也掩飾不住了。

剛剛開始對他微笑的臉，又刷一下變了樣子。我嘆了口氣，坐在地毯上反手揉著自己的背，右肩痠痛難當，心裏一直在對自己說：「我試了！試了又試！再沒有什麼不好交代的，住兩日便搬出去吧！」

約根走去打電話，聽見他又叫朋友們過來。每一次相聚，他總是迫不及待的拿我顯炫給朋友們看，好似一件物品似的展覽著。

米夏緊張的用中文小聲說：「喂！他很好，妳不要又洩氣，再試一次嘛！」

我走開去，將那條蒼蒼茫茫的〈橄欖樹〉啪一下關掉，只是不語。

旅程的第一站還沒有進入情況，難纏的事情就在墨西哥等著。這樣的事，幾天內一定要解決掉。同情心用在此地是沒有價值的。

門鈴響了，來了約根的同胞，他們非常有文化，手中捧著整整齊齊的十幾本書和打字資料，仔細而又友愛的交給我——全是墨西哥的歷史和地理，還有藝術。

我們一同談了快三小時，其實這些上古和馬雅文化，在當年上馬德里大學時，早已考過了，並沒有完全忘記。為了禮貌，我一直忍耐著聽了又聽——那些僵死的東西啊！

他們不講有生命的活人，不談墨西哥的衣食住行，不說街頭巷尾，只有書籍上訴說的史料和文化。而我的距離和他們是那麼的遙遠，這些東西，不是我此行的目的——我是來活一場的。

「實在對不起，米夏是我的助理，這些書籍請他慢慢看。經過二十多小時的飛行，我想休息了！」

與大家握握手，道了晚安，便走了。

米夏，正是見山不是山、見水不是水的年齡，新的環境與全然不同的人仍然使他新鮮而興奮。留下他繼續做聽眾，我，無法再支持下去。

寂靜的午夜，我從黑暗中驚醒，月光直直的由大玻璃窗外照進來。床對面的書架上，一排排各國元首的簽名照片靜靜的排列著，每張照片旁邊，插著代表元首那國的小旗子。

我怔怔的與那些偉大人物的照片對峙著，想到自己行李裏帶來的那個小相框，心裏無由的覺著沒有人能解的蒼涼和孤單。

墨西哥的第一個夜晚，便是如此張大著眼睛什麼都想又什麼都不想的度過了。

早晨七點鐘，我用大毛巾包著溼頭髮，與約根坐在插著鮮花、陽光普照的餐廳裏。蘇珊娜開出了豐豐富富而又規規矩矩的早餐，電影似的不真實——佈景太美了。

「不必等米夏，吃了好上班。」我給約根咖啡，又給了他一粒維他命。

「是這樣的，此地計程車可以坐，公共汽車對妳太擠。一般的水不可以喝，街上剝好的水果絕對不要買，低於消費額五十美金的餐館吃了可能壞肚子，路上不要隨便跟男人講話。低級的地區不要去，照相機藏在皮包裏最好，當心人家搶劫——」

「城太大了，我想坐地下車。」我說。

「不行——」約根叫了起來，「他們強暴女性，就在車廂裏。」

「白天？一千七百萬人的大城裏？」

「報上說的。」

「好，你說說，我來墨西哥是做什麼的？」

「可以去看看博物館呀！今天早晨給自己去買雙高跟鞋，這星期陪我參加宴會，六張請帖在桌上，有妳的名字——」

我忍住脾氣，慢慢塗一塊吐司麵包，不說一句傷人的話。那份蟲噬的空茫，又一次細細碎碎的爬上了心頭。

約根上班之前先借了我幾千披索，昨日下機沒來得及去換錢。這種地方他是周到細心的。推開米夏的房間張望，他還睡得像一塊木頭，沒有心事的大孩子，這一路能分擔什麼？為什麼那麼不快樂？右肩的劇痛，也是自己不肯放鬆而弄出來的吧！

蘇珊娜守禮而本分，她默默的收桌子，微笑著，不問她話，她不主動的說。

「來，蘇珊娜，這裏是三千披索，雖說先生管妳伙食費，我們也只在這兒早餐，可是總是麻煩妳，請先拿下了，走的時候另外再送妳，謝謝了！」

對於這些事情，總覺得是豐豐富富的先做君子比較好辦事，雖說先給是不禮貌的，可是，這世界上，給錢總不是壞事。蘇珊娜非常歡喜的收下了。這樣大家快樂。

「那我們怎麼辦？照他那麼講，這不能做，那又不能做？」

米夏起床吃早餐時我們談起約根口中所說的墨西哥。

「低於五十美金一頓的飯不能吃？他土包子，我們真聽他的？」我笑了。

「妳不聽他的話？他很聰明的。」米夏天真的說。

「認識十四年了，也算是個特殊的朋友，有關我半生的決定，他都有過建議，而我，全沒照他說的去做過——」我慢慢的說。

「結果怎麼樣？」米夏問。

「結果相反的好。」我笑了起來。

「昨天晚上，妳去睡了，約根說，他想拿假期，跟我們在中美洲走五個星期，我沒敢講什麼，一切決定在妳，妳說呢？」米夏問。

我沉吟了一下，嘆了口氣：「我想還是一個人走的好，不必他了，真的——」

「一個人走？我們兩人工作，妳卻說是一個人，我問妳，我算誰？」

「不知道，你拍你的照片吧！真的不知道！」

我離開了餐廳去浴室吹頭髮，熱熱的人造風一陣又一陣悶悶的吹過來。

米夏，你跟著自然好，如果半途走了，也沒有什麼不好。畢竟要承擔的是自己的前程和心情，又有誰能夠真正的分擔呢？

住在這個華麗的公寓裏已經五天了。

白天，米夏與我在博物館、街上、人群裏消磨，下午三點以後，約根下班了，我也回去。他要伴了同遊是不答應的，那會掃興。

為著台北一份譯稿尚未做完，雖然開始了旅程，下午仍是專心的在做帶來的功課。半生旅行飄泊，對於新的環境已經學會了安靜的去適應和觀察，並不急切於新鮮和燦爛，更不刻意去尋找寫作的材料。

這對我來說，已是自然，對於米夏，便是不同了。

「快悶死了，每天下午妳都在看譯稿，然後晚上跟約根去應酬，留下我一個人在此地做什麼？」米夏苦惱的說。

「不要急躁，孩子，旅行才開始呢，先念念西班牙文，不然自己出去玩嘛！」我慢慢的看稿，頭也不抬。

「我在籠子裏，每天下午就在籠子裏關著。」

「明天，譯稿弄完了，寄出去，就整天出去看新鮮事情了。帶你去水道坐花船，坐公車去南部小村落，太陽神廟、月神廟都去跑跑，好嗎？」

「妳也不只是為了我，妳不去，寫得出東西來嗎？」米夏火起來了。

我笑看著這個名為助理的人，這長長的旅程，他耐得住幾天？人生又有多少場華麗在等著？不多的，不多的，即使旅行，也大半平凡歲月罷了。米夏，我能教給你什麼？如果期待得太多，那就不好了啊！

認真考慮搬出約根的家到旅館去住，被他那麼緊迫釘人並不算太難應付，只是自己可能得到的經驗被拘束在這安適的環境裏，就未免是個人的損失了。

決定搬出去了，可是沒有告訴米夏，怕他嘴不緊。約根那一關只有對不起他，再傷一次感情了。

才五天，不要急，匆匆忙忙的活著又看得到感得了什麼呢！

不是為了這一夜，那麼前面的日子都不能引誘我寫什麼的，讓我寫下這一個有趣的夜晚，才去說說墨西哥的花船和街頭巷尾的所聞所見吧！

不帶米夏去參加任何晚上的應酬並沒有使我心裏不安。他必須明白自己的職責和身分，過分的寵他只有使他沿途一無所獲。

再說，有時候公私分明是有必要的，尤其是國籍不一樣的同事，行事為人便與對待自己的同胞有些出入了。

那一夜，蘇珊娜做了一天的菜，約根在家請客，要來十幾個客人，這些人大半是駐在墨西哥的外交官，而本地人，是不被邀請的。

約根沒有柔軟而彈性的胸懷。在階級上，他是可恨而令人瞧不起的迂腐。奇怪的是，那麼多年來，他愛的一直是一個與他性格全然不同的東方女孩子。這件事上怎麼又不矛盾，反而處處以此為他最大的驕傲呢？

再大的宴會，我的打扮也可能只是一襲白衣，這樣的裝扮誰也習慣了，好似沒有人覺得這份樸素是不當的行為。我自己，心思早已不在這些事上爭長短，倒也自然了。

當我在那個夜晚走進客廳時，已有四五位客人站著坐著喝酒了。他們不算陌生，幾個晚上的酒會，碰來碰去也不過是這幾張面孔罷了。

男客中只有米夏穿著一件淡藍的襯衫，在那群深色西裝的中年人裏面，他顯得那麼的天真、迷茫、興奮而又緊張。冷眼看著這個大孩子，心裏不知怎的有些抱歉，好似欺負了人一樣。雖然他自己滿歡喜這場宴會的樣子，我還是有些可憐他。

人來得很多，當莎賓娜走進來時，談話還是突然停頓了一會兒。

這個女人在五天內已見過三次了，她的身旁是那個斯文凝重給我印象極好的丈夫——文化參事。

她自己，一身銀灰的打扮，孔雀似的張開了全部的光華，內聚力極強的人，只是我怕看這個中年女人喝酒，每一次的宴會，酒後的莎賓娜總是瘋狂，今夜她的獵物又會是誰呢？

我們文雅的吃東西、喝酒、談話、聽音樂、講笑話，說說各國見聞。不能深入，因為沒有交情。為了對米夏的禮貌，大家儘可能用英文了。

這種聚會實在是無聊而枯燥的，一般時候的我，在一小時後一定離去。往往約根先送我回家，他再轉回去，然後午夜幾時回來便不知道了，我走了以後那種宴會如何收場也沒有問過。

那日因為是在約根自己家中，我無法離去。

其中一個我喜歡的朋友，突然講了一個吸血鬼在紐約吸不到人血的電影：那個城裏的人沒有血，鬼太餓了，只好去吃了一個漢堡。這使我又稍稍高興了一點，覺得這種談話還算活潑，也忍受了下去。

莎賓娜遠遠的埋在一組椅墊裏，她的頭半枕在別人先生的肩上，那位先生的太太拚命在吃東西。

一小群人在爭辯政治，我在小客廳裏講話，約根坐在我對面，神情嚴肅的對著我，好似要將我吃掉一樣的又恨又愛的凝視著。

夜濃了，酒更烈了，室內煙霧一片，男女的笑聲曖昧而釋放了，外衣脫去了，音樂更響了。而我，疲倦無聊得只想去睡覺。

那邊莎賓娜突然高叫起來，喝得差不多了：「我恨我的孩子，他們拿走了我的享受，我的青春，我的自由，還有我的身材，你看，你看——」

她身邊的那位男士刷一聲抽身站起來走開了。

「來嘛！來嘛！誰跟我來跳舞——」她大嚷著，張開了雙臂站在大廳裏，嘴唇半張著，眼睛迷迷濛濛，說不出是什麼欲望，那麼強烈的狂奔而出。

唉！我突然覺得，她是一隻饑餓的獸，在這墨西哥神秘的夜裏開始行獵了。

我心裏喜歡的幾對夫婦在這當兒很快而有禮的告辭了。分手時大家親頰道晚安，講吸血鬼故事給我聽的那個小鬍子悄悄拍拍我的臉，說：「好孩子，快樂些啊！不過是一場宴會罷了！」

送走了客人，我走回客廳去，在那個陰暗的大盆景邊，莎賓娜的雙臂緊緊纏住了一個淺藍襯衫的身影，他們背著人群，沒有聲息。

我慢慢經過他們，坐下來，拿起一支煙，正要找火，莎賓娜的先生啪一下給我湊過來點上了，我們在火光中交換了一個眼神，沒有說一句話。

燈光扭暗了，音樂停止了，沒有人再去顧它。梳妹妹頭、看似小女孩般的另一個女人抱住約根的頭，半哭半笑的說：「我的婚姻空虛，我失去了自己，好人，你安慰我嗎——」

那邊又有喃喃的聲音，在對男人說：「什麼叫快樂，你說，你說，什麼叫快樂——」

客廳的人突然少了，臥室的門一間一間關上了。

陽台不能去，什麼人在那兒糾纏擁抱，陰影裏，花叢下，什麼事情在進行，什麼欲望在奔流？

我們剩下三個人坐在沙發上。

一個可親的博士，他的太太跟別人消失了，莎賓娜的先生，神情冷靜的在抽煙斗，另外還有我。

我們談著墨西哥印地安人部落的文化和習俗，緊張而吃力，四周正在發生的情況無法使任何人集中心神，而我的表情，大概也是悲傷而疲倦了。

我再抽了一支煙，莎賓娜的先生又來給我點火，輕輕說了一句：「抽太多了！」

我不再費力的去掩飾對於這個夜晚的厭惡，嘩一下靠在椅墊上，什麼也不理也不說了。

「要不要我去找米夏？」這位先生問我，他的太太加給他的苦痛竟沒有使他流露出一絲難堪，反而想到身邊的我。而我對米夏又有什麼責任？

「不！不許，拜託你。」我拉住他的衣袖。

在這兒，人人是自由的，選擇自己的生命和道路吧！米夏，你也不例外。

莎賓娜跌跌撞撞的走進來，撞了一下大搖椅，又撲到一棵大盆景上去。她的衣冠不整，頭髮半披在臉上，鞋子不見了，眼睛閉著。

米夏沒有跟著出現。

我們都不說話，大家窒息了似的熬著。

其實，這種氣氛仍是邪氣而美麗的，它像是一隻大爬蟲，墨西哥特有的大蜥蜴，咄咄的向我們吹吐著腥濃的喘息。

過了不知多久，博士的太太瘋瘋癲癲的從樂器室裏吹吹打打的走出來，她不懂音樂，驚人的噪音，沖裂了已經凝固的夜。一場宴會終是如此結束了。

唉唉！這樣豪華而狂亂的迷人之夜，是波蘭斯基導演的一場電影吧！

那隻想像中的大蜥蜴，在月光下，仍然張大著四肢，半睇著眼睛，重重的壓在公寓的平台上，滿意的將我們吞噬下去。

還有兩個客人醉倒在洗手間裏。

約根撲在他臥室的地毯上睡了。

我小心的繞過這些身體，給自己刷了牙，洗了臉，然後將全公寓的大落地窗都給它們打開來吹風。

拿了頭髮刷子，一間間去找米夏。

米夏坐在書房的一塊獸皮上，手裏在玩照相機，無意識的按快門，咔嚓一下，咔嚓又一下，臉上空空茫茫的。

我一面刷頭髮，一面喊了一聲：「徒兒——」

「沒做什麼，真的——」米夏淡淡的說。

「這沒什麼要緊，小事情。」我說。

「可是我沒有做——」他叫了起來。

「如果今夜我不在呢？」我嘆了口氣。

米夏不響，不答話。

「莎賓娜可憐——」他說。

「不可憐——」

「阿平——妳無情——」

我慢慢的梳頭髮，沒有解釋。

「今夜夠受了——」米夏喘了一口大氣。

「有掙扎？」我笑了。

米夏沒有笑，怔怔的點了點頭。

「沒有見識的孩子，要是真的事情來時你又怎麼辦？」我站起來走開了。

「阿平——」

「明早搬出去，旅館已經打電話訂了，這一種墨西哥生涯到此為止了，好嗎？」我說。

・一九八一年十一月十五日在墨西哥

街頭巷尾。

——墨西哥紀行之二

這一趟旅行雖說會發生些什麼樣的事情全然是未知，可是行萬里路、讀萬卷書的時代已經過去了。仍然算是有備而來的。

我的習慣是先看資料，再來體驗印證個人的旅行。

這一回有關中南美的書籍一共帶了四冊，要找一家便宜而位置適中的旅館也並不是難事，書上統統都列出來了。

來到墨西哥首都第六天，一份叫做《EL HERALDO DE MEXICO》的報紙刊出了我的照片。與寫作無關的事情。

那麼大的照片刊出來的當日，也是我再梳回麻花辮子，穿上牛仔褲，留下條子，告別生活方式極端不同的朋友家，悄悄搬進一家中級旅館去的時候了。

旅館就在市中心林蔭大道上，老式的西班牙殖民式建築，白牆黑窗，樸素而不豪華，清潔實惠，收費亦十分合理，每一個只有沖浴的房間，是七百披索，大約合二十七元美金一日，不包括早餐。

書上列出來的還有十元美金一日的小旅館，看看市區地圖，那些地段離城中心太遠，治安也不可能太好，便也不再去節省了。

助理米夏在語言上不能辦事與生活，這一點在在的督促他加緊西班牙文。鼓勵他獨自上街活動，不可以完全依靠我了。

墨西哥城是一個方圓兩百多平方公里，坐落在海拔二千二百四十公尺高地的一個大城市。初來的時候，可能是高度的不能習慣，右耳劇痛，鼻腔流血，非常容易疲倦，這種現象在一週以後便慢慢好轉了。

有生以來沒有在一個一千七百萬人的大城市內住過，每天夜晚躺在黑暗裏，總聽見警車或救護車激昂而快速的哀鳴劃破寂靜的長夜。這種不間斷的聲音，帶給人只有一個大都會才有的巨大的壓迫感，正是我所喜歡的。

這一張張美麗的臉

除了第一日搬去旅舍時坐的是計程車之外，所用的交通工具起初還是公共汽車，後來試了四通八達的地下車之後，便再也捨不得放棄了。

大部分我所見的墨西哥人，便如上帝捏出來的粗泥娃娃，沒有用刀子再細雕，也沒有上釉，做好了，只等太陽曬乾，便放到世上來了——當然，那是地下車中最最平民的樣子。

這兒的人類學博物館中有些故事，述說古時在這片土地上的居民，他們喜歡將小孩子的前額和後腦夾起好幾年，然後放開，那些小孩子的頭變成扁平的，臉孔當然也顯得寬大些，在他們的審美眼光中，那便是美麗。

而今的墨西哥人，仍然有著那樣的臉譜，扁臉、濃眉、大眼、寬鼻、厚唇，不算太清潔，衣著鮮豔如彩虹，表情木然而本分。而他們身體中除了墨西哥本地的血液之外，當然摻雜了西班牙人的成分，可是看上去他們仍是不近歐洲而更近印地安人的。

常常，在地下車中擠著去某個地方，只因時間充分，也因捨不得那一張張已到了藝術極致的臉譜，情願坐過了站再回頭。

人，有時候是殘酷的，在地下車中，看見的大半是貧窮的人，而我，卻叫這種不同的亦不算太文明裝扮的男女老幼為「藝術的美」，想起來是多麼大的諷刺。

墨西哥城內每天大約有五百到二千個鄉下人，湧進這個大都市來找生活。失業的人茫茫然的坐在公園和街頭，他們的表情在一個旁觀者看來，張張深刻，而這些對於饑餓的肚子，又有什麼關聯？

自殺神

雖說對於參觀大教堂和博物館已經非常膩了，可是據說墨西哥的「國家人類學博物館」仍然可能是世界上最周全的一座，為了對得起自己的良知，還是勉強去了。

第一次去，是跟著館內西語導遊的。他不給人時間看，只強迫人在館內快速的走，流水帳似的將人類歷史尤其墨西哥部分潑了一大場，進去時還算清楚，出來時滿頭霧水。

結果，又去了第二次，在裏面整整一日。雖說墨西哥不是第一流的國家，可是看過了他們那樣大氣勢的博物館，心中對它依然產生了某種程度的尊敬。

要說墨西哥的日神廟、月神廟的年代，不過是兩千多年以前。他們的馬雅文化固然輝煌，可是比較起中國來，便不覺得太古老了。

只因那個博物館陳列得太好，介紹得詳盡，分類細膩，便是一張壁畫吧，也是豐富。館內的說明一律西班牙文，不放其他的文字，這當然是事先設想後才做的決定。我仍是不懂，因為參觀的大部分是外國人。

古代的神祇在墨西哥是很多的，可說是一個想像力豐富的多神民族。日神、月神、風神、雨神之外，當然還有許許多多不同的神。

也可能是地理環境和天災繁生，當時的人自然接受了萬物有靈的觀念，事實上，此種信仰是因為對大自然的敬畏而產生的。

其中我個人最喜歡的是兩個神——玉米神和自殺神。玉米是我愛吃的食物之一，可說是最愛的。有這麼一位神，當然非常親近祂。

當我第一次聽見導遊用棒子點著一張壁畫，一個個神數過去，其中他滑過一個小名字——自殺神時，仍是大吃了一驚。

跟著導遊小跑，一直請問他古時的自殺神到底司什麼職位，是給人特許去自殺，還是接納自殺的人，還是叫人去自殺？

導遊也答不出來，只笑著回了我一句：「妳好像對自殺滿感興趣的，怎麼不問問那些影響力更深、更有神話意義的大神呢？」

後來第二次我自己慢慢的又去看了一次博物館，專門研究自殺神，發覺祂自己在圖畫裏就是吊在一棵樹上。世上無論哪一種宗教都不允許人自殺，只有在墨西哥發現了這麼一個書上都不提起的小神。我倒覺得這種宗教給了人類最大的尊重和意志自由，居然還創出一個如此的神，是非常有趣而別具意義的。

墨西哥大神每一個石刻的臉，看癡了都像魔鬼。

這麼說實在很對不起諸神，可是祂們給人的感應是邪氣而又強大的。沒有祥和永恆的安寧及盼望。祂們是懲罰人的靈，而不是慈祥的神。說實在，看了心中並不太舒服，對於祂們只有懼怕。

是否當時的人類在這片土地上掙扎得太艱苦，才產生了如此粗暴面孔的神祇和神話呢？

金字塔

當然，我們不可避免的去了西班牙文中仍叫它「金字塔」的日神廟及月神廟。

據考證那是西元前兩百年到西元九百年時陶特克斯人時期的文明。在今天，留下了人類在美洲壯觀的廢墟和歷史。

那是一座古城，所謂的日神月神廟是後人給它們加上去的名稱。外在的形式，像極了埃及的金字塔，只是沒有裏面的通道，亦沒有帝王的陵墓。

為了這些不同年代的人類文明和古代城市的建築，我看了幾個夜晚的資料，預備在未去之前對它們做一個深切的紙面上的瞭解。

然後米夏與我在轉車又轉車之後，到了那個叫做「阿那烏阿克之谷」（VALLE DE ANAHUAC）的底奧帝烏剛諾的金字塔。

烈日下的所謂金字塔，已被小販、遊覽車，大聲播放的流行音樂和大呼小叫的各國遊客完全污染光了。

日神廟六十四公尺高的石階上，有若電影院散場般的人群，並肩在登高。手中提著他們的小型錄音機，放著美國音樂。

我沒有去爬，只是遠遠的坐著觀望。米夏的紅襯衫，在高高石階的人群裏依舊鮮明。

那日的參觀沒有什麼心得。好似遊客湧去的地方在全世界都是差不多的樣子。

當米夏努力在登日神廟頂時，我借了一輛小販的腳踏車，向著古代不知為何稱為「死亡大道」的寬大街道的廢墟上慢慢的騎去。

本想在夜間再去一趟神廟廢墟的，終因交通的問題，結果沒有再回去。

我還是不羞恥的覺得城鎮內的人臉比神廟更引人。

至於馬雅文化和廢墟，計畫中是留到宏都拉斯的「哥龐」才去看一看了。

吃抹布

第一次在街頭看見路邊的小攤子上在烘手掌大的玉米餅時，我非常喜歡，知道那是墨西哥人的主食「搭哥」（taco），急於嚐嚐它們。

賣東西的婦人在我張開的掌心中啪一下給了一張餅，然後在餅上放了些什麼東西混著的一攤餡，我將它們半捲起來，吃掉了，有醬汁滴滴答答的從手腕邊流下來。

「搭哥」的種類很多，外面那個餅等於是一張小型的春卷皮，淡土黃色的，它們永遠不變。裏面的餡放在一只只大鍋裏，煮來煮去，有的是肉，有的是香腸，有的看不清楚，有的猜不出來。要換口味，便換裏面的東西。

在城內，除非是遊客區，那兒可以吃中國菜、義大利麵食，還有丹麥甜點蛋餅之外，也可以吃「搭哥」。可是當我們坐車離城去小村落時，除了「搭哥」之外，實在沒有別的東西可吃。

在城外幾百里的小鎮上，當我吃了今生第幾十個「搭哥」之後，那個味道和形式，實在已像是一塊抹布——土黃色的抹布，抹過了殘餘食物的飯桌，然後半捲起來，湯湯水水的用手抓著，將它們吞下去。

一個「搭哥」大約合幾角到一元五美金，看地區和內容，當然吃一個胃口是倒了，而肚子是不可能飽的。這已是不錯了，比較起城內高級飯店的食物，大約是十倍到十五倍價格的差距。雖然我們的經費充足，仍是堅持入境問俗，一路「搭哥」到底。這對助手米夏便是叫苦連天，每吃必嚷：「又是一塊小抹布！」

在墨西哥的最後一日，我怕米夏太洩氣，同意一起去吃一頓中國飯，不肯去豪華的中國飯店，挑了一家冷清街角的。先點了兩隻春卷——結果上來的那個所謂「春天的卷子」的東西，竟然怎麼看，怎麼咬，都只是兩只炸過了的「搭哥」。

吃在一般的墨西哥是貧乏而沒有文化的。

它的好處是不必筷子與刀叉，用手便可解決一頓生計，倒也方便簡單。至於衛不衛生就不能多去想它了。

貨物大同

在城內的遊客區裏，看見美麗而價格並不便宜的墨西哥人的「大氅」，那種西班牙文叫做「蹦裘」（poncho）的衣物。

事實上它們只是一塊厚料子，中間開一個洞套進頸子裏，便是禦寒的好東西了。

我過去有過兩三個「蹦裘」，都因朋友喜歡而送掉了。這次雖然看見了市場上有極美麗的，總因在遊客出沒的地區，不甘心付高價去買它。

下決心坐長途車去城外的一個小鎮，在理由上對米夏說的是請他下鄉去拍照。事實上我有自己的秘密，此行的目的對我，根本是去鄉下找漂亮、便宜，而又絕對鄉土的「蹦裘」來穿。

坐公路車顛幾百里去買衣服也只有最笨的人——而且是女人，會做的事情，不巧我就有這份決心和明白。

到了一個地圖上也快找不到的城鎮，看到了又是所謂景色如畫的貧窮和髒亂。我轉來轉去找市場——資料書中所說的當地人的市集，找到了，怪大的一個廣場。

他們在賣什麼？在賣熱水瓶、鏡子、假皮的皮夾、搪瓷的鍋、碗、盆、杯、完全尼龍的衣服、塑膠拖鞋、原子筆、口紅、指甲油、耳環、手鐲、項鍊——

我到處問人家：「你們不賣poncho？怎麼不賣poncho？」

得到的答覆千篇一律，舉起他們手中彩色的尼龍衣服向我叫喊：「這個時髦！這個漂亮！怎麼，不要嗎？」

水上花園

那是過去的一大片沼澤，而今部分已成了城鎮，另外一小部分彎彎曲曲的水道，仍然保存著，成了水上的花園。

本來也是要自己去划船的。星期天的舊貨市場出來後計畫去搭長途公車。我的朋友約根算準我必然會在星期日早晨的市集裏與當地人廝混。他去了，也果然找到了我與米夏。

於是，我們沒有轉來轉去在公車上顛，坐了一輛大轎車，不太開心的去履行一場遊客必做的節目。

一條條彩色繽紛的木船內放著一排排椅子，比碧潭的大船又要大了些。墨西哥人真是太陽的兒女，他們用色的濃豔，連水中的倒影都要凝固了。

參考書上說是二十五塊美金租一條船，划完兩小時的水道。船家看見是大轎車來的外國人，偏說是五十美金，我因不肯接受約根的任何招待，堅持報社付錢，就因如此，自己跑去與人爭價格，已經降到四十塊美金了，當然可以再減。講價也是一種藝術，可惜我高尚的朋友十分窘迫，不願再磨，浪費了報社的錢，上了一條花船。

三個人坐在船中木頭似的沉默無聊，我忍不住跑去船尾跟船家說話，這一搭上交情，他手中撐的那支好長的篙跑到我手上來了。

用盡了氣力撐長篙，花船在窄窄的水道裏跟別的船亂撞，這時我的心情也好轉了，一路認真撐下去。

本來沒有什麼特別的水道，只因也有音樂船，賣鮮花、毯子和食物的小船一路擠著，它也活潑起來。

雖是遊客的節目，只因長篙在自己的手中，身分轉變成了船家，那份生涯之感便是很不同了。

那一天，我的朋友約根沒有法子吃他昂貴的餐館，被迫用手抓著碎肉和生菜往玉米餅裏捲著做「搭哥」吃。買了一大堆船邊的小食。當然，船夫也是請了一同分食的。

水上花園的節目，一直到我們回碼頭，我將粗繩索丟上岸，給船在鐵環上紮好一個漂亮俐落的水手結，才叫結束。

自己動手參與的事情，即便是處理一條小船吧，也是快樂得很的。奇怪的是同去的兩位男士連試撐的興趣都沒有。

你們求什麼

又是一個星期天，也是墨西哥的最後一日了。

我跟米夏說，今天是主日，我要去教堂。

來了墨西哥不去「爪達路沛大教堂」是很可惜的事情。據說一五三一年的時候，聖母在那個地方顯現三次，而今它已是一個一共建有新舊七座天主教堂的地方了。

「爪達路沛的聖母」是天主教友必然知道的一位。我因心中掛念著所愛的親友，很喜歡去那兒靜坐禱告一會兒，求神保佑我離遠了的家人平安。

我們坐地下車往城東北的方向去，出了車站，便跟著人群走了。洶洶滔滔的人群啊，全都走向聖母。

新建大教堂是一座現代的巨大建築，裏面因為太寬，神父用擴音機在做彌撒。

外面的廣場又是大得如同可以踢足球。廣場外，一群男人戴著長羽毛，光著上身，在跳他們古代祭大神的舞蹈。鼓聲重沉沉的混著天主教擴音機的念經聲，十分奇異的一種文化的交雜。

外籍遊客沒有了，本地籍的人，不只是城內的，坐著不同形狀的大巴士也來此地祈求他們的天主。

在廣場及幾個教堂內走了一圈，只因周遭太吵太亂，靜不下心坐下來禱告。那場祭什麼玉米神的舞蹈，鼓得人心神不寧，而人群，花花綠綠的人群，擠滿了每一個角落。

我走進神父用擴音機在講話的新教堂裏去。

看見一對鄉下夫婦，兩人的身邊放著一個土土的網籃，想必是遠路來的，因為籃內捲著衣服。這兩個人木像一般的跪在幾乎已經擠不進門的教堂外面，背著我，面向著裏面的聖母，直直的安靜的跪著，動也不動，十幾分鐘過去了，我繞了一大圈又回來，他們的姿勢一如當初。

米夏偷偷上去拍這兩人的背影，我看得突然眼淚凝眶。

那做丈夫的手，一直搭在他太太的肩上。做太太的那個，另一隻手繞著先生的腰，兩個人，在聖母面前亦是永恆的夫妻。

一低頭，擦掉了眼淚。

但願聖母祢還我失去的那一半，教我們終生跪在祢的面前，直到化成一雙石像，也是幸福的吧！

我獨自走開去了，想去廣場透透氣，走不離人群，而眼睛一再的模糊起來。

那邊石階上，在許多行路的人裏面，一個中年男人用膝蓋爬行著慢慢移過來，他的兩隻手高拉著褲管，每爬幾步，臉上抽筋似的扭動著，我再低頭去看他，他的膝蓋哪裏有一片完整的皮膚——那兒是兩隻血球，他自己爬破的一攤生肉，牛肉碎餅似的兩團。

雖然明知這是祈求聖母的一種方式，我還是嚇了一大跳，哽住了，想跑開去，可是完全不能動彈，只是定定的看住那個男人。

在那男人身後十幾步的地方，爬著看上去是他的家人，全家人的膝蓋都已磨爛了。一個白髮的老娘在爬，一個二十歲左右的青年人在爬，十幾歲的妹妹在爬，一個更小的妹妹已經忍痛不堪了，吊在哥哥的手臂裏，可是她不站起來。

這一家人裏面顯然少了一個人，少了那個男子的妻子，老婆婆的女兒，一群孩子的母親——她在哪裏？是不是躺在醫院裏奄奄一息？是不是正在死去？而她的家人，在沒有另一條路可以救她的時候，用這種方法來祈求上天的奇蹟？

看著這一個小隊伍，看著這一群衣衫襤褸向聖母爬去的可憐人，看著他們的血蹟沾過的石頭廣場，我的眼淚迸了出來，終於跑了幾步，用袖子壓住了眼睛。

受到了極大的驚駭，坐在一個石階上，哽不成聲。那些人扭曲的臉，血肉模糊的膝蓋，受苦的心靈，祈求的方式，在在的使我憤怒。

愚蠢的人啊！你們在求什麼？

蒼天！聖母瑪利亞，下來啊！看看這些可憐的人吧！他們在向祢獻活祭，向祢要求一個奇蹟，而這奇蹟，對於肉做的心，並不過分，可是祢，祢在哪裏？聖母啊，祢看見了什麼？

黃昏了，教堂的大鐘一起大聲的敲打起來，廣場上，那一小撮人，還在慢慢的爬著。我，仰望著彩霞滿天的蒼穹，而蒼天不語。

這是一九八一年的墨西哥一個星期天的下午。

青鳥不到的地方。

——宏都拉斯紀行

由墨西哥飛到宏都拉斯的航程不過短短兩小時，我們已在宏國首都「得古西加爾巴」（Telgucigalpa）的機場降落了。

下飛機便看見掮槍的軍人，雖說不是生平第一次經驗，可是仍然改不掉害怕制服的毛病。對我，制服象徵一種隱藏的權力，是個人所無能為力的。

排隊查驗護照時，一個軍人與我默默的對峙著，凝神的瞪著彼此，結果我先笑了，他這也笑了起來，踱上來談了幾句話，心情便放鬆了。

那是一個寂寞的海關，稀稀落落的旅客等著檢查。

碰到一個美國人，是由此去邊境，為薩爾瓦多湧進來的難民去工作的。

當這人問起我此行的目的時，我說只是來做一次旅行，寫些所聞所見而已。在這樣的人面前，總覺得自己活得有些自私。

我們是被鎖在一扇玻璃門內的，查完一個，守門的軍人查過驗關條，就開門放人。

當米夏與我被放出來時，蜂擁上來討生意的人包圍了我們。

有的要換美金，有的來搶箱子提，有的叫我們上計程車，更有人抱住腳要擦鞋。生活的艱難和掙扎，初入宏國的國門便看了個清楚。

我請米夏與行李在一起坐著，自己跑去換錢，同時找「旅客服務中心」，請他們替我打電話給一家已在書上參考到的旅館。

宏都拉斯的首府只有四五家世界連鎖性的大旅館，那兒設備自然豪華而周全。可是本地人的客棧也是可以住的，當然，如果付的價格只是十元美金一個房間的話，也不能期待有私人浴室和熱水了。

此地的錢幣叫做「連比拉」（Lempira）。這本是過去一個印地安人的大酋長，十六世紀時在一場赴西班牙人的和談中被殺。而今他的名字天天被宏都拉斯人提起無數次——成了錢幣。兩個連比拉是一塊美金。

計程車向我要了十二個連比拉由機場進城，我去找小巴士，可是那種車掌吊在門外的巴士只能坐十二個人，已經客滿了。於是我又回去跟計程車司機講價，講到六個大酋長，我們便上車了。

西元一五〇三年，當哥倫布在宏都拉斯北部海岸登陸時，發現那兒水深，因此給這片土地叫做「宏都拉斯」，在西班牙語中，便是「深」的意思。

並不喜歡用落後或者先進這些字句來形容每一個不同的國家，畢竟各樣的民族有他們自己的生活形態與先天不平等的立國條件。

雖然那麼說，一路坐車，六公里的行程，所見的宏都拉斯仍是寂寞而哀愁的。便是這座在印地安語中稱為「銀立」的三十萬人的首都，看上去也是貧窮。

這是中美洲面積第二大的國家，十一萬兩千八十八平方公里的土地，百分之四十五被群山所吞噬，人口一直到如今還只三百萬左右。

宏都拉斯出產蔗糖、咖啡、香蕉、棉花和一點金礦、錫礦，據說牛肉也開始出口了。

我到了旅館除了一張床之外，完全沒有其他的家具。走道上放著一張方桌子，我將它搬了進房，做為日後寫字的地方。

米夏說他床上有跳蚤，我去看了一看，毯子的確不夠清潔，可是沒有看見什麼蟲，大半是他心理作用。當然，旅館初看上去是有些駭人。

街上的餐館昂貴得不合理，想到此地國民收入的比率，這樣的價格又怎麼生活下去？走在路上，沿途都是討錢的人。

初來宏都拉斯的第一夜，喝了浴室中的自來水，大概吃下了大腸菌。這便昏天黑地的吐瀉起來，等到能夠再下床走路，已是兩天之後了。

在旅舍內病得死去活來時，米夏向「馬雅商店」的中國同胞去討了熱水，如果不是那壺熱水和人參茶救命，大概還得躺兩天才站得起來。

三十萬人的首都沒有什麼特別可看的東西，十六世紀初葉它本是一個礦區小鎮，到了現在，西班牙殖民式的教堂和建築仍是存在的，有些街道也仍是石塊砌成的。

城內好幾家中國飯館和雜貨店，看見自己的同胞無孔不入的在世界各地找生活，即便在宏都拉斯這樣貧窮而幽暗的地方，也住了下來，心中總是一陣又一陣說不出的黯然。

這兒純血的印地安人——馬雅的後裔，可說找不到，百分之九十是混血、棕色皮膚的人，只有少數北部海岸來的黑人，在城內和諧的生活著。

雖說整個的山城是雜亂而沒有秩序的，可是一般的建築在灰塵下細看仍是美麗，窄窄的石砌老街，漆得紅黃藍綠有若兒童圖畫的房子，怎麼看仍有它藝術的美。

生活在城市中，卻又總覺得它是悲傷而氣悶的，也許是一切房舍的顏色太濃而街道太髒，總使人喘不過氣來似的不舒服，那和大都市中的燈火輝煌又是兩回事了。

宏都拉斯首都的夜，是濃得化不開的一個夢境，夢裏幽幽暗暗、走不出花花綠綠卻又不鮮明的窄巷，伸手向人討錢苦孩子的臉和腳步，哀哀不放。

這兒，一種漆成純白色加紅槓的大巴士，滿街的跑著。街上不同顏色和形式的公車，川流不息的在載人，他們的交通出人意料的方便快捷。

特別喜歡那種最美的大巴士，只因它取了一個童話故事中的名字——青鳥。

青鳥在這多少年來，已成了一種幸福的象徵，那遙不可及而人人嚮往的夢啊，卻在宏都拉斯的街道上穿梭。

我坐在城內廣場一條木椅上看地圖，那個夜晚，有選舉的車輛，插著代表他們黨派的旗子大聲播放著音樂來來回回的跑，有小攤販巴巴的期待著顧客，有流落街頭的人在我腳旁沉睡，有討錢的老女人在街角叫喚，更有一群群看來沒有生意的擦鞋童，一路追著人，想再賺幾個銅板。當然，對面那座大教堂的石階上，偶爾有些衣著整齊的幸福家庭，正望了彌撒走出來——就在這樣一個看似失落園的大圖畫裏，那一輛輛叫做「青鳥」的公車，慢慢的駛過，而幸福，總是在開著，在流過去，廣場上的芸芸眾生，包括我，是上不了這街車。

「不，妳要去的是青鳥不到的地方！」長途總車站的人緩緩的回答我。

計畫在宏都拉斯境內跑一千四百公里，工具當然是他們的長途汽車，其實也知道青鳥是不會跑那兒的，因為要去的小城和村落除了當地的居民之外，已經沒有人注意它們了。

那是「各馬亦阿爪」城中唯一的客棧。

四合院的房子裏面一個天井，裏面種著花、養著雞、曬著老闆一家人的衣服。小孩在走廊上追逐，女人在掃地煮飯，四個男人戴著他們兩邊向上捲的帽子圍著打紙牌。而我，靜靜的坐在大雜院中看一本中文書。因為腸炎方癒，第一日只走了不到一百公里，便停住了。

平房天花板的木塊已經爛了，小粉蟲在房間裏不斷的落下來。床上沒有毯子，白床單上一片的蟲，擋也擋不住。

「我的床不能睡。」米夏走出房間來說。

「可以，晚上睡在床單下面。」我頭也沒抬的回了一句。

天氣仍是怪涼的，這家小客棧堅持沒有毯子，收費卻是每個房間二十個連比拉，還是落蟲如雨的地方，只因他們是這城內唯一的一家，也只有將就了。

問問旅舍裏的人第二天計畫要去的山谷，一個七八小時車程距離，叫做「馬加拉」的印地安人村落，好似沒有人知道。他們一直在收聽足球賽的轉播，捨不得講話。

小城本是宏都拉斯的舊都，只因當年目前的京城「得古西加爾巴」發現了銀礦，人口才往那兒遷移了。

一條長長的大街，幾十家小店舖，一座少不了的西班牙大教堂，零零落落的幾家飯店，就是城內唯一的風景了。當然，為了應應景，一小間房間，陳列著馬雅文物，叫做「博物館」。

小城一家雜貨店的後院給我們找到了。極陰暗的一個食堂。沒有選菜的，老婦給了煮爛的紅豆，兩塊硬硬的肉，外加一杯當地土產的黑咖啡，便收六塊連比拉，那合三塊美金，同吃的還有一位警察，也付一樣價格。

雖然報社給的經費足足有餘，可是無論是客棧和食堂，以那樣的水準來說，仍是太貴了。照相膠卷在這兒貴得令人氣餒，米夏只剩一卷墨西哥帶過來的，而我們有三架照相機。

黃昏時我們在小城內慢慢逛著沒事做時，看見大教堂裏走出一個拿著大串鑰匙的老年人，我快步向他跑過去。

「來吧！米夏，開心點，我們上塔頂去！」我大喊起來。

老人引著我們爬鐘樓，六個大銅鐘是西班牙菲力浦二世時代送過來的禮物，到如今它仍是小城的靈魂。那個老人一生的工作便是在守望鐘樓裏度過了。

我由塔邊小窗跨出去，上了大教堂高高的屋頂，在上面來來回回的奔跑。半生以來，大教堂不知進了多少座，在它屋頂上跑著卻是第一次。不知這是不是冒犯了天主，可是我猜如果祂看見我因此那樣的快樂，是不會捨得生氣的。畢竟小城內可做的事情也實在不多。

坐小型巴士旅行，初開始時的確是新鮮而有趣的事情。十七八歲的男孩算做車掌吊在門外，公路上若是有人招手，車尚沒有停穩他就跳了下去，理所當然的幫忙乘客搬貨物和行李，態度是那樣的熱心而自然，拚命找空隙來填人和貨，車內的人擠成沙丁魚，貨裏面當然另有活著的東西：瘦瘦的豬，兩隻花雞。因為不舒服的緣故，那隻豬沿途一直號叫。

一對路邊的夫婦帶了一台爐子也在等車，當然爐子也擠進來了，夫婦兩人那麼幸福的靠在爐子邊，那是天下唯一的珍貴了。

泥沙飛揚的路上，一個女人拿著小包袱在一座泥巴和木片糊成的小屋前下車，裏面飛奔出來幾個衣衫襤褸的孩子，做母親的迫不及待的將手中幾片薄餅乾散了出去。那幅名畫，看了教人心裏不知是什麼滋味。

這兒是青鳥不到的地方，人們從沒有聽過它的名字，便也沒有夢了。

米夏與我一個村一個鎮的走。太貧苦的地方，小泥房間裏千篇一律只有一張吊床。窗是一個空洞框框，沒有木板更沒有玻璃窗擋風。女人和一堆孩子，還有壯年的男人呆呆的坐在門口看車過，神色茫然。他們的屋旁，大半是坡地，長著一棵橘子樹，一些玉米稈，不然什麼也不長的小泥屋也那麼土氣又本分的站著，不抱怨什麼。

看見下雨了，一直擔心那些泥巴做成的土房子要沖化掉，一路怔怔的想雨停。

宏都拉斯的確是景色如畫，松林、河流、大山、深藍的天空、成群的綠草牛羊，在在是一幅幅大氣魄的風景。

只是我的心，忘不了沿途那些貧苦居民的臉孔和眼神，無法在他們善良害羞而無助的微笑裏釋放出來。一路上，我亦是怔怔。

旅行了十天之後，方抵達宏都拉斯與瓜地馬拉的邊境。馬雅人著名的「哥龐廢墟」便在叢林裏了。

這一路如果由首都直著轉車來，是不必那麼多時間的，只因每一個村落都有停留，日子才在山區裏不知不覺的流去了。

有生以來第一次，全身被跳蚤咬得盡是紅斑，頭髮裏也在狂癢。那麼荒涼的村落，能找到地方過夜已是不易，不能再有什麼抱怨了。

還是喜歡這樣的旅行，那比坐在咖啡館清談又是充實多了。

到了鎮名便叫「哥龐廢墟」的地方，總算有了水和電，也有兩家不壞的旅舍，冷冷清清。

我迫不及待的問旅舍的人供不供熱水，得到的答覆是令人失望的。山區的氣候依舊溼冷，決定不洗澡，等到去了中北部的工業城「聖彼得穌拉」再找家旅館全身大掃除吧！

這片馬雅人的廢墟是一八三九年被發現的，當時它們在密密的雨林中已被泥土和樹木掩蓋了近九個世紀。

據考證，那是西元後八百年左右馬雅人的一個城鎮。直到一九三〇年，在發現了它快一百年之後，才有英國人和美國人組隊來此挖掘、重建、整理。可惜最最完整的石雕，而今並不在宏都拉斯的原地，而是在大英博物館和波士頓了。

雖然這麼說，那一大片叢林中所遺留下來的神廟，無數石刻的臉譜、人柱，仍是壯觀的。

在那微雨寒冷的清晨，我坐在廢墟最高的石階頂端，托著下巴，靜靜的看著腳下古時稱為「球場」、而今已被一片綠茵鋪滿的曠野，幻想一群高大身軀的馬雅人正在打美式橄欖球，口中狂嘯著滿場飛奔。

千古不滅的靈魂，在我專注的呼喚裏復活再生。神秘安靜佈滿青苔的雨林裏，一時鬼影幢幢。

我撿了一枝樹枝，一面打草一面由廢墟進入叢林，驚見滿地青苔掩蓋的散石，竟都是刻好的人臉，枕頭般大的一塊又一塊。豔綠色的臉啊！

一直走到「哥龐河」才停了腳步，河水千年不停的流著，看去亦是寂寞。

米夏沒有進入樹林，在石階上坐著，說林裏有蛇。竟不知還有其他或許更令他驚怕的東西根本就繞著他，只是他看不見而已。

當我們由「哥龐」到了工業城「聖彼得穌拉」時，我的耐力幾乎已快喪失殆盡了。

路面是平滑而大部分鋪了柏油的，問題是小巴士車墊的彈簧一只只破墊而出，坐在它們上面，兩個位子擠了三個人，我的身上又抱了一個五六歲的女孩子，腳下一隻花雞扭來扭去，怕牠軟軟的身體，拚命縮著腿。這一路，兩百四十多公里結結實實的體力考驗。

下車路人指了一家近處的旅館，沒有再選就進去了——又是沒有熱水的，收費十幾塊美金。米夏捉了一隻跳蚤來，說是他房間的。

本想叫他快走開，他手一鬆，跳蚤一蹦，到我身上來了，再找不到牠。

自從初來宏都拉斯那日得了一場腸炎之後，每日午後都有微燒，上唇也因發燒而潰爛化膿了，十多日來一直不肯收口結疤。

為了怕冷水沖涼又得一場高燒，便又忍住不洗澡，想等到次日去了北部加勒比海邊的小城「得拉」再洗。

仔細把臉洗乾淨，牙也刷了，又將頭髮梳梳好，辮子結得光光的，這樣別人看不出我的秘密。雖然如此，怎麼比都覺自己仍是街上最清潔的人。

那一晚，放縱了自己一趟，沒有要當地人的食物，去了一家中國飯店，好好吃了一頓。

也是那一晚，做了一個夢，夢中，大巴士——那種叫做青鳥的乾淨巴士，載了我去了一個棕櫚滿佈的熱帶海灘，清潔無比的我，在沙上用枯枝畫一個人的名字。畫著畫著，那人從海裏升出來了，我狂叫著向海內跑去，他握住了我的雙手，真的感到還是溼溼的，不像在夢中。

由「聖彼得蘇拉」又轉了兩趟車，是大型的巴士，也是兩個人的座位三個人擠了坐，也是載了貨。它不是夢中的「青鳥」。

「得拉」到了，下車看不到海。車站的人群和小販也不同於山區小村的居民，他們高瘦而輕佻，不戴大帽子，不騎馬，膚色不再是美麗的棕色，大半黑人。房子不再有瓦和泥，一幢幢英國殖民地似的大木頭房子佔滿了城。

過去宏都拉斯的北部是英國人、荷蘭人，甚而十九世紀末期美國水果公司移來的黑人和文化。西班牙人去了內陸，另外的人只是沿海擴張。

一個同樣的小國家，那麼不同的文化、人種和風景。甚而宗教吧，此地基督教徒也多於天主教了。

那片海灘極窄，海邊一家家暗到有如電影院似的餐館就只放紅綠色的小燈，狂叫的美國流行歌曲污染了大自然的寧靜，海浪兇惡而來，天下著微雨。

城裏一片垃圾，髒不忍睹，可惜了那麼多幢美麗的建築。十幾家大規模的彈子房比賽似的放著震耳欲聾的噪音。唉，我快神經衰弱了。

菜單那麼貴，食物是粗糙的。旅館的人當然說沒有熱水。這都不成問題了，只求整個的城鎮不要那麼拚命吵鬧，便是一切滿足了。

夜間的海灘上，我撿了一只垃圾堆裏的椰子殼，將它放到海裏去。海浪沖了幾次，椰子殼總是去了又漂回來。酒吧裏放著那首〈I Love You More Than I Can Say〉，中文改成〈愛你在心口難開〉的老歌。海潮裏，星空下，恰是往事如煙——

我在海邊走了長長的路，心裏一直在想墨西哥那位小神，想到沒有釋放自己的其他辦法，跑進旅館冰冷的水龍頭下，將自己沖了透溼透溼。

這個哀愁的國家啊！才進入你十多天，你的憂傷怎麼重重的感染到了我？

回到首都「得古西加爾巴」來的車程上，一直對自己說，如果去住觀光大飯店，付它一次昂貴的價格，交換一兩日浴缸和熱水的享受，應該不是羞恥的事情吧！

可是這不過是行程中的第二個國家，一開始便如此嬌弱，那麼以後的長程又如何對自己交代呢？畢竟這種平民旅行的生涯，仍是有收穫而值得的。

經過路旁邊的水果攤，葡萄要三塊五毛連比拉一磅，氣起來也不肯買。看中一幅好油畫，畫的就是山區的小泥房和居民，要價四千美金。我對著那個價錢一直笑一直笑，窮人的生活真是那麼景色如畫嗎？

米夏看我又回到原先那家沒有熱水的旅舍去住，他抗議了，理由是我太自苦。

我沒理他，嘩嘩的打開了公用浴室的冷水，狠狠的沖洗起這一千四百多公里的塵埃和疲倦來。

旅舍內關了三整日，寫不出一個字。房間換了一間靠裏面的，沒有窗，再也找不到桌子，坐在地上，稿紙鋪在床上寫，撕了七八千字，一直怔怔的在回想那一座座鬼域似淒涼的村莊。家徒四壁的泥屋，門上掛著一塊牌子，寫著「神就是愛」，想起來令人只是文字形容不出的辛酸。

可是不敢積功課，不能積功課。寫作環境太差，亮度也不夠。不肯搬去大旅館住，也實在太固執。

這兒三日觀光飯店連三餐的消費，可能便是山區一貧如洗的居民一年的收入了。

雖說一路分給孩子們的小錢有限，報社經費也豐豐足足，可是一想到那些哀愁的臉，仍是不忍在這兒做如此的浪費。窗外的孩子餓著肚子，我又何忍隔著他們坐在大玻璃內吃牛排？當然，這是婦人之仁，可是我是一個婦人啊！

最後一日要離去宏都拉斯的那個黃昏，我坐在乞兒滿街的廣場上輕輕的吹口琴。那把小口琴，是在一個趕集的印地安人的山谷裏買的，捷克製的，算做此行的紀念吧！

便在那時候，一輛青鳥巴士緩緩的由街上開了過來。

米夏喊著：「快看！一隻從來沒有搭上的青鳥，奔上去給妳拍一張照片吧！」

我苦笑了一下，仍然吹著我的歌。什麼青鳥？這是個青鳥不到的地方！

沒有看見什麼青鳥呢！

後記

宏都拉斯是一個景色壯麗、人民有禮、安靜而有希望的國家。他們也有水準極高的工業、城鎮和住宅區。這篇文字，只是個人旅行的紀錄，只因所去的地方都是窮鄉僻地，所處的亦是我所愛好最基層的大眾。因此這只代表了部分的宏都拉斯所聞所見，並不能一概而論，特此聲明。

中美洲的花園。

——哥斯大黎加紀行

這一路來，常常想起西班牙大文豪塞萬提斯筆下的唐·吉訶德和他的跟隨者桑卻的故事。吉訶德在書本中是一位充滿幻想，富正義感，好打抱不平，不向惡勢力低頭的高貴騎士。他遊走四方，憑著一己的意志力，天天與幻想出來的敵人打鬥——所謂夢幻騎士也。

桑卻沒有馬騎，坐在一匹驢子上，餓一頓飽一餐的緊緊跟從著他的主人。他照顧主人的一切生活起居，當主人面對妖魔時，也不逃跑，甚至參加戰鬥，永遠不背叛他衷心崇拜的唐·吉訶德。

當然，以上的所謂騎士精神與桑卻的忠心護主，都是客氣的說法而已。

從另一個角度去看這兩個人，一個是瘋子，另一個是癡人。

此次的旅行小組的成員也只有兩個人——米夏與我，因此難免對上面的故事人物產生了聯想。

起初將自己派來演吉訶德，將米夏分去扮桑卻，就這樣上路了。

一個半月的旅程過去了，赫然驚覺，故事人物身分移位，原來做桑卻的竟是自己。

米夏語文不通，做桑卻的我必須助他處理，不能使主人挨餓受凍，三次酒吧中有什麼糾纏，尚得想法趕人走開——小事不可驚動主人。

在這場戲劇中，米夏才是主人吉訶德——只是他不打鬥，性情和順。

只要一想到自己的身分，沿途便是笑個不休。

當我深夜裏在哥斯大黎加的機場向人要錢打公用電話時，米夏坐在行李旁邊悠然看雜誌。生平第一次伸手向人乞討，只因飛機抵達時夜已深了，兌換錢幣的地方已經關門，身上只有旅行支票和大額的美金現鈔。不得已開口討零錢，意外的得到一枚銅板，心中非常快樂。

宏都拉斯已經過去了，住在哥國首都聖荷西有熱水的旅舍裏，反覺恍如夢中。

在宏國時奔波太烈，走斷一雙涼鞋，走出腳上的水泡和紫血，而心中壓著的那份屬於宏都拉斯的嘆息，卻不因為換了國家而消失。

寫稿吧！練練筆吧！如果懶散休息，那麼旅行終了時，功課積成山高，便是後悔不及了。

一個月來，第一次跟米夏做了工作上的檢討，請他由現在開始，無論是找旅館、機票、簽證或買膠卷、換錢、搭車、看書、遊覽……都當慢慢接手分擔，不可全由我來安排，他的日常西語，也當要加緊念書了。

說完這些話，強迫米夏獨自進城辦事，自己安靜下來，對著稿紙，專心寫起沿途的生活紀錄來。

這一閉關，除了吃飯出去外，摒除萬念，什麼地方都不去，工作告一段落時，已是在哥斯大黎加整整一週了。

七日中，語文不通的米夏如何在生活，全不干我的事情。

據說聖荷西的女孩子，是世界上最美的，米夏卻沒有什麼友誼上的收穫。只有一次，被個女瘋子窮追不捨，逃回旅館來求救，被我罵了一頓——不去追美女，反被瘋子嚇，嚇了不知開脫，又給瘋子知道了住的地方，不是太老實了嗎？

中美洲的花園

哥斯大黎加號稱中美洲的瑞士，首都聖荷西的城中心雖然不能算太繁華，可是市場物資豐富，街道比起宏國來另是一番水準，便是街上走的人吧，氣質便又不同了。

這個西鄰尼加拉瓜、東接巴拿馬，面積五萬一千一百平方公里的和平小國，至今的人口方才兩百萬人左右。

這兒的教師多於軍隊，是個有趣的比例。一九四八年時，哥斯大黎加宣佈中立，除了一種所謂「國家民防隊」的組織維持國內秩序之外，他們沒有軍防。

據說，當西班牙人在十六世紀進佔這片土地的時候，當地的印地安人因為歐洲帶過來的傳染病，絕大多數都已死亡，因此混血不多，是一個白人成分極高的國家。

東部加勒比海邊的里蒙海港地區，因為十九世紀末期「美國聯合水果公司」引進了大批牙買加的黑人來種植香蕉，因此留下了黑人勞工的後裔，佔數卻是不多。哥斯大黎加在一八〇五年由古巴引進了咖啡，政府免費供地，鼓勵咖啡的種植。四十年後，它的咖啡已經供應海外市場。又四十年以後，國內鐵路貫穿了加勒比海與太平洋的兩個海港，咖啡的外銷，至今成了世上幾個大量出口國之一。

在建築哥國的鐵路時，來自中國的苦力，因為黃熱病、極壞的待遇和辛苦的工作，死掉了四千人。那是一八九〇年。

那條由聖荷西通到裏蒙港的鐵路，我至今沒有想去一試。一節一節鐵軌被壓過的是我們中國人付出的血淚和生命。當年的中國勞工，好似永遠是苦難的象徵，想起他們，心裏總是充滿了流淚的衝動。

哥斯大黎加實是一個美麗的國家，在這兒，因為不曾計畫深入全國去旅行，因此便算它是一個休息站，沒有跑遠。

去了兩個距首都聖荷西不遠的小城和一座火山。沿途一幢幢美麗清潔的獨院小平房在碧綠的山坡上怡然安靜的林立著，看上去如同卡通片裏那些不很實在的樂園，美得如夢。

這兒不是宏都拉斯，打造的大巴士車廂一樣叫「青鳥」，而我，很容易就上了一輛。

中美洲躲著的幸福之鳥，原來在這兒。

中國的農夫

在哥國，好友的妹妹陳碧瑤和她的先生徐寞已經來了好幾年了。離開台北時，女友細心，將妹夫公司的地址及家中的電話全都寫給了我，臨行再三叮嚀，到了哥國一定要去找這一家親戚。

只因我的性情很怕見生人，同時又擔心加重別人的負擔，又為了自己拚命寫稿，到了聖荷西一週之後，徐寞夫婦家的電話仍是沒有掛過去。

其實自己心裏也相當矛盾，徐寞是中興大學學農的，進過農技隊。而今不但是此地一家美國農技公司的大豆推廣專家，同時也與好友合作經營自己的農場。他當是一個與自己本性十分相近的人才是。

碧瑤是好友的親妹妹，十幾年前她尚是個小娃娃時便見過的，當然應該拜望。眼看再過三日便要離此去巴拿馬了，偏是情怯，不太肯去麻煩別人，只怕人家殷勤招待，那便令我不安了。

電話終於打了，訥訥的自我介紹，那邊徐寞就叫起我三毛來，說是姐姐早來信了，接著碧瑤也在喊，要我過去吃晚飯。巧是他們農場大麥豐收，當天請了許多朋友，中國人、外國人都有，定要一同去吃飯。

晚上徐寞開車親自來接，連米夏都強邀了一起去，這份情誼，教人怎麼拒絕？

徐寞及碧瑤的家，如果在台北，是千萬富翁才住得起的花園小平房，他們卻說是哥國最普通的住宅。

我仍有一些失望，只因徐家不住在農場裏。其實孩子上學的家庭，住在偏遠的農場上是不方便的，徐家兩個可愛的孩子，五歲的小文是雙聲帶，家中講中文，學校講西文。可是她的兒童畫中的人臉，都是哥斯大黎加味道的。

那個夜晚，遇見了在此定居的中國同胞，其中當然有徐寞農場的合夥好友們。

這些農夫談吐迷人，修辭深刻切合，一個個有理想、有抱負，對自己的那塊土地充滿著熱愛和希望。

他們稱自己的農場是「小農場」，我聽聽那面積，大約自己走不完那片地就要力竭。

如果不是為了社交禮貌，可能一個晚上的時間都會在追問農場經營的話題上打轉。畢竟對人生的追求，在歷盡了滄桑之後，還有一份拿不去的情感——那份對於土地的狂愛。我夢中的相思農場啊！

誰喜歡做一個永遠飄泊的旅人呢？如果手裏有一天捏著屬於自己的泥土，看見青禾在晴空下微風裏緩緩生長，算計著一年的收穫，那份踏實的心情，對我，便是餘生最好的答案了。

徐寞和碧瑤怪我太晚通知，來不及去看他們的農場和鄉下。最後徐寞又問我，能不能多留幾日，與米夏一同下鄉去。

我不敢改變行程，只怕這一下鄉，終生的命運又要做一次更大的變動。而現實和理想必然是有距離的。更怕自己孤注一擲，硬是從頭學起，認真辛苦的去認識土地，將自己交付給它，從此做一個農婦——

徐寞在送米夏和我回旅舍時，談起他的孩子，他說：「希望將來她也學農！」聽了這話，心裏深受感動，他個人對土地、對農夫生活的摯愛，在這一句平凡的話裏面表露得清清楚楚。

我們這一代的移民是不同的了！

哥國地廣人稀，局勢安定，氣候溫和，人民友善真誠。學農的中國青年，在台灣，可能因為土地有限而昂貴，難以發展。在這兒，如果不怕前十年經營的艱苦，實是可以一試的地方。帶著刻苦耐勞不怕吃苦的中國人性格，哥斯大黎加會是一片樂土。

上面這番話，包括了作者十分主觀的情感和性向。事實上移民的辛酸和價值，見仁見智，每一個人的機遇又當然是不同了。

光是選擇了自己的道路和前程，能否成功，操在自己手中的那份決心，事實上只有一半的承諾和希望，畢竟大自然也有它的定律在左右著人的命運呢！

另一種移民

聖荷西是一個不滿三十萬人口的首都，滿街中國餐廳，幾步便是一個。去了幾家，營業都不算太興旺，價格卻是不公平的低廉。想來此地餐館競爭仍烈，價高了便更不能賺錢。

去了一家中國飯店認識了翁先生。都是寧波人，談起來分外親切。那晚沒有照菜單上的菜吃，翁先生特別要了「清蒸魚」給我嚐。

這份同胞的情感，沒有法子回報。也只有中國人對中國人，不會肯在食物上委屈對方，畢竟我們是一個美食文化的民族。

翁先生來了哥斯大黎加五年，娶了此地的女子為妻。白手成家，年紀卻比米夏大不了兩三歲。能幹的青年，中文程度在談吐中便見端倪，在見識上亦是廣博，分析僑情十分中肯，愛家愛國，沒有忘記自己的來處，在異鄉又創出一番天地。想想他的年紀，這實是不容易。

所以我又說，這一代的移民，我們華人移民，在哥斯大黎加，是表現傑出的。

我想再來

與徐寞和碧瑤相見恨晚，他們可愛的大孩子小文，賺去了我的心，另一個因為太小，比較無法溝通。

碧瑤說得一口西班牙文，初來哥國時住在沒有水電的農場上，那種苦日子一樣承受了下來。而今相夫教子，過得怡然本分，說起農場和將來，亦是深愛她自己選擇的人生，這一點，便是敬她。

三日相聚，倒有兩日是碧瑤煮菜包餃子給米夏與我吃。徐家的朋友們，個個友愛，更可貴的是彼此談得來，性向相近，都是淡泊的人。

本是沒有什麼離情的異鄉，因為每一個人的友誼，使我一再想回哥斯大黎加。

異鄉人

在我的旅程中，哥國是來休息的一站，便真的放鬆了自己。有時就坐在公園內看人。

一個賣爆米花的潦倒中年人，掮了一個大袋子，就在公園裏一個人一個人的去兜售。默默的看他跑了三四圈，竟沒有一筆小生意成交。

最後他坐到我身邊的長椅子上來，頭低垂著，也不去賣了。

「你怎麼不賣給我呢？」我笑著問他。

他吃了一驚，抬起頭來，馬上打開了袋子，拿出紙口袋來，問我要幾塊錢一包的。

我不忙接米花，問他今日賣了多少。他突然眼睛溼溼的，說生意不好做。

原來是古巴出來的難民，太太孩子都留在那兒，只等他在異鄉有了發展去接他們。

「賣了幾個月的爆米花，自己都三餐不繼，只想等到簽證去美國，可是美國沒有一個人可以擔保入境，有些早來的古巴人在這裏已經等了三年了，而我——」

我靜靜的聽著他，看他擦淚又擦淚，那流不乾的眼淚裏包含了多少無奈、辛酸和鄉愁——

「這包米花送給您，在這個異鄉從來沒有人跟我講講心裏的話，說出來也好過些了，請您收下吧！」

他交給我一個小包包，站起來慢慢的走開去了。

我摸摸口袋裏的錢，還有剩的一疊，忍不住去追他，塞在他的衣服口袋裏，不說一句話就跑。後面那個人一直追喊，叫著：「太太！太太！請您回來——」

自己做的事情使我羞恥，因為數目不多，同情別人也要當當心心去做才不傷人。可是金錢還是最現實的東西。第一日抵達哥國時，別人也捨給我過一枚銅板，那麼便回報在同樣的一個異鄉人身上吧！

我是見不得男人流淚的，他們的淚與女人不同。

離去

只因聖荷西是一個在十八世紀末葉方才建造的城市，它確是一個居住的好地方，但是在建築和情調上便缺少了只有時間才能刻劃出來的那份古意盎然。

這兒沒有印地安人，亦是不能吸引我的理由之一。哥國太文明了。

走斷了一雙鞋，在此又買了一雙新的，預備走更長的路。

離去時，坐在徐寞的吉普車上，看著晴空如洗的藍天和綠色的原野，一路想著農場的心事——我會為著另一個理由再回這兒來嗎？

上機之前要米夏給徐寞拍照。這一些中國好青年在海外的成就和光榮，是不應該忘記的。

美妮表妹。

——巴拿馬紀行

又是陌生的一站了。

機場大旅館的價格令人看了心驚肉跳，想來小旅館也不可能便宜。這兒是巴拿馬，美國水準，美式風格，用的鈔票也乾脆是美金，他們自己只有銅板，紙鈔是沒有的，倒也乾脆。

旅途中經費充足，除了宏都拉斯超出預算之外，其他國家都能應付有餘。可是住進巴拿馬一家中級旅舍時，卻使人因為它的昂貴而憂心了。

抵達的那個夜晚，安置好行李，便與米夏拿了地圖去老城中心亂走，只想換一家經濟些的安身。

找到一家二十多塊美金一間的，地區髒亂不堪，惡形惡狀的男女出出進進，它偏叫做「理想旅舍」。

門口的醉漢們也罷了，起碼躺在地上不動。那些不醉的就不太好了，即使米夏在我身旁，還是冷不防被人抓了一把。我停住了步子，罵了那群人一句粗話，其實他們也實在沒有什麼認真的惡意，卻將米夏嚇得先跑了幾步才回頭。

那樣的地區是住不得的了。

二姨的女兒在此已有多年了，雖然想念，卻又是擔心驚動他們一家，住了一夜，遲遲疑疑，不知是不是走的那日再打電話見見面，這樣他們便無法招待了。

雖說如此，才有四日停留，巴拿馬不預備寫什麼，而親情總是纏心，忍不住撥了電話。再說，這個妹夫我也是喜歡的。

只說了一聲：「美妮！」那邊電話裏的表妹就發狂的喊了起來——「平平姐姐——」那聲慘叫也許是她平日的語氣，可是還是害我突然哽住了。表妹十年遠嫁，她的娘家親人還算我是第一個來巴拿馬。

過了一會兒，表妹夫也打電話來了，驚天動地的責我不叫人接機，又怪不預先通知，再問我身體好不好，又說馬上下班，與表妹一同來接了家去。

這份親情，因為他們如此親密的認同，使我方才發覺，原來自己一路孤單。

雖然不喜歡勞師動眾，可是眼見表妹全家因為我的抵達而當一回大事，也只有心存感激的接受了他們的安排和招待。

在旅館樓下等著表妹與妹夫來接時，我仍是緊張。米夏說好是不叫去的，他坐在一邊陪我。

妹夫外表沒有什麼改變，只是比以前成熟了。

表妹相逢幾乎不識，十年茫茫，那個留著長髮、文靜不語的女孩，成了一個短髮微胖戴眼鏡的婦人。

表妹拉著我的手腕便往外走。當然米夏也被強拉上車了。

「不要米夏去，我們自己人有話講，他在不方便！」我抗議著。

表妹倒是實際：「有什麼話要講？吃飯要緊，先給你們好好吃一頓再做道理！」

十年前，表妹二十歲，妹夫也不過二十四五，兩個不通西班牙文的大孩子，遠奔巴拿馬，在此經商，做起鐘錶批發買賣，而今也是一番天地了。

表妹與我仍說上海話，偶爾夾著寧波土話，一點不變。變了的是她已經羼雜了拉丁美洲文化的性情：開放、坦率，西班牙文流利之外，還夾著潑辣辣的語調。是十年異鄉艱苦的環境，造就了一個堅強的婦人，她不再文弱，甚而有些強悍。

用餐的時候，我無意間講起表妹祖母在上海過世的消息，本以為她早就知道的，沒想台北阿姨瞞著她。這一說，她啪一下打了丈夫一掌，驚叫起來：「德昆！德昆！我祖母死啦！死掉啦！」說著說著便要哭出來了！

眼看要大哭了，一轉念，她自說自話，找了一番安撫的理由，偏又是好了起來。

初次見面，在餐廳裏居然給了表妹這麼一個消息，我自己內疚了好幾日，誰曉得她不知道呢？

「妳前兩年傷心死了吧？」表妹問我，給我夾了一堆菜。

「我嗎？」我苦笑著，心裏一片空空茫茫。

「要是表姐夫還活著，我們家起碼有我跟他講講西班牙文——」表妹又說。

我突然非常欣賞這個全新的表妹，她說話待人全是直著來的，絕不拐彎抹角，也不客套，也不特別安慰人，那份真誠，使她的個性突出、美麗，而且實在。

只有四日停留，不肯搬去表妹家，只為著每日去會合米夏又得增加妹夫的麻煩。雖然那麼樣，表妹夫仍然停了上班。自由區的公司也不去了，帶著米夏與我四處觀光。換錢，弄下一站的機票，吃飯的和一切的一切都被他們包辦了。在巴拿馬，我們沒有機會坐公共汽車。

名為表姐，在生活起居上卻被表妹全家，甚而他們的朋友們，照顧得周周密密。在這兒，同胞的情感又如哥斯大黎加一般的使人感動。

農技團蘇團長一家人過來表妹處探望我，一再懇請去他們家用餐。妹夫不好意思，我也堅持不肯麻煩蘇媽媽。結果第二日，使館的陳武官夫婦，中國銀行的向家，蘇家，彭先生，宋先生加上表妹自己，合起來做了滿滿一席的酒菜，理由是——請遠道來的表姐。

蘇家的女孩子們離開中國已經好多年了，家教極好，仍看中文書，是我的讀者。武官太太陳媽媽也是喜歡看書的。看見別人如此喜愛三毛，心裏十分茫然，為什麼自己卻不看重她呢？難道三毛不是部分的自己嗎？

巴拿馬本是哥倫比亞的一部分，當年它的獨立當然與美國的支持有著很大的關係。

運河與自由貿易區繁榮了這個國家，世界各地的銀行都來此地吸取資金。市區像極了美國的大城，街上的汽車也是美國製造的佔大多數，英文是小學生就開始必讀的語言。

雖然美國已將運河交還給巴拿馬政府了，可是美軍在此駐紮的仍有三萬人。

妹夫與表妹各人開的都是美國大車，度假便去邁阿密。免不了的美國文化，可是在家中，他們仍是實實在在的中國人。生意上各國顧客都有，而平日呼朋引伴的度週末，仍舊只與中國朋友親密。

在表妹可以看見海景的高樓裏，妹夫對我乾乾脆脆的說：「什麼外國，在家裏講中國話，吃中國菜，週末早晨交給孩子們，帶去公園玩玩，下午打打小牌，聽聽音樂，外面的世界根本不要去看它，不是跟在中國一樣？」

我聽了笑起來，喜歡他那份率真和不做作，他根本明白講出來他不認外國人，只賺他們的錢而已。這是他的自由，我沒有什麼話說。

這又是另一種中國移民的形態了！

要是有一日，巴拿馬的經濟不再繁榮，大約也難不倒表妹夫。太太孩子一帶，再去個國家打市場，又是一番新天新地。

中國人是一個奇怪而強韌的民族，這一點是在在不同於其他人種的，隨便他們何處去，中國的根，是不容易放棄的。

表妹來巴拿馬時根本是個不解事的孩子，當年住在「哥隆」市，接近公司設置的自由區。在那治安極壞的地區，一住五年，等到經濟環境安定了才搬到巴拿馬市區來。回憶起「哥隆」的日子，她笑說那是「苦籠」。兩度街上被暴徒搶皮夾，她都又硬奪了回來。

被搶當時表現得勇敢，回家方才嚇得大哭不休。這個中國女孩子，經過長長的十年之後，而今是成熟了。

我看著表妹的三個伶俐可愛的孩子和她相依為命的丈夫，還有她的一群好中國朋友，心中非常感動，畢竟這十年的海外生活，是一份生活的教育，也是他們自己努力的成果。

表妹與表妹夫深深的迷惑了米夏，他一再的說，這兩個人的「個性美」。雖然表妹夫的西班牙文不肯文謅謅，粗話偶爾也滑出來，可是聽了只覺那是一種語調，他自己的真性情更在裏面發揮得淋漓。奇怪的是，這些在家中只講中文的人，西班牙文卻是出奇的流利。

在巴拿馬的最後一日，曾大使夫婦與中央社的劉先生夫婦也來了表妹夫家中。

大使夫婦是十多年前在西班牙做學生時便認識的，只因自己最怕麻煩他人，不敢貿然拜望，結果卻在表妹家碰到。

聆聽大使親切的一番談話，使我對巴拿馬又多了一份瞭解。只因這一站是家族團聚，巴拿馬的歷史和地理也便略過了。

三天的時間飛快的度過，表妹和他們朋友對待我的親切殷勤，使我又一次欠下了同胞的深情。

臨去的那一個下午，表妹仍然趕著包餛飩，一定要吃飽了才給上路。她的那份誠心，一再在實際的生活飲食裏，交付給了我。

行李中，表妹硬塞了中國的點心，說是怕我深夜到了哥倫比亞沒有東西吃。

妹夫再三叮嚀米夏，請他好好做我的保鏢。

朋友們一趟又一趟的趕來表妹夫家中與我見面，可說沒有一日不碰到的。

機場排隊的人多，妹夫反應極快，辦事俐落，他又一切都包辦了。

表妹抱著小嬰兒，拖著另外兩個較大的孩子，加上向家夫婦和他們的小女兒、彭先生、應先生……一大群人在等著與我們惜別。

進了檢查室，我揮完了手，這才一昂頭將眼淚倒嚥回去。

下一站沒有中國人了，載不動的同胞愛，留在我心深處，永遠歸還不了。

巴拿馬因為這些中國人，使我臨行流淚。這沉重的腳蹤，竟都是愛的負荷。

一個不按牌理出牌的地方。

——哥倫比亞紀行

這一路來，隨行的地圖、資料和書籍越來越重，雜物多，索絆也累人。巴拿馬那一站終於做了一次清理，部分衣物寄存表妹，紙張那些東西，既然已經印在腦子裏，乾脆就丟掉了。

隨身帶著的四本參考書，澳洲及英國出版的寫得周全，另外兩本美國出版的觀點偏見傲慢，而且書中指引的總是——「參加當地旅行團」便算了事。於是將它們也留在垃圾桶中了。

說起哥倫比亞這個國家時，參考書中除了詳盡的歷史地理和風土人情介紹之外，竟然直截了當的喚它「強盜國家」。

立論如此客觀而公平的書籍，膽敢如此嚴厲的稱呼這個佔地一百多萬平方公里的國家，總使人有些驚異他們突然的粗暴。

書中在在的警告旅行者，這是一個每日都有搶劫、暴行和危險的地方，無論白晝夜間，城內城外，都不能掉以輕心，更不可以將這種情況當做只是書中編者的誇張。

巴拿馬中華民國農技團的蘇團長，來此訪問時，也遭到被搶的事情。

可怕的是，搶劫完蘇團長的暴徒，是昂然揚長而去，並不是狂奔逃走的。

米夏在聽了書中的警告和蘇團長的經歷之後，一再的問我是不是放棄這一站。而我覺得，雖然冒著被搶的危險，仍是要來的，只是地區太差的旅舍便不住了。

離開台灣時，隨身掛著的鍊條和刻著我名字的一只戒指，都交給了母親。

自己手上一只簡單的婚戒，脫脫戴戴，總也捨不得留下來。幾番周折，還是戴著走了那麼多路。

飛機抵達博各答的時候，脫下了八年零三個月沒有離開手指的那一個小圈，將它藏在貼胸的口袋裏。手指空了，那份不慣，在心理上便也惶惶然的哀傷起來。

夜深了，不該在機場坐計程車，可是因為首都博各答地勢太高，海拔兩千六百四十公尺的高度，使我的心臟立即不適，針尖般的刺痛在領行李時便開始了。沒敢再累，講好價格上的車，指明一家中級旅館，只因它們有保險箱可以寄存旅行支票和護照。

到了旅館，司機硬是多要七元美金，他說我西班牙話不靈光，聽錯了價格。

沒有跟他理論，因為身體不舒服。

這是哥倫比亞給我的第一印象。

住了兩日旅舍，第三日佈告欄上寫著小小的通告，說是房價上漲，一漲便是二十七元美金，於是一人一日的住宿費便要六十七元美金了。

客氣的請問櫃檯，這是全國性的調整還是怎麼了，他們回答我是私自漲的。

他們可以漲，我也可以離開。

搬旅館的時候天寒地凍，下著微雨，不得已又坐了極短路的計程車，因為冬衣都留在巴拿馬了。司機沒有將馬錶扳下，到了目的地才發現。他要的價格絕對不合理，我因初到高原，身體一直不適，爭吵不動，米夏的西班牙文只夠道早安和微笑，於是又被迫做了一次妥協。

別的國家沒有那麼欺生的。

新搬的那家旅館，上個月曾被暴徒搶劫，打死了一個房間內的太太，至今沒有破案。這件事情發生之後，倒是門禁森嚴了。

初來首都博各答的前幾日，看見街上每一個人緊緊抱著他們皮包的樣子，真是驚駭。生活在這麼巨大的，隨時被搶的壓力下，長久下去總是要精神衰弱的。

米夏一來此地，先是自己嚇自己，睡覺房間鎖了不說尚用椅子抵著門。每次喚他，總是問了又問才開。

便因如此，偏是不與他一起行動，他需要的是個人的經歷和心得，不能老是只跟在我身邊拿東西，聽我解釋每一種建築的形式和年代。便是吃飯吧，也常常請他自己去吃了。

個人是喜歡吃小攤子的，看中了一個小白餅和一條香腸，炭爐上現烤的。賣食物的中年人叫我先給他二十五披索，我說一手交錢一手交餅，他說我拿了餅會逃走，一定要先付。

給了三十披索，站著等餅和找錢，收好錢的人不再理我，開始他的叫喊：「餅啊！餅啊！誰來買餅啊！」

我問他：「怎麼還不給我呢？香腸要焦了！」

他說：「給什麼？妳又沒有付錢呀！」

這時旁邊的另一群攤販開始拚命的笑，望望我，又看著別的方向笑得發顫。這時方知又被人欺負了。

起初尚與這個小販爭了幾句，眼看沒有法子贏他，便也不爭了，只對他說：「您收了錢沒有，自己是曉得的。上帝保佑您了！」

說完這話我走開，回頭對那人笑了一笑，這時他眼睛看也不敢看我，假裝東張西望的。

要是照著過去的性情，無論置身在誰的地盤裏，也不管是不是夜間九點多鐘自己單身一個，必然將那個小攤子打爛。

那份自不量力，而今是不會了。

深秋高原的氣候，長年如此。微涼中夾著一份風吹過的悵然和詩意。只因這個首都位置太高，心臟較弱的人便比較不舒服了。

拿開博各答一些小小的不誠實的例子不說，它仍是一路旅行過來最堂皇而氣派的都市。殖民時代的大建築輝煌著幾個世紀的光榮。

雖說這已是一生中第一百多個參觀過的博物館，也是此行中南美洲的第十二個博物館了。可是只因它自己說是世上「唯一」的，忍不住又去了。

哥倫比亞的「黃金博物館」中收藏了將近一萬幾千多件純金的藝術品。製造它們的工具在那個時代卻是最最簡陋的石塊和木條。金飾的精美和細膩在燈光和深色絨布的襯托下，發出的光芒近乎神秘。

特別注意的是一群群金子打造的小人，有若鼻煙壺那麼樣的尺寸。他們的模樣，在我的眼中看來，每一個都像外太空來的假想的「人」。

這些金人，肩上繞著電線，身後背著好似翅膀的東西，兩耳邊胖胖的，有若用著耳機，有些頭頂上乾脆頂了一支天線般的針尖，完全科學造形。

看見這些造形，一直在細想，是不是當年這片土地上的居民，的確看過這樣長相和裝備的人，才仿著做出他們的形象來呢？這樣的聯想使我立即又想到朋友沈君山教授，如果他在身邊，一定又是一場有趣的話題了。

博物館最高的一層樓等於是一個大保險箱，警衛在裏面，警衛在外面，參觀的人群被關進比手肘還厚的大鐵門內去。

在那個大鐵櫃的房間裏，極輕極微號角般的音樂，低沉、緩慢又悠長的傳過來。

全室沒有燈光，只有專照著一座堆積如黃金小山的聚光燈，靜靜的向你交代一份無言的真理——黃金是唯一的光榮，美麗和幸福。

放出那層嚴密保護著金器的房間，再見天日時，剛剛的一幕寶藏之夢與窗外的人群再也連不上關係。

下樓時一位美國太太不斷嘆息著問我：「難道妳不想擁有它們嗎？哪怕是一部分也好！天

啊，唉！天啊！」

其實它們是誰的又有什麼不同？生命消逝，黃金永存。這些身外之物，能夠有幸欣賞，就是福氣了。真的擁有了它那才叫麻煩呢！

在中南美洲旅行，好似永遠也逃不掉大教堂、美國烤雞、義大利餡餅和中國飯店這幾樣東西。對於大小教堂，雖說可以不看，完全意志自由，可是真的不進去，心中又有些覺得自己太過麻木與懶散，總是免不了去繞一圈，印證一下自己念過的建築史，算做複習大學功課。

至於另外三種食的文化，在博各答這一站時，已經完全拒絕了。尤其是無孔不入的烤雞、漢堡和麥克唐納那個國家的食物和文化，是很難接受的。至於中國飯店，他們做的不能算中國菜。在這兒，常常在看完了華麗的大教堂之後，站在它的牆外小攤邊吃炸香蕉、芭蕉葉包著有如中國粽子的米飯和一支支烤玉米。

這些食物只能使人發胖而沒有營養。

博各答雖是一個在高原上的城市，它的附近仍有山峰圍繞。

有的山頂豎了個大十字架，有的立了一個耶穌的聖像，更有一座小山頂上，立著一座修道院，山下看去，是純白色的。

只想上那個白色修道院的山頂去。它叫「蒙色拉」，無論在哪一本參考書，甚至哥倫比亞自己印的旅遊手冊上，都一再的告誡旅客——如果想上「蒙色拉」去，千萬乘坐吊纜車或小鐵路的火車，不要爬上去，那附近是必搶的地區。

城裏問路時，別人也說：「坐計程車到吊纜車的入口才下車吧！不要走路經過那一區呀！」我還是走去了，因為身上沒有給人搶的東西。

到了山頂，已是海拔三千公尺以上了，不能好好的呼吸，更找不到修道院。山下看見的那座白色的建築，是一個教堂。

那座教堂正在修建，神壇上吊著一個金色的十字架；神壇後面兩邊有樓梯走上去，在暗暗的燭光裏，一個玻璃櫃中放著有若人身一般大的耶穌雕像——一個背著十字架、流著血汗、跪倒在地上的耶穌，表情非常逼真。

在跌倒耶穌的面前，點著一地長長短短的紅蠟燭，他的櫃子邊，放著許許多多蠟做的小人兒。有些刻著人的名字，紮著紅絲帶和一撮人髮。

總覺得南美洲將天主教和他們早期的巫術混在一起了，看見那些代表各人身體的小蠟像，心中非常害怕。

再一抬頭，就在自己上來的石階兩邊的牆上，掛滿了木製的枴杖，滿滿的、滿滿的枴杖，全是來此祈求，得了神蹟療治，從此放掉枴杖而能行走的病人拿來掛著做見證的。

幽暗的燭光下，那些掛著的枴杖非常可怖，牆上貼滿了牌子，有名有姓有年代的人，感恩神蹟，在此留牌紀念。

對於神蹟，甚而巫術，在我的觀念裏，都是可以接受的，畢竟信心是最大的力量。

就在那麼狹小的聖像前，跪著一地的人，其中一位中年人也是撐著柺杖來的，他燃了一支紅燭，虔誠的仰望著跌倒在地的耶穌像，眼角滲出淚來。

那是個感應極強的地方，敏感的我，覺得明顯的靈息就在空氣裏充滿著。

我被四周的氣氛壓迫得喘不過氣來，自己一無所求，而心中卻好似有著莫大的委屈似的想在耶穌面前慟哭。

出了教堂，整個博各答城市便在腳下，景色遼闊而安靜，我的喉嚨卻因想到朋友張拓蕪和杏林子而哽住了——他們行走都不方便。

又回教堂裏面去坐著，專心的仰望著聖像，沒有向祂說一句話，祂當知道我心中切切祈求的幾個名字。

也代求了歐陽子，不知聖靈在此，除了治療不能行走的人之外，是不是也治眼睛。

走出聖堂的時候，我自己的右腿不知為何突然抽起筋來，疼痛不能行走。拖了幾步，實在劇痛，便坐了下來。在使人行走的神蹟教堂裏，我卻沒有理由的跛了。那時我向神一直在心裏抗議，問祂又問祂：「祢怎麼反而扭了我的腿呢？如果這能使我的朋友們得到治療，那麼就換好了！」祂不回答我，而腿好了。

代求了五個小十字架給朋友，不知帶回台灣時，誠心求來的象徵，朋友們肯不肯掛呢？

雖說身上沒有任何東西可搶，可是走在博各答的街上，那份隨時被搶的壓迫感卻是不能否

的身體，有些就被關上警車了。

每天看見街上的警察就在路人裏挑，將挑出來的人面對著牆，叫他們雙手舉著，搜查人的身體，有些就被關上警車了。

在這兒，我又覺得警察抓人時太粗暴了。

米夏在博各答一直沒有用相機，偶爾一次帶了相機出去，我便有些擔心了。

那一日我坐在城市廣場裏曬太陽，同時在縫一件脫了線的衣服。米夏單獨去舊區走走，說好四小時後回公園來會合。

一直等到夜間我已回旅館去了，米夏仍未回來。我想定是被搶了相機。

那個下午，米夏兩度被警察抓去搜身，關上警車，送去局內。

第一回莫名其妙的放了，才走了幾條街，不同的警察又在搜人，米夏只帶了護照影印本，不承認是證件，便又請入局一趟。

再放回來時已是夜間了。這種經歷對米夏也沒有什麼不好，他回來時英雄似的得意。

這個城市不按牌理出牌，以後看見警察我亦躲得老遠。

離開博各答的前兩日，坐公車去附近的小城參觀了另一個鹽礦中挖出來的洞穴教堂，只因心臟一直不大舒服，洞中空氣不潔，坐了一會兒便出來了，沒有什麼心得。

哥倫比亞的出境機場稅，是三十塊美金一個人，沒有別的國家可以與它相比。

記錄博各答生活點滴的現在，我已在厄瓜多爾一個安地斯山區中的小城住了下來。

飛機場領出哥倫比亞來的行李時，每一只包包都已打開，衣物亂翻，鎖著的皮箱被刀割開大口，零碎東西失蹤，都是博各答機場的工作人員留給我的臨別紀念。

那是哥倫比亞，一個非常特殊的國家。

附記：一封給鄧念慈神父的信

敬愛的鄧神父：

收到您的來信的現在，我正在巴西旅行。這封信經過聯合報轉到台北我父母的家中，因為是限時信，很抱歉的由我父親先代為拆閱了，然後轉到巴西給我。

拜讀了您的英文信之後，我的心裏非常的難過與不安，在我的文字中，無意間傷害到了您的情感和國家，雖然並不是故意的，可是這件事情的確是我個人在處置上的粗心和大意。

身為一位哥倫比亞的公民，在看到了我對於他自己國家的報導上有所偏差時，必然是會覺得痛心的。您寫信向我抗議是應當的行為。這一點，如果我與您換了身分與國籍，也一定會向作者寫出同樣的信來。在這兒，我要特別向您以及您的國家道歉。

因為我這次旅行，在哥倫比亞恰巧碰到了一些不誠實的事情，首都博各答的治安也因事先閱讀書籍的報導而影響了我的心理，因此便寫了出來。事實上，世界上任何國家，每一個城市，每日都有大小不同的暴行在發生，這不只是哥倫比亞，是全球人類的悲哀和事實，不巧我的文字中記錄下來的只有一國，這當然是不公平的。尤其使我歉疚的是——我深深的傷害到了一位為著我們中國人而付出了愛與關心的神父，這是我萬萬不願意的。

在我旅行結束回到台灣去時，請您千萬給我一個補過的機會，請您答應見我，接受我個人的道歉。希望這件事情能有一個挽回的機會，不但是向您私人道歉。我也有義務將這封信發表，算做對哥倫比亞這個國家的歉意。我們都是有信仰的人，對於這個美麗的世界和生命，除了感恩之外，必然將天主的愛也分佈到人間。您，早已做到了這一點，而我，卻在這份功課上慢慢學習。愛，是沒有國籍也沒有膚色之分的，這份能力來自上天，失了它，我們活著又有什麼其他的意義呢！

看完您的來信已經一天了，可是我心中的愧疚不能使我安睡，請您瞭解我的真誠，但願因為這一篇文字，而使我們因此做了朋友。回到台北時，我要來「耕莘文教院」拜望您，如果您肯接見我，當是我最大的歡喜，因為可以當面向您解釋和交談，也但願您對我的粗心大意能夠有所教導，都是我當向您學習的地方。

許多的話，說出來並不能減輕我內心的負擔，可是這封信是一定要寫的，請您原諒，寬容，實在是十分對不起。急著回來見您！

敬祝

安康

晚

三毛敬上

藥師的孫女：前世。
——厄瓜多爾紀行之一

那時候，心湖的故事在這安地斯山脈的高原上，已經很少被傳說了。

每天清晨，當我赤足穿過雲霧走向那片如鏡般平靜的大湖去汲水的時候，還是會想起那段駭人的往事。

許多許多年前，這片土地並不屬於印加帝國的一部分。自古以來便自稱加那基族的我們，因為拒絕向印加政府付稅，他們強大的軍隊開來征服這兒，引起了一場戰爭。

那一場戰役，死了三萬個族人，包括我的曾祖父在內，全都被殺了。

死去的人，在印加祭司的吩咐下，給挖出了心臟，三萬顆心，就那麼丟棄在故鄉的大湖裏。原先被稱為銀湖的那片美麗之水，從此改了名字，我們叫它「哈娃哥恰」，就是心湖的意思。

那次的戰役之後，加那基族便歸屬於印加帝國了，因為我們的山區偏向於城市基托，於是被劃分到阿達華伯國王的領地裏去。

那時候，印加帝國的沙巴老王已經過世了，這龐大的帝國被他的兩個兒子所瓜分。

在秘魯古斯各城的，是另一個王，叫做華斯加。

歲月一樣的在這片湖水邊流過去。

戰爭的寡婦們慢慢的也死了，新的一代被迫將收穫的三分之二繳給帝國的軍隊和祭司，日子也因此更艱難起來。

再新的一代，例如我的父母親，已經離開了故鄉，被送去替印加帝王築石頭的大路，那條由古斯各通到基托的長路，築死了許多人。而我的父母也從此沒有了消息。

母親離開的時候，我已經是個懂事而伶俐的孩子，知道汲水、餵羊，也懂得將曬乾的駱馬糞收積起來做燃料。

她將我留給外祖父，嚴厲的告誡我要做一個能幹的婦人，照顧外祖父老年後的生活，然後她解下了長長一串彩色的珠子，圍在我的脖子上，就轉身隨著父親去了。

當時我哭著追了幾步，因為母親背走了親愛的小弟弟。

那一年，我六歲。一個六歲的加那基的小女孩。

村子裏的家庭，大半的人都走了，留下的老人和小孩，雖然很多，那片原先就是寂靜的山區，仍然變得零落了。

外祖父是一個聰明而慈愛的人，長得不算高大，他帶著我住在山坡上，對著大雪山和湖水，我們不住在村落裏。

雖然只是兩個人的家庭，日子還是忙碌的。我們種植玉米、豆子、馬鈴薯，放牧駱馬和綿羊。

收穫來的田產，自己只得三分之一，其他便要繳給公共倉庫去了。瓊麻在我們的地上是野生的，高原的氣候寒冷，麻織的東西不夠禦寒，總是動物的毛紡出來的料子比較暖和。

母親離開之後，搓麻和紡紗的工作就輪到我來做了。

雖然我們辛勤工作，日子還是艱難，穿的衣服也只有那幾件，長長的袍子一直拖到腳踝。只因我覺得已是大人了，後來不像村中另外一些小女孩般的披頭散髮。每天早晨，我汲完了水，在大石塊上洗好了衣服，一定在湖邊將自己的長髮用骨頭梳子理好，編成一條光潔的辮子才回來。

我們洗淨的衣服，總是平鋪在清潔的草地上，黃昏時收回去，必有太陽和青草的氣味附在上面，那使我非常快樂，忍不住將整個的臉埋在衣服裏。

在我們平靜的日子裏，偶爾有村裏的人上來，要求外祖父快去，他去的時候，總是背著他大大的藥袋。那時候，必是有人病了。

小時候不知外祖父是什麼人，直到我一再的被人喚成藥師的孫女，才知治療病人的人叫做藥師。

那和印加的大祭司又是不同，因為外祖父不會宗教似的作法醫病，可是我們也是信神的。

外祖父是一個沉默的人，他不特別教導我有關草藥的事情，有時候他去很遠的地方找藥，幾日也不回來。家，便是我一個人照管了。

等我稍大一些時，自己也去高山中遊蕩了，我也懂得採些普通的香葉子回來，外祖父從來沒有阻止過我。

小時候我沒有玩伴，可是在祖父的身邊也是快活的。

那些草藥，在我們的觀念裏是不能種植在家裏田地上的。

我問過外祖父，這些藥為什麼除了在野地生長之外，不能種植它們呢？

外祖父說這是一份上天秘密的禮物，採到了這種藥，是病家的機緣，採不到，便只有順其自然了。

十二歲的我，在當時已經非常著名了，如果祖父不在家，而村裏的小羊瀉了肚子，我便抱了草藥去給餵。至於病的如果是人，就只有輪到外祖父去了。

也許我是一個沒有母親在身邊長大的女孩，村中年長的婦女總是特別疼愛我，她們一樣喊我藥師的孫女，常常給我一些花頭繩和零碎的珠子。

而我，在採藥回來的時候，也會送給女人們香的尤加利葉子和野蜂蜜。

我們的族人是一種和平而安靜的民族，世世代代散居在這片湖水的周圍。

在這兒，青草豐盛，天空長藍，空氣永遠稀薄而寒冷，平原的傳染病上不了高地，雖然農作物在這兒長得辛苦而貧乏，可是駱馬和綿羊在這兒是歡喜的。

印加帝國的政府，在收稅和祭典的時候，會有他們的信差，拿著不同顏色和打著各樣繩結的棍子，來傳遞我們當做的事和當繳的稅，我們也總是順服。

每當印加人來的時候，心湖的故事才會被老的一輩族人再說一遍。那時，去湖邊汲水的村中女孩，總是要怕上好一陣。

外祖父和我，很少在夜間點燈，我們喜歡坐在小屋門口的石階上，看湖水和雪山在寂靜平和的黃昏裏隱去，我們不說什麼多餘的話。

印加帝國敬畏太陽，族人也崇拜它，寒冷的高原上，太陽是一切大自然的象徵和希望。當然，雨季也是必須的。一年中，我們的雨水長過母羊懷孕的時間。

小羊及小駱馬出生的時候，草原正好再綠，而湖水，也更闊了。

我一日一日的長大，像村中每一個婦女似的磨著玉米，烘出香甜的餅來供養外祖父。在故鄉，我是快樂而安靜的，也更喜歡接近那些草藥了。

有一日，我從田上回來，發覺屋裏的外祖父在嚼古柯葉子，這使我吃了一驚。

村子裏的一些男人和女人常常嚼這種東西，有些人一生都在吃，使得他們嘴巴裏面都凹了一塊下去。這種葉子，吃了能夠使人活潑而興奮，是不好的草藥。

外祖父見到了我，沒有什麼不好意思的表情，他淡淡的說：「外祖父老了！只有這種葉子，幫助我的血液流暢——」

那時候，我才突然發覺，外祖父是越來越弱了。

沒有等到再一個雨季的來臨，外祖父在睡眠中靜靜的死了。

在他過世之前，常常去一座遠遠的小屋，與族人中一個年輕的獵人長坐。那個獵人的父母也是去給印加人築路，就沒有消息了。

回來的時候，外祖父總是已經非常累了，沒有法子與我一同坐看黃昏和夜的來臨，他摸一下我的頭髮，低低的喊一聲：「哈娃！」就去睡了。

在我的時代裏，沒有人喊我的名字，他們一向叫我藥師的孫女。

而外祖父，是直到快死了，才輕輕的喊起我來。他叫我哈娃，也就是「心」的意思。

母親也叫這個名字，她是外祖父唯一的女兒。

外祖父才叫了我幾次，便放下我，將我變成了孤兒。

外祖父死了，我一個人住在小屋裏。

我們的族人相信永遠的生命，也深信轉世和輪迴，對於自然的死亡，我們安靜的接受它。雖然一個人過的日子，黃昏更寒冷了，而我依然坐在門前不變的看著我的故鄉，那使我感到快樂。

那一年，那個叫做哈娃的女孩子，已經十五歲了。

外祖父死了沒有多久，那個打獵的青年上到我的山坡來，他對我說：「哈娃，妳外祖父要妳住到我家去。」

我站在玉米田裏直直的望著這個英俊的青年，他也像外祖父似的，伸手摸了一下我的頭髮，那時候，他的眼睛，在陽光下湖水也似的溫柔起來。

我沒有說一句話，進屋收拾了一包清潔的衣物，揹起了外祖父的藥袋，拿了一串掛在牆上的繩索交給這個獵人。

於是我關上了小屋的門，兩人拖著一群駱馬和綿羊還有外祖父的一隻老狗，向他的家走去。

我的丈夫，其實小時候就見過了，我們的狗幾年前在山裏打過架。

當時他在打獵，我一個人在找草藥，回家時因為狗被咬傷了，還向外祖父告過狀。

外祖父聽到是那個年輕人，只是慈愛而深意的看了我一眼，微笑著，不說什麼。

沒曉得在那時候，他已經悄悄安排了我的婚姻。

有了新的家之後，我成了更勤勞的女人，丈夫回來的時候，必有烤熟的玉米餅和煮熟的野味等著他。那幢樸素的小屋裏，清清潔潔，不時還拿尤加利的樹葉將房間薰得清香。

我們的族人大半是沉默而害羞的，並不說什麼愛情。

黃昏來臨時，我們一樣坐在屋前，沉靜的看月亮上升。而我知道，丈夫是極疼愛我的。

那時候，村裏的藥師已經由我來替代了。

如同外祖父一個作風，治療病家是不能收任何報酬的，因為這份天賦來自上天，我們只是替神在做事而已。

雖是已婚的婦人了，丈夫仍然給我充分的自由，讓我帶了狗單獨上山去摘草藥。

只因我的心有了惦記，總是採不夠藥就想回家，萬一看見家中已有丈夫的身影在張望，那麼就是管不住腳步的向他飛奔而去。

那時印加帝國已經到了末期，兩邊的國王起了內戰，村裏的人一直擔心戰爭會蔓延到這山區來。

雖然我們已成了印加人收服的一個村落，對於他們的祭司和軍隊，除了畏懼之外，並沒有其他的認同，只希望付了稅捐之後，不要再失去我們的男人。

戰爭在北面的沙拉薩各打了起來，那兒的人大半戰死了。北部基托的阿達華伯國王贏了這場戰役，華斯加王被殺死了。

也在內戰結束不多久，丈夫抱了一隻奇怪的動物回來，他說這叫做豬，是低原的人從白人手中買下來的。

我們用馬鈴薯來餵這隻豬。當時並不知豬有什麼用處。

三隻駱馬換回了這樣的一隻動物是划不來的。

村裏偶爾也傳進來了一些我們沒有看過的種子。

我渴切的等待著青禾的生長，不知種出來的會是什麼樣的農作物。

有關白人的事情便如一陣風也似的飄過去了，他們沒有來，只是動物和麥子來了。

平靜的日子一樣的過著，我由一個小女孩長成了一個婦人。我的外祖父、父親、母親都消失了，而我，正在等待著另一個生命的出世。

做為一個藥師的孫女，當然知道生產的危險，村中許多婦人便是因此而死去的。黃昏的時候，丈夫常常握住我的手，對我說：「哈娃！不要怕，小孩子來的時候，我一定在妳身邊的。」

我們辛勤的收集著羊毛，日日紡織著新料子，只希望嬰兒來的時候，有更多柔軟而暖和的東西包裹他。

那時候，我的產期近了，丈夫不再出門，一步不離的守住我。

他不再打獵，我們每餐只有玉米餅吃了。

那隻豬，因為費了昂貴的代價換來的，捨不得殺牠，再說我們對牠也有了感情。

一天清晨，我醒來的時候，發覺門前的大鑊裏煮著幾條新鮮的魚。這使我大吃一驚，叫喊起丈夫來。

心湖裏滿是跳躍的銀魚，可是百年來，沒有一個人敢去捉它們，畢竟那兒沉著我們祖先的身體啊！

丈夫從田上匆匆的跑回來，我痛責他捕魚的事情，他說：「哈娃！妳自己是藥師的孫女，懷著孩子的婦人只吃玉米餅是不夠的，從今以後吃魚吧！」

丈夫每夜偷偷去湖裏捉魚的事情，慢慢的被族人發現了。他們說我們會遭到報應，可是我們不理會那些閒話。

只因跟著丈夫相依為命，生產的事情，約好了絕對不去請求村中的老婦人來幫忙。她們能做的不多，萬一老婦人們來了，丈夫是必定被趕出去的，沒有丈夫在身邊，那是不好過的。

在一個寒冷的夜裏，我開始疼痛。悄悄起床煎好了草藥才喊醒沉睡的丈夫。

起初兩個人都有些驚慌，後來我叫丈夫扶著，包著毯子到門外的石階上去坐了一會兒，這便心靜了下來。

那是我最後一次看見月光下的雪山、湖水和故鄉茫茫的草原。

掙扎了三個日出與日落，那個叫做哈娃的女人與她未出世的孩子一同死了。

在一汪油燈的旁邊，跪著愛她如命的丈夫。他抱著哈娃的身體，直到已成冰冷，還不肯放下來。

那是後人的日曆十六世紀初葉，一個被現今世界統稱為南美印地安人的女子平凡的一生。哈娃離世時十九歲。

銀湖之濱・・今生。

——厄瓜多爾紀行之二

掛完了電話，心中反倒鬆了口氣。

朋友馬各不在家，留下了口訊給他的父親，總算是連絡過了，見不見面倒在其次。

旅途的疲倦一日加深一日，雖然沒有做什麼勞苦的工作，光是每日走路的時間加起來便很可觀，那雙腳也老是水泡。

無論在什麼時候，看見旅館的床，碰到枕頭，就能睡著。

萬一真休息了，醒來又會自責，覺得自己太過疏懶，有時間怎麼不在街上呢？

打完電話時正是炎熱的午後，朦朧中闔了一下眼睛，櫃檯上的人來叫，說是樓下有客在等著。

我匆匆忙忙的跑下去，看見找不著的馬各就站在大廳裏。

多年不見，兩人猶豫了一會兒，才向彼此跑過去。

「馬各，我回來了！」我喊了起來。

「回來了？什麼時候來過厄瓜多爾了？」他將我拉近，親了一下面頰。

「忘了以前跟你講的故事了？」

「還是堅持前生是印地安女人嗎？」他友愛的又將我環抱起來，哈哈的笑著。

「而且不是秘魯那邊的，是你國家裏的人，看我像不像？」我也笑吟吟的看著他。

馬各雙手插在長褲口袋裏，靜靜的看了我幾秒鐘，也不說話，將我拉到沙發上去坐下來。

「還好嗎？」他拍拍我的臉，有些無可奈何的看著我。

「活著！」我嘆了口氣，將眼光轉開去，不敢看他。

馬各是多年的朋友了，結婚時給寄過賀卡，我失了自己的家庭時，又給寫過長信，後來他由法國去了黎巴嫩，又回到自己的國家來，彼此便不連絡了。

我們沉默了一會兒，誰都不說話。

「說說在厄瓜多爾的計畫吧！」

「上安地斯高原去，跟印地安人住半個月到二十天，沿途六個大小城鎮要停留，然後從首都基托坐車下山，經過低地的另外兩個城，再回到這兒來搭機去秘魯，總共跑一千幾百公里吧！」

當時我正住在厄瓜多爾最大的海港城娃雅基的旅館裏。

「先來我們家過了節再走，明天耶誕夜了！」

「我這種人，哪有什麼節不節，謝謝你，不去了！」

「幾號上高原去？」

「二十五號走，第一站七小時車程呢！」

「先去哪裏？」

「里奧龐巴！」我又說了那個城附近的幾個小村落的名字。

「妳的地理不比我差，前世總是來過的囉！」馬各笑著說。

「要去找一片湖水——」我說。

「湖應該在沃達華羅啊！弄錯了沒有，妳？」

我知道沒有錯，那片湖水，不看詳細地圖找不著，可是它必是在的。

「Echo，可不可以等到二十七號，我開車回首都基托去上班，妳和那位同事跟我沿途玩上去？那樣不必坐長途公車了！」

最令人為難的就是朋友太過好意，接受別人的招待亦是於心難安的，以我這麼緊張的個性來說，其實是單獨行動比較輕鬆自在的。

堅持謝絕了馬各，他怎麼說，也是不肯改變心意。

約好二十日後兩人都在基托時再連絡，便分手了。

對於不認識的馬各，米夏的興趣比我還大，因為馬各是社會學家，跟他談話會有收穫的。

聽說有便車可搭，米夏巴不得跟了同去。這兩個人語言不通，如果長途旅行尚得做他們的翻譯，便是自討苦吃了。

再說，我要去的印地安人村落仍是極封閉的地方，如果三個遊客似的人拿了照相機進去，效果便很可能是相反的壞了。

厄瓜多爾二十八萬平方公里的土地，簡單的可分三個部分。

東部亞馬遜叢林，至今仍是莽荒原始，一種被叫做「希哇洛斯．布拉浮」的野林人據說仍然吹箭獵頭，他們不出來，別人也不進去。

厄瓜多爾的政府對於叢林內的部落至今完全沒有法子控制，便兩不相涉了。

中部的厄瓜多爾，一路上去便是安地斯山脈所造成的高原，兩條山鍊一路延伸到哥倫比亞，中間大約六十五公里闊的大平原裏，純血的印地安人村落仍是多不勝數。他們的人口，佔了六百萬人中的百分之四十。

高原上除了幾個小城之外，六十多萬人口的首都基托，就建在海拔兩千八百五十公尺的北部山區裏，是世界第二高的首都。

南方的海岸部分，一般書中叫它做低原，那兒氣候常年炎熱，農產豐富，一座叫做「葛位托」的中型城市，更有另一個別名——中國城。

許多廣東來的老華僑，在那兒已經安居三代了。那兒的「香蕉王」，便是一位中國老先生。

厄瓜多爾另有幾個小島，叫做「加拉巴哥斯」，泡在遠遠的太平洋裏面。

渴切想去的地方，在我，當然是安地斯山脈。

其實山區裏的高原人民，自有他們的語言和族稱，只是當年哥倫布航海去找中國，到了古巴，以為安抵印度，便將當時美洲已住著的居民錯稱為「印度人」，便是而今美洲印地安人名稱的由來了。

車子是中午在炎熱的海港開出的，進入山區的時候，天氣變了，雨水傾倒而下，車廂內空氣渾濁不堪，我靠著窗戶不知不覺的睡了過去。

當我被刺骨的微風凍醒時，伏蓋著的安地斯蒼蒼茫茫的大草原，在雨後明淨如洗的黃昏裏將我整個擁抱起來。

眼前的景色，該是夢中來過千百次了，那份眼熟，令人有若回歸，鄉愁般的心境啊，怎麼竟是這兒！

車子轉了一個彎，大雪山「侵咆拉索」巨獸也似的撲面而來。

只因沒有防備這座在高原上仍然拔地而起的大山是這麼突然出現的，我往後一靠，仍是吃了一驚。

看見山的那一駭，我的靈魂衝了出去，飛過尤加利樹梢，飛過田野，飛過草原，繞著那座冷冰積雪的山峰怎麼也回不下來。

一時裏，以為自己是車禍死了，心神才離開了身體，可是看看全車的人，都好好的坐著。

「唉！回來了！」我心裏暗暗的嘆息起來。

對於這種似曾相識的感應，沒有人能數說，厄瓜多爾的高地，於我並不陌生的啊！

「阿平！阿平！」米夏一直在喊我，我無法回答他。

我定定的望著那座就似撲壓在胸前的六千多公尺高的雪山，覺著它的寒冷和熟悉，整個人完全飄浮起來，又要飛出去了。

一時裏，今生今世的種種歷練，電影般快速的掠過，那些悲歡歲月，那些在世和去世的親人，想起來竟然完全沒有絲毫感覺，好似在看別人的事情一般。

大概死，便是這樣明淨如雪般的清朗和淡漠吧！

「哎呀！妳的指甲和嘴唇都紫了！」米夏叫了起來。

我緩緩的問米夏：「海拔多少了？」

「這一帶，書上說超過三千兩百公尺，下到里奧龐巴是兩千六百五十。」

這時候我才看了一下自己的雙手，怎麼都腫起來了，呼吸也困難得很。

什麼靈魂出竅的感應，根本是身體不適才弄出來的幻覺。

車子停在一個小站上，司機喊著：「休息十分鐘！」

我沒有法子下車，這樣的高度使人難以動彈。

就在車站電線杆那支幽暗的路燈下，兩個老極了的印地安夫婦蹲坐在路邊。

女人圍著深色的長裙，披了好幾層彩色厚厚的肩毯，梳著粗辮子，頭上不可少的戴著舊呢帽。

兩個人專心的蹲在那兒用手撕一塊麵包吃。

我注視著這些純血的族人，心裏禁不住湧出一陣認同的狂喜，他們長得多麼好看啊！

「老媽媽啊！我已經去了一轉又回來了，妳怎麼還蹲在這兒呢！」我默默的與車邊的婦人在心裏交談起來。

有關自己前世是印地安人的那份猜測，又潮水似的湧上來。

這個小鎮的幾條街上，全是印地安人，平地人是看不到了。

暮色更濃了。街上人影幢幢，一切如夢如幻，真是不知身在何處？

方才下了里奧龐巴的公車站，一對歐洲模樣的男女好似來接我們似的走了上來。那時我的心臟已經很不舒服了，對他們笑笑，便想走開去，並不想說什麼話。他們攔住了我，一直請我們去住同一家旅館，說是那間房間有五個床，位子不滿，旅館叫他們自己出來選人。

下車的人那麼多，被人選中了，也算榮幸。

旅館是出租舖位的，一個大房間，宿舍一般，非常清潔安靜。

那對旅客是瑞士來的，兩人從基托坐車來這小城，預備看次日星期六的印地安人大趕集。看上去正正派派的人，也不拒絕他們了。

進了旅舍，選了靠窗的一張舖位，將簡單的小提包安置在床上，便去公用浴室刷牙了。

旅行了這一串國家，行李越來越多，可是大件的東西，必是寄存在抵達後的第一個旅舍裏，以後的國內遊走，便是小提包就上路了。

打開牙膏蓋子，裏面的牙膏嘩一下噴了出來，這樣的情形是突然上到高地來的壓力所造成的，非常有趣而新鮮。

初上高原，不過近三千公尺吧，我已舉步無力，晚飯亦不能吃，別人全都沒有不適的感覺，偏是自己的心臟，細細針刺般的疼痛又發作起來。

沒有敢去小城內逛街，早早睡下了。

因為睡的是大通舖，翻身都不敢，怕吵醒了同室的人，這樣徹夜失眠到清晨四點多，窗外街道上趕集的印地安人已經喧譁的由四面八方進城來了。

里奧龐巴的星期六露天市集，真是世上僅存的幾個驚喜。

一般來厄瓜多爾的遊客，大半往著名的北部沃達華羅的市集跑，那兒的生意，全是印地安人對白人，貨品迎合一般觀光客的心理而供應，生活上的必需品，便不賣了。

這兒的市集，近一萬個純血的印地安人跑了來，他們不但賣手工藝，同時也販菜蔬、羊毛、家畜、布料、食物、衣服、菜種、草藥……

滿城彩色的人，繽紛活潑了這原本寂靜的地方。

他們自己之間的交易，比誰都要熱鬧興旺。

九個分開的大廣場上，分門別類的貨品豐豐富富的堆著。縫衣機就在露天的地方給人現做衣服，賣掉了綿羊的婦人，趕來買下一塊衣料，縫成長裙子，正好穿回家。

連綿不斷的小食攤子，一隻隻「幾內亞烤乳豬」已成了印地安人節日的點綴，賣的人用手撕肉，買的人抓一堆白飯，蹲在路邊就吃起來。

但願這市集永遠躲在世界的一角，過他們自己的日子，遊客永遠不要知道的才好。

印地安人的衣著和打扮，經過西班牙人三四百年的統治之後，已經創出了不同的風格。市集上的印地安男人沉靜溫柔而害羞。女人們將自己打扮得就像世上最初的女人，她們愛花珠子、愛顏色，雖然喧譁笑鬧，卻也比較懂得算計，招攬起生意來，和氣又媚人。那些長裙、披肩、腰帶，和印加時代只有祭司和貴族才能用上的耳環，都成了此地印地安女子必有的裝飾。

歐洲的呢帽，本是西班牙人登陸時的打扮，而今的印地安人，無論男女都是一頂，不會肯脫下來的。

沃達華羅那邊的族人又是一種，那兒的女人用頭巾，不戴帽子。她們穿闊花邊的白襯衫。雖說統稱印地安人，其實各人的衣著打扮，甚而帽簷的寬狹，都因部落不同而有差異，細心的人，觀察一會兒，便也能區分了。

在我眼中，印地安人是世上最美的人種，他們的裝飾，只因無心設計，反倒自成風格。而那些臉譜，近乎亞洲蒙古人的臉，更令我看得癡狂。

高原地帶的人大半生得矮小，那是大自然的成績。這樣的身材，使得血液循環得快些，呼吸也方便。起碼書本中是如此解釋的。

看了一整天的市集，沒有買下什麼，這份美麗，在於氣氛的迷人，並不在於貨品。賣東西的印地安人，才是最耐看的對象。

坐在街邊地上吃烤豬時，偷偷的細聽此地人講契川話，付帳時，我亦學了別人的音節去問多少錢，那個胖胖的婦人因此大樂。

便因我肯學他們的話，賣烤豬的女人一面照顧她的豬，一面大聲反覆的教我。很疼愛我的樣子。

教了十幾句，我跑去別的攤子立即現用，居然被人聽懂了。他們一直笑著，友善的用眼睛悄悄瞟著我。

黃昏來臨之前，鎮上擁擠的人潮方才散光，一座美麗的城鎮，頓時死寂。

我爬上了城外小丘上的公園，坐在大教堂的前面，望著淡紅色的雲彩在一片平原和遠山上慢慢變成鴿灰。

呼吸著稀薄而涼如薄荷的空氣，回想白日的市集和印地安人，一場繁華落盡之後所特有的平靜充滿了胸懷。

再沒有比坐看黃昏更使我歡喜的事情了。

次日早晨，當我抱著一件厚外套，拿著自己的牙刷出旅舍時，一輛旅行車和它的主人華盛頓，還有華盛頓的太太及一男一女的小孩，已在門外站著等了。

車子是前晚在小飯店內跟老闆談話之後去找到的，不肯只租車，說是要替人開去。

那位叫做華盛頓的先生本是推土機的機械師，星期天才肯出租車子。他的名字非常英國。

我要去的一群印地安人村落，大約需要幾小時的車程在附近山區的泥沙路內打轉。華盛頓說，他的家人從來沒有深入過那兒，要求一同參加，我也一口答應了。

只有米夏知道，如果附近果然找到那片在我強烈感應中定會存在的湖水，我便留下來，住幾日，幾天後自會想法子回鎮。

這一路來，米夏的興趣偏向美洲殖民時代留下來的輝煌大建築與教堂，還有數不清的博物館，這一切在在使他迷惑驚嘆。畢竟他來自一個文化背景尚淺的國家，過去自己看得也不夠。我因教堂及博物館看得不但飽和，以前還選了建築史，那幾場考試不但至今難忘而且還有遺恨，不想再往這條線上去旅行。

嚮往的是在厄瓜多爾這塊尚沒有被遊客污染的土地上，親近一下這些純血的印地安人，與他們同樣的生活幾天，便是滿足了。

於是米夏選擇了鎮內的大教堂，我進入高原山區，講好兩人各自活動了。

這趟坐車去村落中，米夏自然跟去的，他獨自跟車回來便是了。

這樣開了車去山區，華盛頓盡責的找村落給我們看，那兒的印地安人，看見外人進來，便一哄而散了。

因為無法親近他們，使我一路悶悶不樂。

眼看回程都來了，我仍然沒有看見什麼，一條沒有經過的泥路橫在面前，心中不知為何有些觸動起來，一定要華盛頓開進去。

「這兒我沒有來過，據說山谷內是塊平原，還有一片湖水——」他說。

聽見湖水，我反倒呆了，說不出話來。

我們又開了近四十分鐘的山路。

那片草原和水啊，在明淨的藍天下，神秘的出現在眼前，世外的世外，為何看了只是覺得歸鄉。

「你們走，拜託，米夏不許再拍照了！」我下了車就趕他們，湖邊沒有車路了。

遠處的炊煙和人家那麼平靜的四散著，沒有注意到陌生人的來臨。

這時華盛頓的太太才驚覺我要留下，堅決反對起來。

「我一個人進村去找地方住，如果找到了，出來跟你們講，可以放心了吧！」

過了四十分鐘不到，我狂跑過草原，拿起了自己的外套和牙刷，還有一盒化妝紙，便催他們走了。

「過幾天我來接妳！」米夏十分驚怕的樣子，依依不捨的上車了。

他不敢跟我爭，贏不了這場仗的。雖然他實在是不很放心。

車子走了，草原上留下一個看上去極渺小的我，在黃昏的天空下靜靜的站著。

在台灣的時候，曾經因為座談會結束後的力瘁和空虛偷偷的哭泣，而今一個人站在曠野裏，反倒沒有那樣深的寂寞。我慢慢的往村內走去，一面走一面回頭看大湖。

誤走誤撞，一片夢景，竟然成真。

有時候我也被自己的預感弄得莫名其妙而且懼怕。

她叫做「吉兒」，印地安契川語發音叫做ㄐㄧˋㄦ。

我先是在她的田地上看動物，那兒是一匹公牛、一匹乳牛、一隻驢子和一群綿羊。一站在那兒，牛羊就鳴叫起來了。

吉兒出門來看，並沒有看我的人，眼睛直直的釘住我脖子上掛的一塊銀牌——一個印地安人和一隻駱馬的浮雕便在牌子上，骨董店內買來的小東西。

她也沒問我什麼地方來的，走上前便說：「妳的牌子換什麼？我想要它。」

她的西班牙語極零碎，拼著講的。

我說留我住幾日，給我吃，我幫忙一切的家務，幾天後牌子給她，再給一千個「蘇克列」——厄瓜多爾的錢幣。她馬上接受了。

我就那麼自然的留了下來，太簡單了，完全沒有困難。

吉兒有一個丈夫和兒子，兩間沒有窗戶只有大門的磚屋。

第一天晚上，她給了我一張蓆子，鋪在乾的玉米葉堆上，放了一個油燈，我要了一勺水，喝了便睡下了。隔著短木牆的板，一隻咖啡色的瘦豬乖乖的同睡著，一點也不吵。

他們全家三人睡在另一間，這些人不問我任何問題，令人覺得奇怪。

這家人實在是好，能蓋的東西，全部找出來給了我。在他們中間，沒有害怕，只是覺得單純而安全。

第二日清晨，便聽見吉兒的聲音在門外哇哇的趕著家畜，我也跟著起床了。

我跟她往湖邊去，仍是很長的路，湖邊泥濘一片，吉兒打赤腳，我用外套內帶著的塑膠袋將鞋子包起來，也走到湖邊去幫她汲水。

雖然這是一個村落，裏面的房舍仍是稀落四散的，因為各人都有田莊。

一九七三年此地的政府有過一次土地改革，印地安人世居的土地屬於自己的了，他們不再為大農場去做苦工。

印地安人村居的日子，我儘可能的幫忙做家事，這些工作包括放牛羊去湖邊的草地上吃草，替吉兒的兒子接紡紗時斷了的線，村附近去拾柴火，下午一起曬太陽穿玻璃珠子。

吉兒有一大口袋麥片，她將牛奶和麥片煮成稀薄的湯，另外用平底鍋做玉米餅。

我們一日吃一頓，可是鍋內的稀湯，卻一直熬到火熄，那是隨便吃幾次的，吉兒有一只鋁做的杯子。

我也逛去別人的家裏，沒有人逃我，沒有人特別看重我，奇怪的是，居然有人問我是哪一族的——我明明穿著平地人的牛仔褲。

黃昏的時候，田裏工作的男人回來了，大家一起坐在門口看湖水與雪山，他們之間也很少講話，更沒有聽見他們唱歌。

那片湖水，叫做「哈娃哥恰」，便是心湖的意思。

玉米收穫的季節已經過了，收穫來的東西堆在我睡房的一角，裏面一種全黑色的玉米，也跟那咖啡豬一樣，都是沒見過的東西。

黑玉米不是磨粉的，吉兒用它們煮湯，湯成了深紫色，加上一些砂糖，非常好喝。

這兒的田裏，種著洋蔥、馬鈴薯和新的玉米青禾。

湖裏的魚，沒有人撈上來吃。

問他們為什麼不吃魚，吉兒也答不上來，只說向來不去捉的。

湖水是鄉愁，月光下的那片平靜之水，發著銀子似的閃光，我心中便叫它銀湖了。

村中的人睡得早，我常常去湖邊走一圈才回來，夜間的高原，天寒地凍，而我的心思，在這兒，簡化到零。

但願永不回到世界上去，旅程便在銀湖之濱做個了斷，那個叫做三毛的人，從此消失吧！

別人問我叫什麼，我說我叫「哈娃」。

村中的老婦人一樣喜愛珠子，我去串門子的時候，她們便將唯一的珍寶拿出來放在我手中，給我看個夠。我們不多說話。

歲月可以這樣安靜而單純的流過去，而太陽仍舊一樣升起。

也就是在那兒，我看到了小亞細亞地區游牧民族的女人佩戴的一種花彩石，那是一種上古時代的合成品，至今不能明白是什麼東西造出來的。

它們如何會流傳到南美洲的印地安人手中來實在很難猜測。

這種石頭，在北非的市場上已經極昂貴而難得了。

婦人們不知這種寶石的價值，一直要拿來換我那塊已經許給吉兒的銀牌，不然換我的厚外套。

不忍欺負這群善良的人，沒有交換任何彩石，只是切切的告訴她們，這種花石子是很貴很貴的寶貝，如果有一日「各林哥」進了村，想買這些老東西，必不可少於四十萬蘇克列，不然四百頭綿羊交換也可以。

「各林哥」便是我們對白人的統稱。

村裏的人大半貧苦無知，連印加帝國的故事，聽了也是漠不關心而茫然。

他們以為我是印加人。

最遠的話題，講到三百里外的沙拉薩加那邊便停了。

我說沙拉薩加的男男女女只穿古怪的黑色，是因為四百年前一場戰爭之後的永久喪服，他們聽了只是好笑，一點也不肯相信。

吉兒一直用馬鈴薯餵豬，我覺得可惜了，做了一次蛋薯餅給全家人吃，吉兒說好吃是好吃，可是太麻煩了。她不學。

銀湖的日子天長地久。好似出生便在此地度過，一切的記憶，都讓它隨風而去。

望著那片牛羊成群的草原和高高的天空，總使我覺得自己實在是死去了，才落進這個地方來的。

「妳把辮子打散，再替妳纏一回！」

村中一間有著大鏡子人家的男人，正在給我梳頭，長長的紅色布條，將辮子纏成驢尾巴似的拖在後面。

我鬆了頭髮，將頭低下來，讓這安靜溫和的朋友打扮我。那時我已在這個村落裏七天了。

就在這個時候，聽見細細的咔嚓一聲。

室內非常安靜，我馬上抬起了頭來。

那個米夏，長腳跨了進房，用英文叫著：「呀！一個印地安男人替妳梳頭——」

他的手中拿著相機，問也不問的又舉起來要拍。

我的朋友沉靜的呆站著，很侷促的樣子。

「有沒有禮貌！你問過主人可以進來沒有？」我大叫起來。

「對不起啊！」我趕緊用西班牙文跟那個人講。

米夏也不出去，自自在在的在人家屋內東張西望，又用手去碰織布機。

「我們走吧！」我推了他一把。

我跑去村內找每一個人道別，突然要走，別人都呆掉了。

跑去找吉兒，她抱了一滿懷的柴火，站在屋旁。

「牌子給妳，還有錢！」我反手自己去解鍊條。

「不要了！哈娃，不要！」吉兒拚命推。

她丟下了柴，急步跑回屋內去，端了一杯牛奶麥片湯出來，硬叫我喝下去。

「妳跟各林哥去？」她指指米夏。

米夏要求我與吉兒拍照，吉兒聽我的，也不逃相機，坐了下來。

消息傳得很快，吉兒的先生和兒子都從田上跑回來了。

我抱起自己的外套，回頭看了他們一眼，吉兒一定拒絕那塊銀牌子，不說一句話就跑掉了。

我塞了幾張大票子給吉兒的丈夫，硬是放在他手裏，便向遠遠那輛停在湖邊入口處的旅行車跑去。

我愛的族人和銀湖，那片青草連天的樂園，一生只能進來一次，然後永遠等待來世，今生是不再回來了。

這兒是厄瓜多爾，一九八二年初所寫的兩篇故事。

索諾奇・雨原之一。

——秘魯紀行之一

那個瘦人坐在暗暗的光線裏吹笛子，一件灰紫色的襯衫下面是條帶著流蘇的破長褲。棕色的頭髮黏成一條一條，額頭綁著印地安人手編的花繩子，脖子掛著項鍊，左耳用了一只耳環。

吹的是秘魯常見的木笛，不會弄，嗚嗚的成不了調子。

房間沒有窗，只有對著天井的方向，開著一扇寬寬的木門。

房內兩張雙層床，無論上舖下舖都已成了一片零亂不堪的舊衣攤，就連地上，也滿是半乾的果皮、煙蒂和紙團。

我進房的時候，室外雨水滂沱，低頭先用一把化妝紙擦淨鞋底，再對吹笛的人道了日安。

那個人理也不理，站起來大步走到開著的門邊去，用腳嘭一下踢上了房門。

「請問上舖的東西是你的嗎？」我用西班牙文問他，他不理，又用英文問，也是不睬。

那支死笛子吹得要裂開了還不肯放手。

當時我跟米夏剛剛從首都利馬乘飛機上到高原的古斯各來——印加帝國當年的都城。

下機時天空是晴朗的，海拔三千五百公尺的古城，在一片草原圍繞的山丘上氣派非凡。印加的石基疊建著西班牙殖民時代的大建築，兩種文化的交雜，竟也產生了另一種形式的美。

提著簡單的行李一家一家問旅舍，因為雨季，陸空交通時停時開，滯留的客人常常走不掉，要找一家中級的旅館安身便是難了。

問了十幾個地方，全是客滿，那不講理的大雨，卻是狂暴的倒了下來。

我知自己體質，初上高原，不能再捂著心臟亂走，眼看一家名為旅舍而氣氛實在是不合適的地方，還是走了進去。

就連這樣的小客棧，也只剩兩張上舖了。

「上層被我租下了，請您將東西移開好嗎？」又對那個吹笛人說話。

他反正是不理。

我將床上的一大堆亂東西仔細的給拿了下來，整齊的放好在那人的身邊。

自己的小行李包沒有打開，也不去佔下面的任何一塊空間，脫了鞋子，兩隻鞋帶交互打了一個結，繫在床尾的柱子上，行李包便掛在床頭。

屋裏空氣渾濁不堪，一只暗暗的燈泡禿禿的從木板縫裏吊下來，幾面破牆上塗滿了公共廁所裏才寫的那些髒話。

另一張雙層床的情況不會比我這張好到哪裏去，亂堆的髒衣服看不出是男人或是女人的。

米夏登記好旅館，也進來了，看我坐在上鋪，也動手去理起另一張床來。

「最好先別動它，這張床主不在，萬一賴我們少了東西反而麻煩！」我用中文對他說，那樣吹笛子的人八成聽不懂。

又來了一個頭髮爆米花似的髒女孩子，鞋上全是泥濘，也不擦一下就踩進來了，地板上一隻隻溼印子。另一張下鋪位子是她的。

「媽的！又住人進來了。」她自言自語的罵著，也是不打招呼的，講的是英文。

米夏呆看著她，居然一聲驚喜的呼喚：「妳是美國人嗎？」

媽的米夏，我被他氣得發昏，這種低級混混也值得那麼高興碰到，況且她正在罵我們。

我知自己快發「索諾奇」了，快快的躺著，希望能夠睡一下，給身體慢慢適應這樣的高度。

再醒來時，房內一樣昏昏暗暗，也不知是幾點了。另一個舖位上躺著的不是米夏，是不認識的一男一女，下舖的笛聲沒有了，坐著蹲著另外四個髒髒的人，不太分得出性別。

第一個反應便是趕緊去摸自己後腰上的暗袋，那兒全是報社的經費和重要的證件，它們仍在原來的地方。

除了這個動作之外，驚覺自己竟不能移動一絲一毫了。

頭痛得幾乎要炸開來，隨著嘭嘭狂擊的心臟，額上的血管也快炸開了似的在狂跳。

呼吸太急促，喉頭內乾裂到劇痛。

這是高原病，契川話叫做「索諾奇」的那種鬼東西來了。

並不是每一個上高原的人都會發病的，只是敏感如我，是一定逃不掉的。

笛聲是停了，代替著大聲播放的音樂，打擊樂器的聲音，將我本已劇痛的頭弄得發狂。一夥傢伙在抽大麻，本已不能好好呼吸，再加那個味道，喉嚨痛得不想活。

只想一杯水喝，哪怕是洗手間裏接來的生水都是好的，可是弱得不能移動自己。

「音樂小聲一點可以嗎？」我呻吟起來。

下舖沒有人睬我，上舖的男女傳著大麻煙，也是沒有表情的。

我趴著掛在床沿，拍拍下面人的頭髮，他抬頭看著我，我又說：「音樂小聲一點啊！拜託！」

「咦！我們在慶祝中國新年呢，什麼小聲一點。」他聳聳肩，嘻皮笑臉的。

再不喝水要渴死了，而米夏沒有出現。

本是穿著毛衣長褲睡覺的，強忍著痛，滑下了床，撞到了一個人的肩上去，他乘機將我一抱，口裏喊著：「哎呀！哎呀！」

我滑坐到地上去，慢慢的穿鞋，眼前一片金星亂冒，打個鞋帶的結手指都不聽話。

這種高原病沒什麼要緊，在厄瓜多爾的首都基托我也犯過，只需一兩天便好了，只是這兒又比基托高了七百多公尺，便又慘了一些。

我摸到門邊去，出了門，找到洗手間，低下頭去飲水，那個浴室，髒得令人作嘔，進去一次幾個月也別想忘記。

舖位不是沒有睡過，這些嬉皮的大本營卻不是我當留下的地方了。

我撐到街上去，經過雜貨店，趴在櫃檯邊向他們買古柯葉子。已是黃昏了。大雨仍是傾盆而下。老闆娘看見我那麼痛苦的樣子，馬上將我扶到椅子上去坐著，向後間喊起來：「爸爸，快拿滾水來，沖古柯給這位女士喝！」

「剛剛上來是不是？慢慢走，不要亂動，古柯茶喝了會好的。」她慈愛的攏了一下我的頭髮。那雙粗糙的手是基督給她的。

在店裏靠了半天，喝了一般書中都說已經禁售了的古柯，可是沒有什麼效果。古斯各並不是一個小城，十四萬的人口加上四季不斷的遊客，旅舍不可能沒有空位，只是我已力瘁，無法一家一家去找。

「武器廣場」的附近便是一家四顆星、最豪華的飯店，也不知自己是如何飄過去的。沒問價格，也沒再找米夏，旅舍的好人扶我上二樓，我謝了人家，回絕了旅館要請醫生的好意，撲在床上，便又睡了過去。

睡著下去時，覺著有婦人用毛巾替我擦全溼了的頭髮。

第二日清晨我醒來，一切的不適都已消失，下樓吃了一頓豐富的早餐，居然跑去櫃檯跟人講起價來。

「啊！會動啦！」櫃檯後面的那位老先生和和氣氣的說。

我嘻的一笑，說起碼要住半個月以上的古斯各，他一口答應給我打八折房錢——四十塊美金一日。

那邊舖位是三塊半美金一個人。

經過廣場，回到小客棧去，看見米夏尚在大睡，我禁不住納悶起來，想也想不明白。想呆了過去，米夏才醒。

「咦！那麼早就起床了？」

失蹤一整夜，這個福氣的人居然不知道。

「我昨晚回來，看見妳不在，想妳跑出去看土產，所以先睡了。」他說。

那時房內的傢伙們都已不在了，東西居然又攤到我的上舖，反正不住了，我把那些雜物嘩一下掃到地上去。

在那樣雜亂的環境裏，米夏將身懷鉅款的我丟在一群品行不端的陌生人中間睡覺，而沒有守望，是他的失職，當然也是我自己的不是和大意。

也沒告訴米夏自己已有了住處，昨日的高原病狂發一場，要杯水喝尚是沒人理會，這個助理該罰一回。

陪米夏吃過了他的早餐，兩人坐在大廣場的長椅上，這個城市的本身和附近的山谷值得看的東西太多。

便是我們坐著的地方吧，一八一四年西班牙人還在這兒公開處決了企圖復國的最後一個印加帝國的皇族杜巴克·阿瑪魯二世，他的全家和那些一同起義的族人。好一場屠殺啊！

過了十二年，秘魯脫離西班牙的控制，宣佈獨立。又過了二十三年，秘魯進口中國勞工，慘無人道的對待他們，直到西元一八七四年。

說著這些熱愛而熟讀的歷史給米夏聽，曬著寒冷空氣中淡淡的陽光，計畫著由這兒坐火車去「瑪丘畢丘」——失落的印加城市，這旅程中最盼望一探的地方便在附近了。

廣場上遊客極多，三五成群的喧譁而過，不吵好似不行似的，看了令人討厭。

便在旁邊的另一張椅子上，坐著一個金髮齊肩，穿著暗紅棉外衣、藍布長褲的女孩，身邊放著一只小行李包。

只有她，是安靜極了的。

雨，又稀稀落落的開始灑下來。我跟米夏說，該是買雨衣雨傘的時候了，這雨季是鬥不過它的。

我們慢慢走開了，跑進廣場四周有著一道道拱門的騎樓下去。

那個女孩，單獨坐著的，竟然沒有躲雨，乾脆整個的人平躺到椅上去，雙手緊緊的壓著太陽穴。看上去極度的不適而苦痛。

我向她跑過去，跟她說：「回旅館躺下來，將腳墊高，叫他們沖最濃的古柯茶給妳吃，會好過些的呀！」

她不會西班牙文，病得看也不能看我，可是一直用英文道謝。臉色很不好了，一片通紅的。

「淋溼啦！」我說，改了英文。

「沒有旅館，都滿了，剛下飛機。」她有氣無力的說。

直覺的喜歡了這個樸樸素素的女孩。

「我在附近旅館有一個房間，暫時先跟我分住好不好？分擔一天二十塊美金對妳貴不貴呢？」我輕輕的講，只怕聲量太大頭痛的人受不了。

那種索諾奇的痛，沒有身受過的人，除非拿斧頭去劈他的頭，可能才會瞭解是怎麼回事。

那女孩呻吟起來，強撐著說：「不貴，只是麻煩妳，很對不起，我——」

「來，我的同事扶妳，慢慢走，去旅館有暖氣，會好過的。」我提起了她的行李包。

米夏發覺我居然在四顆星的大旅館中有了房間，駭了一大跳。

這是旅途中第一次沒有與他公平分享物質上的事情，而我的良心十分平靜安寧。

進了旅館的房間，那個女孩撲到床上便闔上眼睛。

我將她的白球鞋脫掉，雙腳墊高，蓋上毛毯，奔下樓去藥房買喜巴藥廠出的「阿諾明那」——專治高原病的藥片。我自己心臟不好，卻是不能服的。

回旅舍時，那個女孩又呻吟起來：「替我叫醫生，對不起——」眼看她是再也痛不下去了。

米夏奔下樓去找櫃檯要醫生。

「這裏有錢和證件，請妳替我支配——」

女孩拉住我的手，摸到背後，她藏東西的暗袋，與我一個樣子，同樣地方，看了令人禁不住一陣莞爾。

絕對不是一個沒有頭腦的傻女孩，而她卻將這些最重要的東西全交給了我——一個連姓名尚不知道的陌生人。

這份對我全然的信任，使我心中便認定了她，在她狂病的時候，一步也不肯離開了。

醫生給打了針，開的便是我給買來的同樣的藥。

安妮沉沉的睡去，我站在窗口大把大把的嚼古柯葉子。

印地安人吃這種葉子是加石灰一起的，我沒那個本事，而索諾奇到了下午，又找上了我。

我躺到另一張床上去，米夏跑去小客棧拿來了我的行李，這一回他不敢走了，守著兩個一直要水喝的病人。

第二日早晨我醒來，發覺那張床上的女孩張著大眼睛望著我，沒有什麼表情的在發愣。

「還痛不痛，安妮？」

「妳曉得我的名字？」

「替妳登記旅館，醫藥費二十五塊美金也付掉了！東西還妳！」

我將枕下的護照支票現款都交給了她，對她笑笑，便去梳洗了。

「妳是——印地安人嗎？」她躺在床上問我。

我噗的一下笑出來了，一路來老是被問這同樣的問題，已將它當做是一份恭維。

做了八年多空中小姐的安妮，見識不能說不廣，而她竟難猜測我的來處。

「相信人有前生和來世嗎？我認識過妳，不在今生。」安妮緩和低沉的聲音令我一怔。

很少有人見面談這些，她如何知道這是我十分寂寞的一環——其他人對這不感興趣而且一說便要譏笑我的。

我笑看了她一眼，荷蘭女孩子，初見便是投緣，衣著打扮，談吐禮貌，生病的狂烈，甚而藏東西的地方，都差不多一個樣子。

眼看安妮已經好轉了，我不敢因此便自說自話的約她一同上街，當做個人的權利。單獨旅行的人，除了遊山玩水之外，可能最需要的尚是一份安靜。

留下她再睡一會兒，我悄悄的下樓用餐去了。

早餐兩度碰到一個從利馬上來看業務的青年，兩人坐在一起喝茶，談了一會兒我突然問他：「你房間分不分人住？」

他看著我，好友愛的說：「如果是妳介紹的，可以接受，只是我可不懂英文呀！」

於是米夏處罰結束，也搬了過來。

那個愉快而明朗的秘魯朋友叫做埃度阿托。

雨，仍是每日午後便狂暴的傾倒下來，不肯停歇。

去瑪丘畢丘是每一個來到秘魯的旅人最大的想望，那條唯一的鐵路卻是關閉了。

我每日早晨乘著陽光尚明，便去火車站跑一趟，他們總也說過一日就能通車，滿懷盼望的淋著小雨回來，而次日再去，火車仍是沒有的。

車站便在印地安市場的正對面，問完火車的事情，總也逛一下才回來。

那日看見菜場的鮮花開得燦爛，忍不住買下了滿滿一懷。

進旅館的房間時，只怕吵醒了還在睡眠中的安妮，將門柄極輕極輕的轉開。

門開了，她不在床上，背著我，靠在敞開的落地窗痛哭。

我駭了一跳，不敢招呼她，輕輕又將門帶上，抱著一大把花，怔怔的坐在外面的走廊上。

她是不快樂的，這一點同住了幾日可以感覺出來。可是這樣獨處時的哀哀痛哭，可能因為我的在場，已經忍住好多次了。

一個人，如果哭也沒有地方哭，是多麼苦痛的事情，這種滋味我難道沒有嘗過嗎？

等了近兩小時才敢去叩門。

「買了花，給我們的。」我微笑著說。

她啊了一聲，安靜的接了過去，將臉埋在花叢裏，又對我笑了笑。

兩人插好了一大瓶花，房中的氣氛立即便是溫馨，不像旅館了。

那幾日埃度阿托被雨所困，到不了玻利維亞的邊境去繼續做業務考察，長途公車中斷了，短程的也不下鄉。

我們四個人商量了一下，合租了一輛小車，輪流駕駛，四處參觀去了。

星期天的小鎮畢沙克便在古斯各九十多公里來回的地方，那兒每週一次的印地安人市集據說美麗多彩，而印地安人的彌撒崇拜亦是另有風味的。

我們四人是一車去的，到了目的地自然而然的分開，這樣便省去了說話的累人；再說獨處對我，在旅行中實在還是重要的。

不知別人在做什麼，我進了那間泥磚的教堂，非常特別的一座。

印地安人用自己的繪畫、花朵、詩歌、語言，在主日的時間誠誠心心的獻上對神的愛。破舊的教堂，貧苦的男女老幼，幽暗燭光裏每一張虔誠的臉，使人不能不去愛他們。去擠在人群裏，一同跪了下去。

聽不懂契川話，說阿門時，每一顆心卻都是相同的。

彌撒散了，遠遠椅邊一個人仍是跪著，仰著頭，熱淚如傾——那是安妮，不知何時進來的她。

我沒有上去招呼，怔怔的坐在外邊的石階上那亂成一片的市場和人群，心裏一陣黯然。

雨，意外的沒有落下來，遠山上燒出一串串高高的白煙，別人告訴我，這是河水暴漲時，印地安人求雨停止的一種宗教儀式。

再見安妮時，她戴上了太陽眼鏡，在骨董攤子上看一只老別針，我幫忙上去講價，等她買下了，才將自己的手掌攤開給她看——裏面一只一色一樣的。

然後我們又分開了，講好一個小時以後車上見面。剛剛慟哭過的人，給她安靜比較好。

山中人家租馬給人騎，不是在什麼馬場裏跑，而是滿山遍野去騎的。

騎完了馬，時間差不多了，我急著找安妮，想她一試。

悲傷的人，只有運動可能使她得到一點點暫時的釋放，哪怕是幾分鐘也是好的。

世上的歡樂幸福，總結起來只有幾種，而千行的眼淚，卻有千種不同的疼痛，那打不開的淚結，只有交給時間去解。

我不問別人的故事，除非她自己願意。

「來！那邊有馬騎，太好玩了！」我將安妮從攤子上拉出來。

我們向租馬的人家走去，路上互看一眼，不說什麼，其實都已了然——只有失落的人才要追尋，我們又找到了什麼？

那幾日的暴雨時歇時落，誰也去不了別的地方，古城內走走看看，只等瑪丘畢丘的鐵路通車，看過那個地方，便可以離開了。

安妮與我在這高原上，每天下午必然又要頭痛，病中的人精神自然差一些，兩人靜靜的躺著，幾小時也不說一句話。

除了吃飯的時候四個同旅舍的人湊在一起之外，上街仍是各自披了雨衣散去。合得來，又不特別安排纏在一塊，實在是一件好事。

有時我上街去，買下了零零碎碎的一些小東西——玻璃彈珠，碎布做的印地安娃娃，一只木釦子，一對石刻小羊……回到房間順手一放，便是漠然，並不能引起什麼真正的歡喜。

這些類似的小玩意兒，安妮不巧也買幾乎同樣的回來，買來也是一丟，再也不去把玩它們。

有一日安妮與我說起美國這個國家，我說那兒只有一州，是我可能居住的地方。

「是緬因州嗎？」她笑著說。

「妳怎麼曉得？」我看了她一眼。

「那個地方寒冷寂寞而荒涼，該是妳我的居處。」

安妮，難道以前我們真真認識過，為什麼彼此那麼熟悉呢？

一日早晨我去看城市清晨的市場批賣菜蔬，回到旅館時埃度阿托在用餐，他叫住我，說安妮早班飛機走了。

我跑回房間去，桌上一張信紙，一瓶鮮花插好了放在旁邊。

Echo：

妳我從來只愛說靈魂及另一個空間的話題，卻不肯提一句彼此個人的身世和遭遇。

除了這十天的相處之外，我們之間一無所知，是一場空白。我們都是有過極大創傷的人，只是妳的，已經融化到與它共生共存，而我的傷痕，卻是在慢慢習慣，因為它畢竟還是新的。

也許妳以為，只有我的悲愁被妳看了出來，而妳的一份，並沒有人知曉，這實在是錯了。

廣場上一場索諾奇，被妳認了過來，這是妳的善心，也是我們注定的緣分。

彼此的故事，因為過分守禮，不願別人平白分擔，卻都又不肯說了。

雖然我連妳的姓都忘了問，但是對於我們這種堅信永生的人，前幾世必然已經認識過，而以後再來的生命，相逢與否，便不可知了。

我走了，不留地址給妳。我的黑眼珠的好朋友，要是在下一度的生命裏，再看見一對這樣的眼睛，我必知道，那是妳——永遠的妳。

彼此祝福，快樂些吧！

安妮

看完了安妮流暢的英文信，我輕輕的撫那一朵一朵仍然帶著水珠的鮮花，房內寂靜無聲，人去樓空。

這一封信，是安妮的教養逼她寫下的，其實性情如我們，不留一字，才叫自然，安妮又何嘗不明白那份相知呢！

窗外的雨，一過正午，又赴約似的傾倒了下來，遠處的那片青山，煙雨中一樣亙古不移，冷冷看盡這個老城中如逝如流的哀樂人間。

夜戲：雨原之二。

——秘魯紀行之二

那個中午，陽光從厚厚的雲層裏透過，悶悶熱熱的照著這片廣場。

我們還在古斯各，等待著去瑪丘畢丘的火車。不看見那個地方是不肯離開秘魯的。無盡的等待，成了日常生活中的煎熬，就如那永不停歇的雨水，慢慢在身體裏面聚成了一份全新而緩慢加重的壓力。

旅程在這古老的城市中暫時中斷了。

這個大廣場是一切活動的中心，因為它的寬敞和清潔，便是每天坐在同一個地方望它，也是不厭的。

這一日我坐在大教堂最高石階的上面，托著下巴靜靜的看人來人往，身邊一隻總是自己跑來找我的小白狗。

廣場上兜售土產的人很多，大半全是印地安的婦女和小孩，男人便少見了。

「印地安人」這個字眼，在中文裏沒法另找代用字，可是這種稱呼在他們中間是不可用的，那會被視為是極大的侮辱。

他的出現是平凡的：身上一件灰撲撲的舊西裝，米色高領毛衣，剪得髮根很短的老派頭髮，手中一只方硬公事包——卻是個中年印地安人。

曬太陽的遊客很多，三五成群的聚在廣場上。

只因他手中不賣任何貨品，卻向一個個遊客去探問，才引起了我的注意。

每見別人總是聽不完話便對他搖頭，他還是道謝才去，便使我的視線跟住他的腳蹤不放了。

古斯各的人，在對人處事上，總帶著一份說不出的謙卑和氣，這種情形在厄瓜多爾也是一樣的。只因他們全是安地斯山脈的子孫。

也是這份柔和安靜而溫順的性格，使得當年印加帝國的版圖由現今阿根廷、智利的北部、玻利維亞、秘魯、厄瓜多爾的全境，延伸到哥倫比亞的南方才停止。

印加帝國用一種社會主義的嚴厲手段統治了這一片高原不同的民族近四百年，直到十五世紀初葉，卻被西班牙的征服者用一百八十個士兵便佔了下來。

比較之下，印加帝國仍是又老實了一步。

廣場上那個拿手提箱的人一直在被人拒絕著，一次一次又一次，他卻不氣餒，步子緩緩的又向另一個遊客走上去。

看來不像討錢的樣子，每一回的失望，使我的心便跟著跳一下，恨不得在這已經幾十次的探問裏，有人對他點一下頭。

雨，便在同樣的正午，撒豆子似的開始落了。

廣場上的人一哄而散，剩下遠遠的提著公事包的男人，茫茫然的站在空地上。

我坐的石階背後是教堂的大木門，躲小雨是個好地方，再說，雨來的時候，便套上了橘紅色的一大片塑膠布，又在教堂的門環上斜撐了傘。

這一來，坐著的地方即使在雨中，也是乾的了。

也許是水中的那一塊橘紅色過分鮮明，遠遠的身影竟向我走了過來。

我釘住那人漸走漸近的步子，感覺到巨大的壓力向我逼上來，這人到底在要什麼？

還沒有到能夠講話的距離，那張已經透著疲倦而淋著雨絲的棕色的臉，先強擠出了一個已經陪出過幾十次卑微的笑容來。

我的心，看見他的表情，便已生出了憐憫。

「日安！」也不擦一下雨水，先對我鞠了一躬。

「坐一下吧！這裏還是乾的！」我挪了一下身體，拍拍身邊的石階。

他不敢坐，竟然嚇住了似的望著我。

那隻勢利的小白狗，對著來人狂吠起來。

既然我已是他廣場上最後的一個希望，就當在可能的範圍裏成全他了。

「請問妳喜歡音樂和舞蹈嗎？」他問。

我點點頭，撐著的傘推開了一些。

「我們，是一個民族音樂舞蹈團，想不想看一場精采的表演呢？」這幾句話，也說得怪生澀害羞的。

「你也跳嗎？」我問他。

「我吹『給諾』！」他非常高興的樣子，急急的回答著我。

給諾便是一種印地安人特有的七孔蘆笛，聲音極好聽的。

「音樂家呀！」我笑著說。

想到這個可憐的人還站在越下越大的雨裏，我不敢再多扯下去。

「多少錢一張票？」趕快問他。

「不多的，才合三塊美金，兩小時不中斷的表演，可以拍照——」

他緊張起來，因為價格已說出來了，對我又是貴不貴呢？

「給我三張。」我站起來便掏口袋，裏面的秘魯零錢折算下來少了一千，也就是兩塊美金左右。

不願意當人的面到背後暗袋中去提錢，我告訴他錢暫時沒有了。

「那麼妳晚上來的時候再補給我好了。」他遷就的說，竟連已付的鈔票都遞上來還給我。

「這些當然先付了，晚上再補一千，好嗎？」

眼看是個沒有生意頭腦也過分信任他人的藝術家，好不容易賣掉了三張票，怎麼連錢都不知要先收下的。

「我們的地方，有一點難找，讓我畫張地圖給您！」他打開公事包，找了白紙，蹲在雨中便要畫。

「票上有地址就找得到。您淋溼了，快去吧，謝謝了！」

兩個人彼此又謝了一回，他離去時我又喊：「別忘了我欠您的錢呀！」

回到旅舍去找米夏和埃度阿托，他們都不在，我便下樓去看電視新聞去了。看得專心，頭上被雨傘柄剁的敲打了一下。

「做秘魯人算囉！我們部長講話，傻子聽得像真的！」

我見是埃度阿托這麼說，便笑了起來。

「晚上請你看民族舞蹈！」我搖搖手中的票子。

「請我？做秘魯人一輩子了，還看騙遊客的東西？再說晚上那種狂雨酷寒，誰願去走路？」

「才三塊美金一張嘢！」我說。

旅行中，三塊美金實在不能做什麼，再說古斯各花錢的地方太多，一張大鈔出去便化了。

「這個路要是再不修好，我們是被悶死，連觀光客做的事情都會跑去了，民族舞蹈，唉——」埃度阿托又說。

「不去瑪丘畢丘我是絕不走的。」

為了對那座失落迷城的癡心，一日一日在等待著雨歇。

旅館內的早餐不包括在房租裏，當然不敢再去吃了，外面便宜的吃飯地方太多了。

「票買了，到底去不去呢？」我又問。
「這算一個約會嗎？」埃度阿托笑嘻嘻的說。
「神經病！」罵他一句，還是點頭。
「好，晚上見！穿漂亮一點啊！」他走了。
雖然請旅館傍晚六點鐘一定喚我，又開了鬧鐘，又託了米夏，可是還是不能睡午覺。
索諾奇這種東西，別人發過便好，可是我每天午後仍是要小發一場，不得不躺下。
「緊張什麼嘛！就算去晚了，也不過少一場舞蹈！」米夏說。
「我想早些去，把欠錢補給人家，萬一開場一亂，找不到人還錢，晚上回來又別想睡了！」
「他哪裏會逃掉的，妳頭痛痛傻啦！」米夏說。
「那個人吹吹笛子會忘掉的！」我仍堅持著。
吵吵鬧鬧，黃昏已來了，而我的頭痛並不肯好一些。
風雨那麼大，高原氣溫到了夜間便是突降，埃度阿托說他要看電視轉播足球，無論如何不肯出門，賴掉了。
「你要跟去的哦！是工作，要去拍照！」我威脅米夏，只怕他也不去。
那個市場地區白日也搶，晚間單身去走是不好的，舞蹈社的地方大致知道在那附近了。
多餘的票白送給街上的行人，大家看了都說不要，好似我在害人似的。
也沒吃晚飯，冒著大雨，凍得牙關打結，踏著幾乎齊膝的泥漿，與米夏兩人在風裏走到褲管和鞋襪透溼。

其實我也是不想看這種觀光表演的，誰教欠了人的錢，失信於人這種事情實在做不出來。

到了地址的門牌，裏面悄無聲息，推開了鐵門，一條長長的走廊，每一扇門內都有人探頭出來。

「看跳舞嗎？再往下走——」有人喊著。

經過一家一家的窗戶，裏面的人放下了煮菜的鍋子，張大著眼睛，望著我們穿過。

難道看表演的人如此稀奇，也值得那麼張望嗎？他們每晚都在表演的啊！

彎彎曲曲的走到了底，一扇毛玻璃門被我輕輕推開，極大的劇場廳房竟然藏在黑冷的走廊盡頭。

沒有人開燈，近兩百個全新的座位在幽暗中發著藍灰色的寒光。

看看米夏的錶正是六點三十分——票上寫的開場時間，而裏面是空的。

我們不知如何才好，進退兩難。

回到走廊上去站著，這才看見白天的印地安人匆匆忙忙的進來了，看見我們，慌忙道歉，跑著去開了全場的燈。

「其他的客人還在吃晚飯，請你們稍稍等十五分鐘，不然先去對面喝杯咖啡再來好嗎？」

他的臉是那麼的疲倦，那身舊西裝已經全溼了，說話的口氣儘可能愉快有禮，可是掩飾不住那份巨大的悲愁。

「早晨欠的另一千先給您！」我說。

「啊！謝謝，不忙的！」他彎了一下腰，雙手來接鈔票。

三個人難堪的對立著，大家都不知說什麼才好！

「真的，我們的票，全賣給了一個旅行團，他們在吃飯，馬上要來了——」

「我們去喝杯咖啡再回來，不急的。」我拉了米夏便往外走。

臨行還是託了那人一聲：「第三排靠走道的位子請留下給我，別給人佔去了呀！」

「不會的，一定給您，請放心！」他說著說著好似要哭出來了似的。

我快步踏到外面去。

對面哪兒有什麼東西喝，一組電動玩具響得好熱鬧。

我們才在街上，便看見那個提著公事包男人又在大雨傾盆的街邊，攔住了每一個匆匆而過的路人，想再售一張票。

「你想他是不是騙我們的？沒有什麼旅行團的客人了？」我問米夏，兩人便往廣場的方向走回去。

「不會吧！遊客那麼多！」

到了廣場的走廊下，那兒的地攤邊全是買土產的外國人，外面傾盆大雨，走道上仍是一片活潑。

那個可憐人，竟還在拚命銷票，彼此幾次又快碰到了，都躲開去，看也不敢再看。

已是七點半了，我們不得不再走回跳舞的地方去。裏面燈亮了，布幕的後面有人悄悄的偷看我們，一隻辮子滑了出來，一雙黑眼睛明麗如湖水。

我移坐到第一排去，米夏在我旁邊。

這麼深遠的空虛，在靜極了的大廳裏，變成了一份看不見的壓力重重壓在我的雙肩上。除了我們，另外近兩百張位子全空。

提著公事包的人匆匆趕回來，低著頭，一手擦著臉上狼狽不堪的雨水，逃也似的推開通向舞台的小門，然後消失了。

「噯呀！不要強撐了，退票算了吧！」我輕輕的捂住頭，低低的喊起來。

便在那個時候，布幔緩緩的拉開來。

舞台的地竟是光滑的木板，正正式式的場地，在這樣的老城裏，實在難得了。

四個樂師坐在舞台後方凹進去的一塊地方，抱著不同的樂器，其中那位銷票的中年人，也在裏面。

他們的服裝，換了蹦裘外衣和本地人的白長褲，下面是有風味的涼鞋，只有匆忙趕回來那人的長褲沒有換。

那時，其中一個大男孩站出來報幕，問候歡迎觀眾在先，介紹樂師在後，有板有眼。

我與米夏儘可能給他們最大的掌聲，四個樂師欠了一下身算做回禮。

那樣的掌聲，將大廳迴響得更是寒冷空洞而悲傷。

第一個表演不是舞蹈，合奏的音樂本是歡樂的節日曲，可是對著空空的台下，他們實在止也止不住的奏成了不同的心情。

特別細聽那支蘆笛，音色滾圓而深厚，不是亂來的。

一面聽著音樂，一面緊張的期待著突然而來的大批遊客，只要外邊的走廊起了一點聲響，我都以為是導遊帶人進來了。

不敢常常回頭，怕台上的人分心，畢竟他們的演出，只是想承擔那一份信，便是九塊美金的收入，亦是不能失信於人的。

這樣守信演出，是他們對觀眾的看重，便是這份心意，就當得起全力敬愛的回報。給他們掌聲吧！只要有一雙手可拍，今夜哪怕是我一個人來，也必將全場弄熱才甘休。

一曲終了，我喊了起來：「好孩子！bravo！」

這是西班牙文中看任何表演都可用的字——誇獎他們的演出。

台上的人，先是一愣，然後有了笑容。

我們狂烈的鼓掌不能使報幕的人繼續，他站了一會兒等我們停，自己很不好意思的也笑了起來。

雖然場內的那份緊張已經消失，我深深的自責卻不能釋然，如果不是早晨自己的多事，這場演出也取消了。

哪一種情況更令台上的人難堪？是今夜不表演，還是對著只有兩個觀眾的台下強撐著唱出舞出一場並不歡樂的夜來？

舞台的後簾一掀，六對打扮活潑美麗的印地安男女，唱著契川語，臉上蕩著淡淡的笑容。眼光一溜一溜的偷看台下也是梳辮子、穿著蹦裘的我，載歌載舞的跳了起來。

我偷看米夏的錶，已經八點鐘了，還會有人進來嗎？還來得及的，他們只演兩小場。

算了一下，台上的舞者，樂師加報幕的，一共十七個人。九塊美金十七個人能吃什麼？

這麼一算，什麼也無法欣賞，盯住那坐著吹笛的人尚是透溼的褲管和鞋子，一直黯然。

表演出乎意料的緊湊和精采，一場團舞之後，同樣的舞者退去換衣。

那支笛子站出來獨奏，悠長的笛聲，安靜了剛才的一場熱鬧，如泣如訴的笛，在那人站得筆直的腰脊上，吹出了一個沒落印地安人悲涼的心聲。

他們是驕傲的，他們不是丐者，這些藝人除了金錢之外，要的是真心誠意的共鳴。那麼還等什麼呢？儘可能的將這份心，化做喝采，丟上去給他們吧！

「妳的頭還痛不痛了？」米夏問著。

「痛！」我簡短的回答他，一面又向台上喊了起來，「bravo！bravo！」

這些舞者樂者，不是街上隨便湊來的，舉手投足之間，那深植在他們身體裏的「藝骨」，便算只是跳給觀光客看的東西，仍然擋也擋不住的流露出來。

已是九點，台下凍得忍不住發抖，可是開場的空虛，卻因米夏與我的熱烈，慢慢融化消失。雖說米夏與我的掌聲再也填不滿一室的空虛，可是那天夜裏，只因存心回報，強大的內聚力海水似的送上舞台，定要台上和台下結合成一體。

他們感到的力量和共鳴，不該再是兩個孤零零的觀眾，我，也不覺得身後完全是空的了。歌舞的人沉醉到自己的韻律裏去，那九塊美金的辛酸，暫時消失。

「米夏，拍些照片吧！」我說。

這種舞蹈的照片其實是不好看的，可是閃光燈的加入，起碼又起了一種氣氛，雖然那遊客似的趣味是我自己並不喜歡的。

米夏站起來去拍照，台上的一群人，對著台下唯一的我，那份好不容易才化去的悲涼，竟然因為一個人的離座，又一絲一絲的滲了回來。

我不再是唯一的，身後什麼時候坐著一個漫不經心打著毛線的本地太太。

「快結束了才來？」我輕聲問她。

「不，我是前面的住戶，過來坐坐的！」

「這麼好的場地又是誰的呢？」

「那個嘛！吹給諾的呀，田產全賣了，一生就想吹笛子給人聽，知道沒有人只肯聽他獨奏，又組了一個舞蹈團，太太小孩都快餓死了，他還在強撐，瘋子啦！」

「這種事情，要貼大海報，每個旅館內給佣金銷票，再不然早晨不下雨的時候，全團的人先去廣場遊行宣傳，然後當場開始賣票，絕對做得出來，水準又不算差的——」我說。

「藝術家嘛，哪裏在想這些，再說他這幾天內就要垮了，拖不了多久啦！」

說完這話，那位太太也不管台上正在演奏，大聲的嘆了好長一口氣，站起來搖搖頭，慢慢踱出去了。

騙人騙己的藝術家，還說票子全賣給了旅行團，真是有點瘋了。

最後一場舞蹈是「搶婚」，一個個印地安姑娘被背進了後台，他們自己先就笑得要命，做起遊戲來了似的孩子氣。

幕落了，我鬆了口氣，長長的一夜，終於結束，這場戲，大家都盡了全力。

靜坐在那兒發愣，台上一片嘰嘰喳喳的聲音，幕又打開了。

全體舞蹈的人奔下台來拉我，音樂又吹彈起來。

我笑著將米夏推給他們，女孩子們喊著：「要妳！要妳！」

我上了台，四周的男女將我放在中間，他們圍住我，手拉手，唱起最後告別的歌。

這一回，突然正面對著台下，那兩百張空位子，靜成一場無聲無色的夢魅，空空洞洞的撲了上來。

面對這樣的情景，方才明白了，台上兩小時熱烈的表演，他們付出了什麼樣的勇氣和那份頑固的執著。

我不願站在中間，拆開了一個手環，將自己交給他們，也參與進歌舞，成了其中的另一個印地安人。

大家笑著握手分別，我下台來，穿上蹦裘預備離去。

那吹笛的中年人，站在一角靜靜的看著我，被凝視到全身都凝固了，他方才走到後台去。

報幕的人衣服已換了，又跑上台來。

「各位觀眾，今天的節目本來到此已是終止，可是我們的團長說，他要加進另一場獨奏，獻給今天早晨在雨中廣場上碰到的一位女士，這是他自己譜曲的一組作品，到目前為止，尚沒有定標題——」

我的心狂跳起來——他要為我一個人演奏。

燈光轉暗，後台舞蹈的一群，從邊門一個一個溜出——竟連他們，也是先走了。

那個身體寬矮的印地安人，慢慢的走上了舞台，神情很安詳，手中那支已經吹撫了千萬次的蘆笛，又被粗糙短胖的手指輕輕擦過。

燈光只照到他一個人，他的雙手，緩緩的舉了起來。

演奏的人，閉上了眼睛，將自己化為笛，化為曲，化為最初的世界，在那裏面，一個神秘的音樂靈魂，低沉緩慢的狂流而出。

剛才的民族舞蹈和演奏再不存在，全室的飽滿，是那支音色驚人渾厚的笛，交付出來的生命。

一支簡單的笛子，表露了全部的情感和才華，這場演奏，是個人一生知音未得的盡情傾訴，而他竟將這份情懷，交給了一個廣場上的陌生人。

奏啊奏啊，那個悲苦潦倒的印地安人全身奏出了光華，這時的他，在台上，是一個真正的君王。

我凝視著這個偉大的靈魂，不能瞬眼的將他看進永恆。

不死的鳳凰，你怎麼藏在這兒？

那支魔笛不知什麼時候停止了，整個大廳仍然在它的籠罩下不能醒來。沒有掌聲，不能有掌聲，雨中一場因緣，對方交付出的是一次完整的生命，我，沒有法子回報。

舞台上的人不見了，我仍無法動彈。

燈熄了，我沒有走。

後台的邊門輕輕拉開。

那襲舊衣和一只公事包悄悄的又露了出來。

彼此沒有再打招呼，他走了，空空洞洞的足音在長長的走廊裏漸行漸遠。

迷城・・雨原之三。

——秘魯紀行之三

那一日我拿了兩張火車票，彎彎曲曲的在城內繞近路，冒著小雨，跑進伊蓮娜的餐館去。

午餐的時間尚早，食堂內沒有人，推開邊門走到大廚房裏去。

伊蓮娜和她的母親坐著在剝一大籃蠶豆——我給訂的今日客飯菜單。

「明天去瑪丘畢丘！」說著跨坐在一張小板凳上，也動手幫忙起來。

住了十七八日的古斯各，吃飯已經在這家經濟的小店包了下來，他們每天只做一種湯、一種菜算做定食，收費只是一塊五毛美金一客——當然是沒有肉的。

「那麼快嗎？」伊蓮娜的母親停了工作，很遺憾的看著我。

嬤嬤知道，看過瑪丘畢丘便也是我永遠離開古斯各的時候了。

這裏一般人對老年些的婦人統稱「媽媽」（音：ㄇㄚ ㄇㄚˋ），對我和伊蓮娜這樣的，便叫「媽咪達」，也就是小媽媽的意思。

我喜歡將這印地安媽媽寫成——嬤嬤，正如她的麻花辮子一般。

「總算通車了！」我嘆了口氣。

「去一天就回來吧！」伊蓮娜說。

「不一定哦！如果喜歡，當天下瑪丘畢丘，走一兩公里路，去『熱泉』找鋪位睡，便不回來了——」

「還是回來吧！」嬷嬷說。

「那片廢墟裏有鬼——」伊蓮娜衝口而出。

我聽了笑了起來，還當是什麼了不起的事情呢！原來是這個。

「就是找鬼去的呀！」我嚼嚼生豆子，怪怪的笑。

嬷嬷聽我這麼說，嚕嚕囌囌的念起契川話的經文來，又用手畫了一個十字架。

其實嬷嬷和伊蓮娜都沒有去過瑪丘畢丘，那是所謂遊客去的地方。

只因這座在一九一一年方被美國人希蘭姆．賓漢（Hiram Bingham）發現的廢城至今考證不出它的居民何以一個也不存在，便罩上了「失落的印加城市」的名稱，慢慢知名於世了。

嬷嬷和伊蓮娜為著瑪丘畢丘這兩個契川字，熱烈的爭論著，一個說是「老城市」的意思，一個說該譯成「老山峰」。

管它叫什麼東西，反正那座山城內的居民一個也不剩下，挖出來的骨骸比例是十個女人對一個男子。

「處女城啊！」嬷嬷說。

「骨頭只看得出是男是女，處不處女妳怎麼曉得？」伊蓮娜又跟母親辯起來。

「其實我們印加帝國的子孫，一直曉得那座廢城是存在的，無意間帶了個美國人去看，變成他發現的了——」嬤嬤說。

「你們又沒有去告訴美國耶魯大學！」我笑說。

「不告訴不是好一點，妳看那些嬉皮年年湧來古斯各，不全是瑪丘畢丘害的！」伊蓮娜罵著。

我搖搖頭，站了起來，出去走一圈再回來吃午餐，知道在我的那份客飯裏一定又是多個荷包蛋。

「明天吃什麼菜單？」嬤嬤追出來。

「烏埃釀合炒一炒，加綠蒜葉和白米飯！」我喊著。

「我不來吃呀！」回頭加了一句。

「烏埃釀合」也是契川話——玉米粒發的芽，便是那好吃的東西。

長久的等待不只是在這十多天的雨季，童年時書上便看過的神秘迷城，終究也是要過去了。

那個夜間幾乎徹夜未眠，清晨尚是一片黑暗，便去敲米夏和埃度阿托住著的房間了。

「祝你們旅途愉快！去了不要失望！」埃度阿托趴在枕上喊著。

「一定會失望的，哈哈——」他又惡作劇的笑起來。

「快走吧！不許吃早飯了。」我催著米夏。

清晨六點多的火車站一片人潮，看見那麼多擠擠嚷嚷的各國遊客，先就不耐。

「那麼吵！」我慢慢的說。

「不吵不能表示開心嘛！」

「開什麼心？」我反問米夏。

我們買的是二等車票，上了火車，找好位子，將雨具放在架上，我守著，米夏一定要下車去喝咖啡。

「去吃！去吃！車開了活該，不會再給你去了！」我說。

「飯也不給人吃？太嚴格了吧！」米夏喊起來。

「那就快去嘛！」

只七分鐘便開車了，米夏匆匆忙忙與一群上車來的人亂擠，跑下去了。

那群嘈雜的人也是一陣忙亂找座位，對號的票，竟會坐在我對面和右邊兩排。

「咦！是她吔！」一個披著鮮綠發閃光夾克的青年人叫起來。

彼此照了個面，發覺竟是第一天上古斯各來時一同住鋪位的那一夥傢伙。

「喂！喂！印地安姑娘，妳好嗎？」

「笛子吹出調來了沒有？」我似笑非笑的答著。

他們將我圍住，惡作劇的戲笑起來，旁邊兩個他們一夥的女孩子，又是泥濘的鞋子就伸過來在我清潔的座位上一擱。

「這是我的座位！」我啪一下將一個人的腳推下去。

「媽的！」那個女孩瞪我一眼，移坐到另一邊去。

這一團人不再找我，竟又圍上了一個剛上車來賣玉米穗的極小印地安女孩噓個不停。那個小孩被一群金髮陌生人嚇得快哭了，一直擠不出去，脹紅著臉拚命用籃子去抵擋。

「給她走好不好？」

用力扳開一個人的肩，拉過小孩子，叫她從另一邊車廂下車，她提著重重的籃子逃掉了。

一場戰爭結束，雙方成仇，面對面坐著都板著臉。

火車緩緩的開動了，這群人一陣鼓掌號叫，米夏匆匆趕過來，正好跳上車。

「咦！是他們——」米夏輕輕的說。

我嘆了口氣，不說什麼。

這近四小時的車程想來是不可能安靜了。

火車沿著「烏日龐巴河」慢慢的開，我坐在左邊窗口，整個山谷中的農田、牛羊及花草看得清清楚楚。

昨日力爭要左窗的票子，賣票的人奇怪的問我：「妳去過了？怎麼知道哪一邊風景好？」

這一著是算中了，其他全都不對，那群討厭的人會在我四周坐著便是自己不靈。

這條烏日龐巴河與整個古斯各附近的山谷用了同一個名字，由高原一直進入亞馬遜叢林，長長的奔流下去。

火車緩慢的開著，那條河緊跟不捨，水面洶洶滔滔的竟起著巨浪，一波一波的互撞著，冒起了一陣濛濛的霧花來。

天沒有下雨，綠色的山谷和穿著自己服裝的印地安人在田野裏是那麼的悅目而安然，一座座農舍的水準，比起厄瓜多爾那片同樣的安地斯山高原來，又是好了很多。

河水越走越高，那邊座位的人擠到這一半來看大水，一隻手臂壓到我肩上來。

「噯唷！讓開好不好？」我反身將人推開，又鬧了一場。

米夏看見那份亂，拿了相機跑到兩車連接的外面去，不再進來了。

我怕那夥人乘機佔下米夏的空位，趕緊脫了鞋子，穿著乾淨的厚毛襪，平擱在他的一邊。另一些遠排的遊客將面對面位子中間的一塊板撐了出來，開始打橋牌。

我從車窗內伸出頭去數車廂，鐵路繞著山、沿著河走，一目了然是五節車子。一節頭等，四節二等，位子全滿了，三百七十個遊客。

一百多公里的路程，來回每人收二十美金，大概貴在火車太慢的理由上，一小時才走二十七八公里。

瑪丘畢丘是一座不語的廢城，去看它的旅客卻是什麼樣的都有，說著世上各色各樣的方言。

隨車服務員客氣的給我送來了一杯滾熱的古柯茶，付錢時順口問他：「那條外面的河，在平常也是起巨浪的嗎？」

他想了一下，自己也有些猶豫：「好像沒有，今天怪怪的！」

天空晴朗得令人感激，趴在窗口盡情的吸入一口口涼涼的新鮮空氣，一面向下邊站著修路基的工人搖手。

那條怒江，在有些地方咬上了鐵軌，一波一波的浪，眼看將枕木下的泥沙洗了帶去。

我擠到火車的門外去找站著吹風的米夏。

「看見一小段枕木下面是空的，水吃掉了下面的路基。」我有些憂心。

「不會怎麼樣的，天氣那麼好，說不定到了下午也不會有雨呢！」

我釘住遠遠山谷中一道印加時代便建著的石橋，火車開得極慢，總也繞不過它。

「剛剛的水位，在橋下第四塊石基上，你看，現在漲了一塊石頭變成第三塊泡在水裏了！」

「妳眼花啦！哪會這麼快嘛！」米夏說。

我想自己是眼花了，一夜未睡，頭暈得很，跑進自己的兩個座位，將毛衣外套做了枕頭，輕輕的側躺下來。

那群旁邊的人之中有一個犯了索諸奇，大聲的抱住頭在呻吟，我聽了好高興。

他的同伴們一樣不給他安靜，不知什麼事情那麼興奮，一陣一陣嘩笑吵翻了車廂。

「還不到嗎？」我問經過的查票人，他說路基不好，慢慢開，雨季中要五小時才能到，平日三小時半。

這條去瑪丘畢丘的山路，後半段是有公車可通的，前半段五十公里便只有靠鐵路了。

這樣著名的遺蹟，如果去掉來回十小時的車程，最多只在它的青峰上逗留兩小時，那是太匆忙了。

我決定看完了廢城，下山住小村「熱泉」，次日再上一次，傍晚才坐車回來。

除了雨具之外完全沒有行李，所謂雨具，也不過是一方塑膠布而已，這樣行路就省了許多麻煩。

那片即將來臨的廢城，在瑞士作家凡恩．登尼肯的書中亦有過介紹；偏說全城的人神秘失蹤，不是當年棄城而去，是被外太空來的人接走了。

這我是不相信的，不知倪匡又怎麼想？

信不信是一回事，偏在這條去見它的路上，想起許多熱愛神秘事情的朋友來。到了那兒，必要試試呼喚那些靈魂，看看他們來不來與我做一場宇宙大謎解。

想著想著，自己先就出神，慢慢在河水及火車有節奏的聲中睡了過去。

睡眠中覺著臉上有雨水灑下來，嘩一驚醒，發現是對面的人喝啤酒，竟沾溼了手指悄悄往我面孔上彈。

我慢慢的坐了起來，擦一下臉。

對方緊張的等我反應，偏偏一點也不理他，這下他真是窘住了。

近五小時緩慢的旅程，便在與正面那排人的對峙上累得不堪的打發掉。

火車上早已先買下了抵達時另上山的巴士票，別人還在下車擠票，我拉了米夏已經上了最先的一班。

瑪丘畢丘尚在山的頂峰，車子成之字形開上去，這一段路，如果慢慢爬上去，沿途的奇花異草是夠瞧的，只是我已失了氣力。

「這段路只有鐵軌，這些公車怎麼飛過來的？」我趴在司機先生後面同他說著話。

「火車運來的嘛！」他笑笑。

「河呢？你們不用河運東西？」我反身望著山崖下仍在怒吼的烏日龐巴河，一片片河水還在翻騰。

「太危險了，不看見今天更是暴漲了嗎？」

開了二十分鐘左右的山路，車子停在一片廣場上，同車的一位導遊先生先下車，喊著：「太陽旅行社的客人請跟我走，不要失散了！」

竟有人到了古斯各還不會自己來瑪丘畢丘，實在太簡單的事情了嘛！

旅行團的人一組一組的走了，除了那條在二千公尺的高山上尚能望見的山谷河水之外，沒有見到廢城，而我們，的確是在目的地了。

跟著遊人慢慢走，一條山谷小徑的地方設了關口，入場券分兩種，外國人五塊美金，秘魯人一塊多。

「怎麼分國籍收費的呢？」我說。

「外國人有錢！」賣票的說。

「秘魯人做這次旅行比較便宜，我們路費貴——」

「路費貴還會來，可見是有錢。」這是他的結論。

那一片迷城啊，在走出了賣票的地方，便呈現在山頂一片煙雨朦朧的平原上。

書本中、畫片上看了幾百回的石牆斷垣，一旦親身面對著它，還是有些說不出的激動。

曾經是我心中夢想過千萬遍的一片神秘高原，真的在雲雨中進入它時，一份滄桑之感卻上心頭，拂也拂不開。

「米夏，跟你分開了，不要來找我——」說著拿自己的那片雨布，便快步跑開去了。

大群的遊客在身後擠上來，通向石城的泥路只有一條。

我滑下石砌的矮牆，走到當年此地居民開墾出來的梯田中去，那些田，而今成了一片芳草，溼溼的沾住了褲管。

快速的跑在遊客前面，在尚沒有被喧譁污染的石牆和沒有屋頂的一間間小房子內繞了一圈。

整個廢墟被碧綠的草坪包圍著，那份綠色的寂寞，沒有其他的顏色能夠取代。

迷宮一般的小石徑，轉個彎便可能撞倒一個冒出來的旅人，不算氣派大的建築。

四十分鐘不到，廢墟跑完了，山頂的平原不多，如果再要摸下去，可能又回到了原來的地方。

書中的考證說，這個城市一直到十七世紀，都已證實是有人居住的，那麼為何突然消失了呢？

平原後面一座青峰不長一棵樹的峙立在那兒，守護著這被棄的一片荒涼。

高崗的上面三五個印地安人，才見到遊人的頭頂冒上石階，便吹彈起他們的樂器來。

我彎身，在樂師腳前的一個空罐裏輕輕放下小銅幣，趕快走了。

同火車來的人全湧進了石牆內，導遊拚命想管住他的客人，一直在狂喊：「請走這邊！請跟住我，時間有限——」

我離開了城，離開了人，一直往另一個小山峰上爬去。

在那一片雨水中，瑪丘畢丘與我生了距離，便因不在那裏面，它的美，方才全部呈現在眼前。

長長的旅程沒有特別企盼看任何新奇的東西，只有秘魯的瑪丘畢丘與南面沙漠中納斯加人留下的巨大鳥形和動物的圖案，還是我比較希望一見的。

瑪丘畢丘來了，旅程的高潮已到，這些地方，在幾天內，也是如飛而逝。

沒有一樣東西是永遠能夠掌握在自己手中的，那麼便讓它們隨風而去吧！

我坐在一塊大石上，盤上了雙腳。

這座失落的城市，在我的推測裏，可能只是一座如同修道院一般的地方。

當年的印加帝國崇拜太陽，他們極少像現今墨西哥的古代阿斯塔人或馬雅人，用活人獻祭，可是族中最美最好的處女，仍然被選出來侍奉太陽神，關在隔離的地方。

如有重大的祭典和祈求，處女仍是要拿出來殺的。

這座城鎮的空茫，也許是慢慢沒有了後裔方才完全沒落的。

印加帝國的星象、社會組織、道路與建築雖是完整，只因他們當年所用的是精密的結繩記事，已有契川話而沒有文字，一些生活細節便難以考查了。

那麼唱遊詩人呢？吟唱的人必是有的，這座迷城為何沒有故事？

我深深的呼吸了幾回，將自己安靜下來，對著不語的自然，發出了呼喚。

另一度空間固執的沉默著，輕如嘆息的微波都不肯回給我。

「阿木伊——阿木伊——」改用契川語的音節在心中呼叫著，「來吧，來吧！」

眾神默默，群山不語。

雲來了，雨飄過，腳下的廢城在一陣白絮中隱去，沒有痕跡。

「咦……哈囉！」那邊一個也爬上來的人好愉快的在打招呼。

原來是伊蓮娜餐室中合用過一張桌子的加拿大人。

「你也來了？」我笑著說。

「不能再等！這兒看完就去玻利維亞！」

「啊！這裏好——」他在我身邊坐了下來。

自己一分心，跟來人說了些話，那份專注的呼吸便放下了。

就因這份輕鬆，那邊的空間不再因我個人強大內聚力的阻擋，微微的有了反應。

方要去捕捉那份異感，身邊的青年又開始說話了。

「這裏有鬼，你還是下去吧！」我拉拉披在身上的雨布，慢慢的說。

聽了這話他大笑起來，脫下了外套抖著沾上的雨，一直有趣的看著我。

「怎麼樣，一同下去喝杯咖啡吧？」他問。

「不能——」我失禮的喊了出來。

「你先去，我一會兒便來，好嗎？」又說。

「也好，這兒突然冷起來了，不要著涼啦！」
那人以為是推託他，赧然的走了。

細細碎碎的雨聲灑在塑膠布上，四周除了我之外，再沒有人跡。
有東西來了，圍在我的身邊。
空氣轉寒了，背後一陣涼意襲上來。
——不要哭，安息啊，不要再哭了！
啜泣和嗚咽不停，他們初來不能交談。
可憐的鬼魂，我的朋友，有什麼委屈，傾訴出來吧，畢竟找你們、愛你們的人不多！
雲雨中，除了那條河水憤怒的聲音傳到高地上來之外，一切看似空茫寧靜而安詳。
我將自己帶入了另一個世界。
靜坐了好久好久，雨霧過去了，淡淡的陽光破空而出。
聽完最後幾句話，不敢讓那邊空間的靈魂為我焦急，收起了雨布便往山下跑去。
遊人早都去吃飯了，迷城中稀稀落落的幾隻駱馬在吃草。
「米夏——」我叫喊起來。
「米夏——米夏——米夏——」山谷回答著我。
在那座廢城內快速的找了一遍，只有吹奏音樂的印地安人躺在石塊上。

「看見了我的同伴沒有？」我問他們。
「妳是一個人來的呀！」他們說。
我跑著離開迷城，背後一陣麻冷追著不放。
停下來再看了一眼陽光下綠野裏的廢墟，心裏輕輕的說：「再見了！」
「不要悲傷，再見了！」
我又靜了一會兒——靈魂，我的朋友們散去，肩上也不再冷了。

米夏根本就好好的坐在山谷外邊的餐廳裏吃中飯。
「快吃！我們趕火車回古斯各去。」我推推他快吃光了的盤子，一直催著。
「不是今天去住『熱泉』的嗎？」
「現在突然改了！」
「才三點鐘嘢！」
「火車要早開的，不等人啦！」
「妳怎麼曉得？」
「不要問啦？反正就是曉得了——」
眼看最後兩班巴士也要走了，我拉起米夏來就跑。
經過那個還在欄杆上靠著的加拿大人，我急問他：「你不下去？」

「也許坐六點半的那班火車——」

「請你聽我一次，這班就走，來嘛！」

我向他喊，他搖搖頭，我又喊了一遍，他仍是不動。

「妳神經了？跟妳旅行實在太辛苦，行程怎麼亂改的。」米夏跳上了公車，氣喘喘的說。

「那個加拿大人沒有走？」我回身張望。

「他的自由呀！」

「唉！傻瓜——」我嘆了口氣，這才靠了下來。

巴士停了，我跑去購票口要火車票，回程給我的，竟是來時同樣的座號。

三點二十分，鐵軌四周仍是圍了一大群遊客在買土產，不肯上車。

「上來吧！他們不通知開車的！」我對一組日本家庭似的遊客叫著，他們帶了兩個孩子。

「還有二十分鐘！」下面的人說。

「你急什麼呢？」米夏不解的說。

便在這時候，火車慢慢的開動了，連笛聲都不鳴一下就開動起來。

下面的人一片驚呼，搶著上車，好幾個人追著火車跑，眼看是上不來了。

我趴在窗口怔忡的注視著河水，它們的浪花，在河床中沖得已比岸高。

「我睡一會兒，請不要走開！」

對米夏說完了這話，再回望了一眼青峰頂上的那片高地，靠在冷冷的窗邊，我闔上了眼睛。

逃水‧雨原之四。

——秘魯紀行之四

這一回，對面來的是個婦人，坐穩了才驚天動地的喘氣，先罵火車不守時間早開，再抱怨一路看見的印地安人髒，最後又乾脆怪起瑪丘畢丘來。

我閉著眼睛不張開，可是她說的是利馬口音的西班牙文，不聽也不行。

朦朧中開了一下眼，對座的腳，在厚毛襪外穿的竟然是一雙高跟涼鞋，這種打扮上到瑪丘畢丘去的實在不多。

「妳說我講得對不對？」雨傘柄敲敲我的膝蓋，原來跟我在說話。

我抬起頭來，對這短髮方臉，塗著血紅唇膏的婦人笑笑，伸了一下懶腰，也不回答什麼。

她的旁邊，一個亦是短髮劉海的時髦女孩自顧自的在吃蘇打餅乾，不太理會看來是她母親的人。

「累嗎？」那個婦人友善的看著我，一副想找人講話的樣子。

「又累又餓！」我說。

「為了那一大堆爛石頭跑上一天的路，實在划不來，我以為是什麼了不起的東西，下次再也不上當了——」她的聲浪高到半車都聽得見。

「吃餅乾嗎？」那個女孩對我說。

我拿了一片，謝了她。

「你呢？」又去問米夏。

「啊！謝謝！」

四個大人排排坐著吃餅乾，看上去有點幼稚園的氣氛，我笑了，趴到窗口去看風景。

車子開了只短短一程便慢慢的停了下來。

「怎麼了？」那個婦人最敏感，倒抽一口氣，一片餅乾咬了半邊，也停了。

「會車！」我說。

「會什麼車？這條鐵路只有早上來的兩班，晚上去的兩班，妳亂講——」收短的雨傘又來敲我的膝蓋。

「緊張什麼嘛！」身邊的女孩瞪了她一眼。

「是妳母親？」我笑著問。

「姑姑！歇斯底里——」她搖搖頭。

因為車停了，一半的人亂衝下鐵軌，舉起照相機，對著那條已是巧克力色，咆哮而來的憤怒河水拍起照來。

「看那條河，不得了啦！」那個婦人指著窗外，臉色刷一下變了。

「整天只下了一點小雨，河能怎麼樣嘛！」她的姪女看也不看，又塞了一片餅乾。

車下的人孩子似的高興，左一張右一張的拍個不停，米夏也下車去了。

我經過一節一節車廂，走到火車頭上去。

車停著，司機、列車長、隨車警察和服務員全在那兒。

「怎麼突然停了？」我微笑著說。

他們誰也不響，做錯了事情一般的呆立著，那份老實，看了拿人沒辦法。

「是不是河水？」我又問。

也不置可否，臉上憂心忡忡的樣子。

「三十多公里外的那道橋，可能已經漫水了。」

終於開口的是一位警察。

「開到那裏再看嘛！」我說。

「這邊路基根本也鬆了。」訥訥的答著，竟是駭得要死的表情。

車外一片河水喧譁的聲音，遊客紅紅綠綠的衣服，將四周襯得節日般的歡喜起來。

「預備將我們這三百多個乘客怎麼辦？」我對著他們問。

「不知道！」慢慢的答著，完全茫然了。

窗外的人，不知事情一般的跳上跳下，扳住車廂邊的橫柄做起遊戲來。

「再等下去，這兒也可能上水！」一個警察說。

我抬頭望了一眼左邊的峭壁山脊和右邊的河，再看看天色——只是四點不到，已經霧濛濛的了。

擠過頭等車廂，那個身材高大的導遊無聊的坐著抽煙，彼此瞄了一眼，不肯打招呼。

在瑪丘畢丘山頂的時候，這位西語導遊帶著十幾個客人在看一條印加時代運水的小溝，我從他正面走來，眼看石徑太小，不好在他講解的時候去擠亂那一團人，因此停了步子。

沒想到這個人竟然也停了說話，瞪住我，臉上一片不樂：「有些人沒有付錢參加旅行團，也想聽講解，是無恥的行為！」

「您擋在路中間，我怎麼過去？」我大吃一驚，向他喊起來。

「那麼請妳先過，好嗎？」他仍怒氣沖天的對著我，態度很不好的。

「過不過，如何過，是我的自由。」說著我靠在牆上乾脆不走了。

有了一次這樣的過節，再見面彼此自然沒有好感。回到自己的車廂去，只有伊達，那個婦人，獨坐著在咬指甲。

「妳去問了？」她又先倒抽了一大口氣，緊張萬分的等我回答。

「河水有些太高，他們停一停再開。」我笑著說。不嚇她，她其實也已先嚇到了。

起碼伊達比車下那些寶貝靈敏多了。

「我們怎麼辦？」她張大眼睛望著我。

「等一會兒再說了！」我也坐了下來。

等到六點左右，眼看對岸低地的牛羊與草房整個被水所吞掉，只是一些屋頂露在水面。房舍裏的人一個也沒有看見。

本來尚是嬉笑的人群，沉靜茫然的望著越壓越重的天空，車內一片死寂。

忍不住又去了一次車頭，穿過一節車廂，發覺有兩個小孩子趴在父母的身上睡了。車頭等車中白髮高齡的外籍遊客很多，他們聽不懂話，焦急的拉住過往的人打探消息。

「我們現在在哪裏？」指著火車頭內貼著的一張舊地圖問司機。

「才這兒。」他指指前面的一小段。

「接不上公路？」

「過橋再二十多公里就有路了。」

「慢慢開過去成不成？」

「除非很慢，還是危險的。」

「停在這兒地理情況不好，水漲了除非上火車頂，那邊的峭壁是爬不上去的。」

「我跟列車長商量一下再說。」他擦了一下汗水，也緊張得很。

過了一會兒，車子極慢極慢的開動起來。

天色昏暗中，我們丟掉了氾濫的河，走到一片平原上去，車內的人一片歡呼，只有伊達與我仍是沉默著。

「還要再來的，那道橋——」她喃喃的說。

那道橋，在緩慢的行程裏總也沒有出現。

窗外什麼時候已經全黑的，寒冷的雨絲刷刷的打著玻璃。

另一節車內一個小孩子哭鬧的聲音無止無休的持續著，做父親的一排一排問著人：「請問有沒有阿斯匹靈，我的孩子發燒——」

沒有人帶什麼藥，大家漠然的搖著頭，只聽見那個聲音一遍又一遍的向前車遠去。

「橋來了！」我趴在窗口對伊達說。

她撲到窗邊，看見那湧上橋基的洪水，呀的叫了一聲，便躺在椅上不動了。

「停呀!!」全車驚叫的人群亂成一團。

那條長橋，只有橋墩與鐵軌，四周沒有鐵欄杆，更沒有再寬的空間。

先是火車頭上去了，再是頭等車廂，我們在的是第三節。

車子劇烈的抖動起來，晃得人站不穩，車速加快，窗外看不見鐵路，只是水花和洶滔的浪在兩旁怒吼。

我趴在窗外靜靜的回望，第四五節也上來了，火車整個壓在橋上，車頭永遠走不到那邊的岸。

「阿平——」米夏在我身後，兩隻手握上了我的肩。

我望了他一眼，臉色蒼白的。

車頭上了岸，這邊拖著的車廂拔河般的在用反力，怎麼也不肯快些被拖過去。

那一世紀長的等待，結束時竟沒有人歡呼，一些太太們撲到先生的懷裏去，死裏逃生般的緊緊的抱著不肯鬆手。

峭壁，在昏暗的夜裏有若一隻隻巨鳥作勢撲來的黑影，那獸一般吼叫的聲音，竟又出現在鐵軌的左邊。

窮追不捨的河，永遠沒法將它甩掉，而夜已濃了。

喘著氣的火車，漸行漸慢，終於停了。

「怎麼又停了！」

方才安靜下來的伊達，拉拉毛衣外套，掙扎著坐直，茫茫然的臉上，好似再也承受不了任何驚嚇，一下變成很老的樣子。

鐵軌邊是一個小小的車站，就在河水上面一片凸出來的地方建著，對著車站的仍是不長樹的峭壁荒山。

天空無星無月，只有車燈，照著前面一彎弧形的冰涼鐵軌。

司機下了車，乘客也跟著下，向他擁上去。

「今晚一定要回古斯各去！」伊達一拍皮包，狠狠的說。

她的姪女興致很高的爬上車回來，喊著：「沒希望了！前面山洪暴發，沖掉了路基，空懸著的鐵軌怎麼開呢！」

「都是妳這小鬼，雨季裏拖人上古斯各，好好的在利馬舒舒服服過日子，不是妳拚命拉，我會上來呀！」她嘩嘩的罵起姪女來。

二十二歲的貝蒂也不當姑姑的話是在罵她，伏身到我耳邊來說：「不走最好，我喜歡那個穿綠夾克的青年，快看，窗下那個綠的。」

我知道她在指誰，就是那一群同車來時對面位子上的嬉皮之一嘛！

「趣味不高！」我開她玩笑，搖搖頭。

「妳覺得他不好看？」追問我。

「臉是長得可以，那份舉止打扮不合我意。」

「也好！我倒是少了個情敵。」她笑嘻嘻的半跪在椅子邊。

「什麼時候了妳們還講悄悄話！」姑姑又叫起來，一手放在胸前。

「九點半，晚上！」貝蒂聳聳肩，又下車去了。

「米夏，也下去聽消息，拜託！」

米夏順從的走了，好一陣沒有回來。

「替妳蓋著吧？天冷了！」我拿出蹦裘來，坐到姑姑身畔去，一人一半罩在毯子下。

手電筒光照射下的人影，一個個慌張失措。

下面一陣叫喊，人們退了，有的跳上小月台，有的回了車廂。

「怎麼了？」我問一個經過的人。

「水來了，一個浪就淹掉了這片地。」

身邊的伊達閉上了眼睛，聖母瑪利亞耶穌的低喊，一直在祈禱。

米夏過了很久才上車，我翻他放照相機的袋子。

「明明早晨出門時塞了一板巧克力糖在你包包裏的，怎麼找不著呢？」低頭在暗中一直摸。

「我吃掉了！」他說。

「什麼時候吃的？」我停了摸索。

「剛剛，在月台上。」

「米夏，你早飯中飯都吃了，我——」

他很緊張的在黑暗中看著我，一隻手慢慢放到後面去。

我一拉他，一只紙杯子露了出來，杯底蕩著喝殘的咖啡。

「這個時候，哪裏有熱的東西吃？」我驚問。

「月台旁邊那家點蠟燭的小店開著在做生意——」

「怎麼不知道自己先喝了，再買兩杯來給伊達和我？」我搖著頭，瞪了他一眼。

「再去買？」商量的問他。

「沒有了！賣完了！」

「賣完了——」我重複著他的句子，自己跳下車去。

淺淺的水，漫過了鐵道，四周一片人來人往，看不清什麼東西，只有月台邊的小店發著一絲燭光。

我抱著三杯咖啡，布包內放了一串香蕉、四支煮熟的玉米出了店門，月台下擠著那群嬉皮，貝蒂的身影也在一起靠著。

「貝蒂，過來拿妳的一份！」我叫起來。

她踏著水過來接，臉上好開心的樣子。

回到車上褲管當然溼了，分好了食物，卻是有點吃不下，一直注視著漸漲漸高的水。

已是十點一刻了。

車站的人說，打了電話到古斯各去，要汽車開公路繞過來接人。

問他們由古斯各到這個車站要多久時間，說最快兩小時，因為沿途也在淹水。

兩小時以後，這兒的水是不是齊腰，而那公路的好幾道橋，水位又如何了？

漫長的等待中，沒有一個人說話，寒夜的冷，將人凍得發抖。

十一點半了，一點動靜也沒有。

不知在黑暗中坐了多久，下面一片騷亂，貝蒂狂叫著：「來了一輛卡車，姑姑快下！」

我推了伊達便跑，下了火車，她一腳踏進冷水中，又駭得不肯走了。

「跟住我，拉好伊達！」我對米夏丟下一句話，先狂奔而去。

許多人往那輛緩緩開來的卡車奔著，車燈前一片水花和喊叫。

「後面上！不要擠！」車上的司機叫著，後面運牛羊的柵欄砰一下開啟了。

人潮狂擁過去，先上的人在裏面被擠得尖叫。我根本不往後面跑，一溜煙上了司機旁邊的座位，將右邊的門鎖鎖上，這才想起伊達他們來。

米夏在一片混亂的黑暗中張望了幾次，找不到我，跑到後面去了。

我不敢大叫，又溜下了位子，跑下去一把捉住他說：「上前面，伊達和我可以坐司機旁邊！」

「噢！我不能坐卡車，一生沒有坐過卡車啊！」伊達叫喊掙扎著。

「這時候了妳還挑什麼？」我用力將她往上推。

「貝蒂呢？貝蒂不在了！」又不肯上。

「她有人管，妳先上！」我知她爬得慢，怕人搶位子，一下先滑進了司機位，才拉伊達。

「嘓！嘓！這種車我怕啊！」她的喊叫引來了瘋狂往後面卡車上擠的人群。

鎖住右邊的玻璃拚命被人敲打著，我不理他們。

「我們是有小孩子的！」一個男人衝到司機一邊來強拉我下去。

聽見是有孩子的父親，一句也不再爭，乖乖的下來了。

那個外籍遊客，推進了太太、小孩和他自己，司機用力關上後面擠得狂叫的木柵欄，跑上他的座位，喊著：「快走吧！公路的橋也撐不住啦！」

一陣巨響及水花裏，那輛來去匆匆的卡車消失了。

「都是妳，討厭鬼！都是妳！」貝蒂向姑姑丟了一個紙杯子，狂罵起來。

「孩子，妳姑姑一生過的是好日子，哪裏上得了那種車！」伊達站在水中擦淚。

「下一輛車再來，我們快跑，伊達不管她了！」我輕輕對米夏說。

「他們剛剛講，就是有車來接，也是旅行團導遊的車，鐵路是不負責叫公車的，我們沒有參加團體的人不許上──」米夏說。

「什麼？什麼？你聽對了？」我問。

「不知對不對，好像是這麼說的。」

黑暗中沒有一個人再說話，一輛卡車的來臨激起了人們的盼望，三百多個男女老幼，都不再回火車，泡在漸漸上漲的冷水中靜靜的等待著。

雨水，又在那個天寒地凍的高原上灑了一天一地。

我看了一下地勢，除了火車頂和車站的平台上可以避水之外，那座大石山沒有繩索是上不去的。

小店中的一家人，扛著成箱的貨品，急急的踏水離去，那一小撮燭光也熄滅不見。

通往公路的那條泥路有些斜坡，水尚沒有完全淹住它，再下去是什麼情況完全不知道。

這便是所能看見的一切了！

河，在黑暗中看不見，可是膝下冰涼的水，明明一分一秒在狂漲。

已經上膝蓋了。

遠處有著不同於河水的聲音，接著燈光也看見了，一輛小型的迷你巴士在人們開始狂奔向它的時候，停在斜坡上不肯下來。

「宇宙旅行社的客人，手拉手，跟著我，不要散開了——」一個說瑞典話的導遊跳上了車，霸住車門不給擠過去的人上。

真是只有旅行團的人才能上？我便不信那個邪。

才上了十一個人，明明車廂內的燈光大亮著，後面的位子全空，那輛車撞下水，趁著人群驚叫散開的時候，快速的在鐵軌上倒了車，一個急轉彎，竟然只載著十一個客人跑了。

「喂！混帳！」我追著去打車子，水中跑也跑不快，連腰上都已溼了。

「我不懂——」我擦擦臉上的水，不知要向誰去拚命。

大雨傾盆中，又來了一輛小巴士，一陣扭打哄亂，上去的竟又只是十幾個遊客，還是沒有坐滿，那輛車子根本沒有停，是導遊推著整團手拉手的遊客追車上去的。

車上另有一位男車掌把門，他們居高臨下，佔了優勢，下面的人要爬進去不太可能的。

聽說一共來了四輛車，想不到都是小型的，更想不到他們竟然如此處理事情。

「再下一輛我要衝了，跟不住我就古斯各再見面，照相機在這種混亂的情形下要當心！」我對米夏說。

「Echo，我們一起的，我們在一起——」貝蒂跑上來站在我身邊，伊達踨踨跌跌的也來了。

「等會兒車一來，如果我先上了，擋住車門時妳就搶，知不知道！這些導遊車掌都是婊子養的混帳！」我說著。

已經十二點半了，水好似慢了些，鐵路工作人員一個也沒走，提著煤氣燈出來給人照路。

「不是大家要搶，你們也得管管事情，剛才那種空車給他們跑掉，是你們太懦弱——」我對一個隨車警察說。

一般的人都沉默著，可憐的另一對父母親，背上懷裏掮著兩個孩子，也站在黑黑的水中。車又來了，看見遠遠的燈光一閃，我便開始往斜坡上狂奔而去。

那群太陽旅行社的人串成一條鍊子，突然成了全部搶車的敵人，彼此擠成一片。車掌開了門，導遊跳上去了，有人搶著上，他便踢。

旅行團的人上了全部，才十四個，我緊緊擠在後面，車門尚未關。已經抓住了門邊的橫槓。

「妳不是的，下去——」那個與我有過過節的導遊驚見我已踏進了門，便用手來推。

我一把拉住他的前襟，也不往上擠了，死命拖他一起下車，車門外便是人群，人群後面那條瘋狂的水。

「我們不走，你也別想走——」我大喊著，他怎麼掙扎，都不放他的衣服，拚命拉他下水。

「要上來可以，先給五千塊。」他嚇住了，停了手，車子看見門關不上，也停了。

「要錢可以，先給人上——」我又去推他。

「下面的人還不去擋車子。」我叫起來。

人群湧向車頭，導遊一慌，我跑上了車。

他又跑去擋門，米夏扳住門把，上了一半。

「給他上來呀——」我衝去門邊幫忙，將那人抵住米夏前胸的膝蓋狠命往後一拉。

米夏上了車，我拚命的喘氣，眼看前例已開，車頭又被擋住了，這一回他們跑不了。

門邊的伊達哭叫起來，她就是太細氣，還沒來得及上，車門砰一聲關上了，一個坐在第一排的遊客，馬上把裏面的那片鎖啪一下扣住了。

「走——」導遊催著司機，那輛王八蛋巴士，竟然往人群裏真壓過去。

「瘋啦！」我脫下蹦裘，丟在一個空位子上，奔到司機座又去扭打。

「是不是人！上帝懲罰你們下地獄去！是不是基督徒——」我上去拍司機的肩，狂罵起來。

說起宗教，這些人還是被抽了一鞭，他們全是天主教徒——也就是我西語中的基督徒。

「太太，這是旅行團包的車，妳不講理——」

「我不講理？車上全是空位，你們讓下面的人泡在水裏，眼看路要斷了竟然不救，是誰不講理？」

說著我一溜就跑到門邊去開門扣，扣柄開了，門鈕在司機旁邊控制中，無法打開。

「開門！」我叫著。

「讓妳上來了還要吵，要怎麼樣？下去！」

導遊真生氣了，上來雙手捉住我就往外推。

門開了，這次我拉不住他的衣襟，雙臂被他鐵鉗般的大手掐得死死的。

眼看要被推下車了，下面的人抵住我，不給我倒下去。

「幫忙呀！」我喊了起來。

便在這時候，車內坐著的一個黑鬍子跳了過來，兩步便扳上了導遊的肩。

「混帳！放開她！」一把將我拉進車。

導遊不敢動他的客人，呆在那裏。那個大鬍子門邊站著，車又開動了。

「別開！」一聲沉喝，車不敢動了。

「請不要擠！那邊抱孩子的夫婦上來！老先生老太太，也請讓路給他們先上！」他指揮著。

人潮讓開了一條路，上來的夫婦放好兩個小孩子在空位上，做母親的狂親孩子，細細的低泣著。

另一對白髮老夫婦也被人送上來了。

伊達、貝蒂全沒有上，我拚命在人群裏搜索著她們，雨水中人影幢幢，只看見那件綠色的夾克。

「什麼我多管閒事，這是閒事嗎？你們秘魯人有沒有心肝——」那邊那個大鬍子推了導遊一把，暴喝著。

「不要吵啦！快開車吧！」車上其他的客人叫著，沒有同情下面的人，只想快快逃走。

「不許開！還可以站人。」我又往司機撲上去。

那時車門嘭的一下被關上了，車掌最後還踢了掛在門上一個人的前胸。

一個急轉彎，車子丟開了亂打著車廂的人群，快速的往積水的公路上奔去。

我不鬧了，呆在走道上，這時車內的燈也熄了。

「阿平，妳坐下來——」米夏什麼時候摺好了我丟掉的蹦裘，輕輕的在拉我。

我深深的看了他一眼，他的目光很快移開了。

那邊的大鬍子走過來，在我面前的空位子上一靠，長嘆口氣，也不鬧了。

掏出一包半溼的火柴來，發抖的手，怎麼樣也點不著煙。

「請問哪裏來的？」前面的那人問我。

「中國，台灣，您呢？」我說。

「阿根廷。」他向我要了一支煙，又說，「講得一口西班牙話嘛！」

「我先生是西班牙人。」

明明是過去的事情了，文法上卻不知不覺的用現在式。

長長的旅途中，頭一回與陌生人講出這句話來，一陣辛酸卡上了喉頭，便沉默不說了。

雨水嘩嘩的打著車廂，車內不再有任何聲息，我們的車子過不了已經積水的公路橋，轉往另一條小路向古斯各開去。

清晨四點鐘方才到達古斯各。

一個一個遊客下車，到了我和米夏，導遊擋住了路：「一萬塊！」

「答應過你的，不會賴掉。」

在他手中放下了兩張大鈔。

「錢，不是人生的全部，這些話難道基督沒有告訴過你嗎？」我柔和的說。

他頭一低，沒敢說什麼。

「回去好好休息吧！」米夏窘窘的說。

「什麼休息，現在去警察局，不迫到他們派車子再去接人，我們能休息嗎？」我拖著步子，往警局的方向走過去。

註：那一日的大水，失蹤六百個老百姓，屍體找到的只有三十五具。掉在車站的那兩百多個遊客，終被警方載回了古斯各。鐵路中斷，公路亦完全停了，那些留在瑪丘畢丘山區中沒有下來的旅人，在我已離開古斯各坐車下山去納斯加的時候，尚是一點消息也沒有。

高原的百合花。

——玻利維亞紀行

當飛機就要降落在世界最高的機場「埃・阿爾多」時，坐在我後面的一位歐洲旅客已經緊張得先向空中小姐要氧氣了。

大家的注意力都集中在那個癱在位子上的中年人，這時前面幾排的一個日本人也開始不對勁，噯的嘆了一口長氣便不出聲了。

兩個空中小姐捧著氧氣瓶給他們呼吸，弄得全機的旅客都有些惶惶然。

我將自己靠在前面的椅背上，臉色蒼白，話也不能說，兩手冰冷的。

旁邊一位來過拉巴斯的日本老先生一直握住我的手，替我拿一本薄書打空氣，口裏溫和的說：「不要怕！先不要就怕了嘛！」

其實我根本沒有一絲懼怕，只是因為飛機下降，正在劇烈的暈機而已。

「到了之後慢慢走路，不要洗熱水澡，不要吃太飽，更不可以喝酒，第二天就沒有事了！」

「我不是——」

還沒說完，那位日本先生又加了一句：「不許講話，省氧氣！」

聽他那麼吩咐，我先噗的笑了出來，便真的一句話也不講了。

下機的時候，手提的東西全託給米夏，知道自己心臟不太好，便不逞強了。

海拔四千一百公尺的平原是我生平所面臨最高的地勢，在這兒，機場的跑道也比一般的長，因為空氣的阻力不同了。

第一日上到這高原，儘可能一切放慢，我的步伐慢得如同散步，飛機邊的警察看得笑了起來。

玻利維亞，這南美的西藏，過去想起它來，心裏總多了一份神秘的嚮往。

便是只在機場吧，那蒼蒼茫茫的大草原已呈現了不凡而極靜的美。

入境的人很多，一些沒事似的去排隊了，另一些大約如我，是第一次來，大半先坐著，不敢亂動。

對於一個旅客來說，一個國家的機場是否豪華其實並不是很重要的，查照和海關人員是不是辦事快捷，態度親不親切，才是旅客對這國家最初步的印象。

玻利維亞的機場雖然不算太氣派，可是無論在哪一方面，他們都給了旅客至誠的歡迎和周到的服務，使人賓至如歸。

旅客服務中心交給我的資料對我們來說仍是有些太貴，旅館的一長列名單上，沒有低於四十美金一日的地方，有些更貴到一百美金左右一日了。

進城的公車說是沒有的，計程車可以與人合併一輛，收費非常合理，一塊五毛美金一個人。

坐上了計程車還不知要去哪家旅館，這已習慣了，心中並不慌張，開車的司機先生是最好的顧問，他們會帶的。

司機先生不但熱心，同坐的三位玻利維亞人也是極好，他們替我們想出來的旅社，卻因價格太低了，令人有些茫然。

「我可以付再高些的，最好有私人浴室。」我有些不好意思的說。

車子因為找旅館，繞了好幾個彎，結果停在舊區女巫市場斜斜的街道邊。

一看那個地方風味如此濃烈的區域，先就喜歡了，下得旅館來一看，又是好的，便留住了。付車錢的時候，因為麻煩了司機，心中過意不去，多付了百分之三十的小費。沒有多少錢，那位司機先生感激的態度，又一次使人覺得這個國家的淳樸和忠厚。

放下了行李，先去街上攤子買古柯葉子治將發的高原病，知道是逃不過的。

這些葉子在秘魯的古斯各城其實還有一大包沒有用完的，只因害怕放在行李中帶過境，海關當做毒品，因此便留下了。

古柯葉事實上並不是什麼毒品，可能一噸的葉子也提煉不出幾公克的古柯因。

高原的居民將少數的幾片拿來沖滾水喝，只是幫助呼吸而已。

旅館的餐廳沖來了一大壺滾水，問他們多少錢，說是不收費的。

給送水的人一點點小帳，換來的又是連聲道謝，這樣的民風令人受寵若驚，好似是來此受恩的一般教人失措，不由得更加想回報他們。

這一路來，只要進入了摻雜著印地安人血液的國家，在我的經驗中，總多了一份他們待人的忠厚善良。

厄瓜多爾親如家人，秘魯亦是一團和氣，而今的玻利維亞，更是厚拙。

在這一百多萬平方公里的高原大國裏，只住著不到六百萬的居民，這兒百分之七十是印地安人，百分之二十五是西班牙及本地人的混血，百分之五是歐洲移民來的白種人。

玻利維亞是南美洲兩個沒有海港的國家之一，它的西部是秘魯與智利，東北部與巴西交界，南邊有阿根廷及巴拉圭。

在一八七九年之前，玻利維亞原先的領土本是一直延伸到太平洋的，因為一場爭佔沙漠礦場的五年之戰，那片沿海的土地被智利奪去，直到現在沒能討回來，雖然智利同意玻利維亞使用原先的一個海港，但是在意義和便利上便不相同了。

雖說拉巴斯是一般公認的世界最高的首都，事實上玻利維亞真正的首都卻在另一個城市——蘇克列。

只因外交使節團及政府部會都在拉巴斯辦公，而蘇克列只有最高法院仍在那兒開庭，普通都將拉巴斯當做了這個國家的都城。

初抵拉巴斯，除了呼吸不太順暢之外，並沒有過分的不適，加上以前在厄瓜多爾及秘魯高原的經驗，知道如何沖古柯茶並且服藥，靜躺兩三小時休息之後，便沒有事了。

女巫市場

沒來玻利維亞之前，參考書中提到幾次此地的巫術街，說是不能錯過的。沒有想到自己的旅館門外沒有二十步便是那條著名的橫街。

休息過了之後，趕快穿了厚衣服到街上去玩耍，高原的夏天，即使是正午，也穿一件薄毛衣，到了夜間便要再加一件了。

石板砌的街道斜斜的往城中心滑下去，那份歐式老城的情懷，卻因當年西班牙人的進佔南美遠遠的將這歐風一路建到另一個大洲來。

便在那些美麗的老建築下面，放著一攤一攤的街頭店鋪，守攤子的嬤嬤們，披著絲質繡本色花拖著長流蘇的披肩，穿著齊膝而多褶的大裙子，梳著雙條粗辮子，一個個胖墩墩的在賣她們深信的巫術道具。

此地的印地安人，在衣著打扮上和厄瓜多爾及秘魯又是不同，雖然粗看上去，那頂頭上的呢帽不變，其實細細分別，他們又是另一種文化了。

即使是語言吧，此地除了契川話之外，又多了一種阿伊瑪惹，聽上去極為溫和的調子。

當然，那些嬤嬤們都是能說西班牙文的。

嬤嬤們賣石刻的手、腳、動物，也賣各色奇特的種子，也有各色毛線，更有許多已經配好方的小瓶子，裏面放著一些吉祥如意的象徵。

為了嬤嬤不厭煩我，先買了一排小動物的石刻，說是保佑家畜平安的。
「這隻乾鳥呢？」我指著一隻隻乾黑大眼睛的死動物問她們。
「不是鳥，是流產出來的小駱馬——」賣東西的婦人笑了起來。
「治什麼病？叫誰來愛？還是旅行平安的？」
「都不是那些事情用的——」那個婦人又笑。
「妳買了去，建房子的時候將它埋了，運氣會好。」她說。
「這些花花的毛線呢？」我又問。
「要配的，光毛線沒有用。」
那邊攤子的地下便是一盤一盤配好的像菜一樣的好運的東西。
攤子的生意不錯，總有當地人來買些什麼。
「嬤嬤！這些東西靈嗎？要不要找什麼人給念一念咒呢？」我看看自己買下的一個小瓶子，裏面用油泡著一大堆小東西，紅紅綠綠的，還有一條蟲也在內。
「不必了，放在妳左邊的口袋裏。好運就會來。」
這只是巫術嬤嬤講的話，我不能相信這些，可是就是不敢將它放在右邊口袋裏去。
與其說這些五光十色的攤子是一份迷信，不如將它們視為一份珍貴的民俗和神話。
便在那個攤子上，我買下了一塊石刻的老東西——此地人稱她「班恰媽媽」的大地之母。
繞著「班恰媽媽」的是她的丈夫，一兒一女，一隻山羊，一條蛇和一道道河流田園，都在一塊湯碗般大的石塊上活著。

據說這種大地之母的石刻，是應悄悄埋在家中土裏的，每年她生日的那一日，將她請出來，在石刻上澆香油供拜，再埋回地裏去，這樣大地之母一定保佑田宅家畜的興旺。

那樣的攤子，每買一樣小東西，都給人帶來幾分承諾，光是那份期許，付出的小錢也就值得了。

在那無數次的散步裏，我的巫術嬷嬷賣了金錢、幸福、愛情、健康、平安的每一個代表給我。她們在做生意，我買下了一個人平生所有的願望，比較之下，賺的人應當是我。

對於有著極深信仰的我，巫術其實並無可求，只是那份遊戲的心情，民俗的歡喜，都在這些小攤子上得到了滿足。

中南美洲的巫術已不可求，只有在玻利維亞的市場上看見他們公開售賣，覺得新鮮。

此地極有趣的是，在一個博物館內，亦陳列了一個房間的「巫術陳列室」，裏面的東西與街頭售賣的相差無幾，只是解釋更清楚了些。

有關詛咒人的那些東西，博物館內說得明白，至於我自己，與人沒有那麼大的仇恨，避之不及，也無心去探問如何害人的事了。

歐魯魯的魔鬼

嘉年華會的日子越來越近了。

在秘魯古城古斯各的時候，交了一大群同為旅客的朋友們，他們的下一站大半都是由邊界進入巴西，去參加里約．熱內盧的嘉年華會狂歡。

幾個旅行的人一再拉我去巴西，說是那樣的盛會錯過不得，終生要遺憾的。

我知那兒的嘉年華會必是瘋狂燦爛，喝醉酒的人更不會少，旅館也成問題，滿城的狂人喧譁並不見得真能喚出旅人的快樂，便堅持不去了。

玻利維亞一樣慶祝嘉年華會，只是有著任何國家所沒有的另一種形式。

在一個叫做歐魯魯的礦工城內，他們跳一種完全民俗風味的舞蹈，算做嘉年華會的大典，那種舞，叫做——魔鬼舞。

魔鬼們有太太，太太們也會出來街上遊行，鬼的太太叫做「China」，與中國女人的稱呼同音。

初到拉巴斯時，旅館內住滿了來此地參加嘉年華會的人，歐魯魯是一個距離拉巴斯兩百公里的十一萬人口的小城，那兒的嘉年華會卻是玻利維亞最盛大的。

旅館櫃檯的人一直向我銷售一日來回旅行團組成的票，每張要五十美金。

我覺得如果自己能坐長途公車去，所見所聞必然勝於跟團一起去，便不肯參加。

旅館的人跟我說，前一日才抵達的我們，是無論如何擠不到巴士票了。

雖然那麼說，仍是爬了長長的斜坡，就是一家一家的巴士公司問過去。

票確是售完了，我不肯放棄，站在窗口向人說好話。

玻利維亞的人本身心腸便好，被我哀求了沒有幾次，羞羞澀澀的拿出一張退票來，也不加錢，答應賣給我。

一張票只有我去得了，米夏站在一旁當然不太開心，我知人家確是沒有了，也不好無理取鬧，先買下了這張。

又等了好一會兒，來了一位太太，說要退票，竟是同一班車的，於是兩張位子都被我搶到了。

第二日的清晨，天尚是全黑的，叫起了米夏，在昏昏暗暗的街上喘著氣往公車總站走。

地勢那麼高的地方，再往上坡走，頭痛得不得了，拖了好幾十步，實在走不動了，清晨的街頭，有計程車將我們送到車站，又是親切得令人感激的那種好人。

玻利維亞在一般的傳聞中它是一個落後的國家，可是我們的公車，是對號的賓士牌大巴士，它不但準時、清潔、豪華，而且服務的態度是那麼的誠懇——中南美洲數它最好。

車站的建設非常現代化，弄不錯班車，擠不到人，一般乘客都是本地人，衣著不豪華可是絕對不寒酸，那份教養，那份和氣，可能世上再找不著。

車子繞著公路往上爬，腳下的拉巴斯城在一片迷霧中淡去。

一望無際的草原在寒冷的空氣裏迎著朝陽甦醒，遠天邊凍結著的一排大雪山，便是粉紅色的霞光也暖不了它們，那麼明淨的一片高原，洗淨了人世間各樣的悲歡情懷。

什麼叫草原，什麼叫真正的高山，是上了安地斯高地之後才得的領悟，如果說大地的風景也能感化一個人的心靈，那麼我是得道了的一個。

雲彩便在草地上平平的跟著我們的車子跑，如果下車，就能抓到一團；不能忘記自己是在四千多公尺的地方了。

歐魯魯城的魔鬼舞實在並不重要，只是這一路的風景，便是一次靈魂的洗滌，如果一個人，能死在如此乾淨雄偉的藍天之下，也是一種幸福吧！

在美的極致下，我沒有另一個念頭，只想就此死去，將這一霎成為永恆。

遠天有蒼鷹在翱翔，草原上成群的牛羊和駱馬，那些穿著民族風味的男女就在雲的下面迎著青草地狂跑，這份景致在青海、西康，又是不是相同呢？

看風景看得幾度出神，車子停在檢查哨亭，一群美麗狹臉的印地安女人湧到車邊來賣煮熟的玉米和羊酪。

這都是我極愛吃的食物，伸出手去付小錢，換來的又是一聲聲誠懇的道謝，這個國家如何能不愛它。

歐魯魯到了，長途車停在城外，又轉城內的公車進市中心，車太擠了，我不會推人，站在下面大叫。

車掌看見我上不去，伸出手來用力拉我，將我塞安全了，一雙手托住我，才叫開車。

這份人情，是玻利維亞的象徵，每一個人，都是神的子女，他們沒有羞恥了這個名字。

遊行已經開始了，米夏急著找看台要上去，我卻固執的定要先去買回程的車票，不然不能放心。

買好了回程的票，轉在人山人海裏找看台上的座位，一路被人用好烈的水槍狂射——那是生氣不得的，被水射中的人算做好彩頭，要帶運氣來的。這也是南美幾國嘉年華會的風俗。

看台是當地的老百姓沿街自己搭出來的，一共五層，每個位子收五塊美金，有權利坐看兩天遊行的節目，我們找到的兩個在第四層上。

同台看舞的人什麼樣的都有，上層坐的是兩個印地安老媽媽，我的厚毛衣擠得沒有空隙放，她們馬上接了上去給我保管。

舞蹈隊共有四十五組，大半是歐魯魯城內人自己組成的。這個在平日勤勞採錫礦的苦城，今日一片狂歡，快樂得那麼勇敢，便是一種智慧吧！

魔鬼群出場了，先是樂隊打頭陣，鬧了好半天，在大家的掌聲及叫聲下，那一群群戴著面具的魔鬼載歌載舞而來。

本以為來的是一群披頭散髮、青面獠牙的鬼，結果看見了極似中國獅面、漆成紅紅綠綠、瞪著大眼球、披著繡龍繡鳳披肩、胸前明明一隻麒麟伏著的所謂魔鬼們的打扮。

「這是我們中國的老東西，妳看那些龍鳳——」我向旁邊坐著的一個歐魯魯女孩叫了起來。

「怎麼可能嘛！這個風俗是好久好久以前就傳下來的，是玻利維亞的呀！」她堅持著。

「可是中國人比西班牙人又早來了南美洲，這已經有上千的證明了，你們哪裏來的龍鳳嘛！」

「不可能的。」另一個老先生也夾進來了。

「那為什麼魔鬼的太太們要叫China，不是與中國女人又同音了，是巧合嗎？」我問。

「是巧合的，中國人沒有來過這裏！」老先生又說。

四周太嘈雜了，這種話題不能繼續，而我的眼睛，幾乎將那一群一群來不完的魔鬼吃下去。

他們實在是中國的，獅口裏還含著一把寶刀，不正是台南安平一帶許多老房子門上刻著避邪的圖畫嗎？

據說，在歐魯魯城郊外的一片湖水旁邊，仍然住著一群有著中國人臉譜的居民，在他們的語言中，依然帶著與中國話相似的字眼，至於這群人實在的居所在哪兒，便不能考察了。

看到歐魯魯的魔鬼舞，使人深深的覺得，如果做一場長時期的追查，可能有希望查出南美印地安人及亞洲的關係。

雖說印地安人是由蒙古經過西伯利亞未化的冰原，再由阿拉斯加一路下到南美洲來，已是每一個人類博物館內一致的說明，可是中國的文化當是後來流傳過來的。

這些事情雖說茫無頭緒，可是例如此地的一些村落的印地安人，在喝酒的時候，必先將一些酒灑在地上，便與中國古時祭過往鬼魂的風俗有相同之處，實在是有趣的事情。

這些歐魯魯著名的魔鬼，都給拍下了幻燈片，回台時大家一同欣賞吧！

沙喀娘

來到拉巴斯的最後一個晚上，碰到了一位華僑小弟弟，大家一同去吃晚飯，沿街找餐館時，只要是印地安人開的，他便直截了當地叫這種飯菜是——土人餐。

卻不知玻利維亞的本地風味比起其他的南美國家來，真是另有文化及口味，實在是極好，一點也不土的。

如果說，一個國家的食物也算做是文明的一部分，那麼玻利維亞的文明是值得稱道的。

在這兒，觀光旅館中幾十美金亦是一頓好菜，而街頭、菜場和一般的平民小飯店中亦有不同而價廉物美的食物。

因為這個國家有著世界最高的大湖「第第各各」，鱒魚在此並不算太名貴的東西。

他們的辣味雞南美唯一，牛舌不輸哥斯大黎加，便是餐館做出來菜式的色香味，也絕對不是粗糙的。

許多人聽說玻利維亞落後，來了之後才知傳聞的不實在和可笑，明明是一個極好的國家。

在這兒，沒有太差的食物，便是街頭印地安婦人點著燭火擺的小攤，吃起來都是一流調味的。

特別愛吃的是一種本地風味的烤餃子，我喜歡將它譯成「沙嗲娘」，烤過的麵粉外皮，裏面包著多汁辣味的雞肉、豬肉、馬鈴薯和洋蔥，一只只放在溫火烘著的玻璃櫃子內，二毛五美金一只，小皮夾的大小。

這是一種最最平民化的食物，每天早晨，我出了旅館，必在附近一家印地安人的小咖啡店中喝一杯新鮮牛奶，加兩只「沙嗲娘」。

幾乎每一個本地人進了咖啡館，必吃一兩只這樣的東西當早飯，牛奶麵包之類的歐式早餐也許是因為我太平民化，倒沒見到有人吃。

在我吃早飯的那家小店內，每天批進一百只沙嗲娘，不到中午已經賣完。這種當地風味的食物，一般的觀光飯店內要吃便比較難了。

玻利維亞能吃到的東西很多，而且風味不同於其他南美國家。

據我所知，我國來玻利維亞的華人旅客仍是很多，如果能夠放棄觀光旅館，到街頭嚐嚐他們的食物，也未嘗不是一種享受。

我個人，是吃了第三十六個沙嗲娘才依依不捨的離開了玻利維亞。

打水仗

我的冬天衣服原先帶的便不夠，總以為南美的夏天在一二月。沒有想到高原的地勢即使夏日風景，也要毛衣禦寒的。

秘魯買了兩件毛衣，哥倫比亞買了一件純毛的蹦裘，卻因一次大暈車，失落了整個的小提包，離開旅館時，又掉了那件蹦裘。

身外之物，失去了反而輕鬆，再說到了拉巴斯，迫於情勢非買新毛衣不可，這又使我高興了好幾分鐘。

在拉巴斯時，每日就穿那件五彩手織的花毛衣，一直不換，因為沒有第二件。

歐魯魯的嘉年華會被水槍噴得透溼，毛衣裏面穿著的白襯衫在夜間脫下來時，全是各色水漬，這才發現新毛衣被印地安媽媽手染得太簡單，會褪色的。

歐魯魯的嘉年華會是星期六，拉巴斯城內的星期天也開始用水灑人了。

這種潑水的風俗本是好玩的事情，農業社會時各村的青年男女彼此認識，灑灑水只有增進感情，實是無傷大雅的事。

拉巴斯是一個大城，每家都有陽台，許多人有汽車。

他們在星期日這一天，開了中型吉普車，上面盛滿了水，街道上慢慢開車，看見路人便潑個透溼。

陽台下面不敢走人，隨時會有水桶澆下來。

路邊的小孩子買氣球的皮，裏面灌足了水，成為一只只胖水彈，經過的人便請吃一只。

我的毛線衣是褪色的，站在旅館的玻璃門內不敢出去。

在秘魯利馬時已經吃了一只水彈，三樓丟下來的，正好打在頭上，那邊挨了一只之後便來玻利維亞了。

不敢出門便吃不到沙嗲娘，衡量了一下之後還是出門了。

這條窄窄的石街上，兩邊陽台都有人站著，我方走了幾步，眼看一個穿西裝的路人被一桶水灑得透溼透溼。

在這風俗下，怎麼被淋也不能罵人的。

那個穿西裝的人真生氣了，撿起路邊的小石塊就去丟陽台上的人。

「打他！打他！好！」我在路邊叫起來。

這種遊戲不公平，居高臨下的人全是乾的。

明明自己在看好戲，一抬頭，便在我站的陽台上，一桶水潑了下來。

「哎呀！毛衣褪色的呀！」我也不知逃開，便是站在那邊狂叫哀求。

然後，我的頭髮到褲管全都溼了。

「跟你講是褪色的，怎麼還要澆呢？」我擦了一把臉上的水，向著陽台大喊。

這時另一勺水又淋了下來，我又沒能躲開。

這一回我氣了，死命拍人家樓下入口的門，要上樓去跟這家人對打。

「不要生氣嘛！潑到了是好運氣的呀！」上面笑得不得了。

這美麗的星期天錯過可惜，雖說一定被弄溼的，還是與米夏在這古城內大街小巷的去走，躲躲閃閃的有如驚弓之鳥。

水是清潔的東西，陽光下打了無害。

再說我所接觸的玻利維亞人實在是一群令人感動的好百姓，入境問俗的道理也應明白，不當見怪。

那一日吃了十幾個水彈，背後一片透溼，別人沒有惡意，自己一笑置之。

打水仗其實是一路挨潑，自己沒有工具，這個特別的日子留在毛衣上，算做紀念。

和平之城

親愛的市長先生：

那日分手的時候忘了告訴您，我的中文名字，與你們可愛的城市有著同樣的意義，也叫做「和平」。

初到拉巴斯的時候，不知道會面臨一個怎麼樣的城市和人民，心中是十分茫然的。

您已經知道了，我住的是舊城區的一家客棧，並不是拉巴斯那些豪華的觀光旅館，也正如您對我所說的：「如妳這樣的人，應該更深入的觀察我們的城鎮村落人民和這塊土地，不應只是在大飯店內消磨旅行的時光。」

市長先生，短短十八日的時間過去了，在這飛逝的時光裏，我雖然利用玻利維亞便捷的火車和長途汽車跑了很長的路，去了不同的城鎮，可是對於拉巴斯這一個特別的城市，還是加上了更深的感情。

您的城市，您的人民，在我逗留的時間裏，對我付出了最真摯的愛和慷慨，使得異鄉的旅人如我，賓至如歸，捨不得離開。

我眼中所看到的拉巴斯，是一個和平之城。在這兒，街道清潔，公車快速，車廂全新。計程車司機和氣，商店有禮，餐館的服務無論大小貴廉都是親切。

在市中心佈滿鴿子的廣場上，即使坐滿了人群，他們卻不喧譁，一群安靜而寬厚的好百姓。

你們的摩天大樓建在古式歐風的市中心，新舊交雜的建築並沒有破壞整個城市的風格，只有使人怡然。

在這兒，我的足跡由拉巴斯的好幾個博物館、老城、新區、大街、小巷一直走到花市、菜場，甚至動物園、美容院。

我所接觸到的百姓，在這一片土地上，是快樂而安寧的。

特別要感謝拉巴斯給了我們那麼多棵的大樹和廣場，你們愛護蔭濃，卻使旅人的腳步，在深夜裏踏著落葉散步時，心中悵然不捨，因為期望再來。

在您的城市裏，沒有搶劫，沒有暴行，沒有不誠實的人，這使旅行的我在這城內覺得安全自在，沒有異鄉之感。

中南美洲的旅行，雖然處處是可愛的人，如畫的風景，但是民風如玻利維亞，城市如拉巴斯，卻是難得一見。

我是一個中國人，有自己的家，自己的國，照理說，在感情上，應當不會對另一個國家付出這樣深的欣賞和愛。

但是我不得不寫這樣的信給您，請您轉告拉巴斯——即使一個中國人，也是不能夠不愛這片土地的。

理由其實很簡單，因為玻利維亞先愛了我。

在我離去的時候，咖啡店中的小姐，路邊賣大地之母石刻給我的嬤嬤，都溼了眼睛，一再的喊：「媽咪達！快回來呀！」

市長先生，在這兒我被人稱為：「媽咪達！」已是你們中間的一個了，我不是外國人。

您問起過我，拉巴斯像什麼，我想告訴您，拉巴斯是一朵永遠的百合，開在高原的青草地上，它的芳香，我永不能忘懷。

只要見到世上的人，我樂意告訴他們，玻利維亞是什麼樣的國家，拉巴斯又是一個如何的城市。

聽說您在今年初夏，可能訪問我的國家——中華民國台灣，我期望我的同胞，也能給您好印象，用同樣的教養、熱情來歡迎您。

與您分手的時候，並沒有留下您的地址。

機場詢問台的小姐熱心的寫下了市政府的名稱給我。

這封信，如果只寄給您一個人，那麼我的國家便看不到拉巴斯的優美，因此發表在報上，算做一個中國人對於玻利維亞最大的感激和讚美吧！

敬祝

安康

你的朋友 Echo 敬上

離去

這一路來，長輩們愛護我，各站旅行的地方都給我寫了介紹的名片，要我到了一地便與當地我國的駐外機構連絡，尋求旅行的資料和幫助。

我的性情最是孤僻，見到生人更是拘束，這一點外表也許看不出來，可是內心實在是那樣的。

如果說到了一地便連絡駐外機構，那會使我覺得羞愧。

中南美洲一路都說西班牙文，行路上沒有困難，因此那些名片再也不肯拿出來用，也絕不肯因為我的抵達，使得辦公的人忙上加忙。畢竟只是來旅行的，沒有什麼大事。

離開玻利維亞的前兩日，終於跟我國的使館打了電話，那邊是張文雄先生在講話，他聽見我到了，立即要我過去吃晚飯，同時尚有外客的一次晚餐。

我因夏天的衣服尚有，冬天的毛衣只有一件，因此堅持謝絕了張先生的誠意，說是第二天去「使館」，也是拜望也是再見了。

那日去之前又去手工藝市場買了一件新毛衣，換了穿上，算是對使館的尊敬，可是下面仍穿著藍布長褲。

米夏的鞋子拍照時跌進第第各各湖邊的水塘裏去，全溼了，在那樣的氣候下只有穿了一雙涼鞋去使館。

「你我衣冠不夠美，還是我進去，穿涼鞋的等在外面的廣場上，二十分鐘一定出來了！」我對米夏說。他聽說不必進去，很開心的晃走了。

玻利維亞的秘書小姐有禮的請我進使館，我說來拜望張文雄先生的，穿過兩張大書桌，臉上微微笑著，跟著秘書往內間走。

看見一位中國婦女，我仍是微微笑著，不停步子，對她點點頭。

「哎呀！妳——」那個婦人喊了起來。

「來找一位張先生。」我笑著說。

「妳不是三毛嗎？教人好等呀！」那個婦人跑上來抓住我的手，歡喜得不能形容。

「我是妳滋荷表姐的老同學，叫妳大姑媽——姆媽的那個丁虹啊！」

我見她如此相認，心中歡喜，便喚了一聲「丁姐姐」。

一時便被她拉住了，張先生的辦公室也去不了。

「來看看大使，進來嘛！夫人恰好也在呢！」她不由分說的便將我往一個辦公室內拖。

本來也是要拜望大使的，只求張先生給介紹，沒想丁姐姐就這麼給拉進了辦公室。

「大使，我行李中是有介紹名片帶來的，可是——」我訥訥的說。

「來了怎麼不先通知，我們歡喜還來不及呢！不用名片了——」大使那麼親切的握住我的手。

大使夫人梁宜玲女士馬上拉了我坐下，噓寒問暖，這時工人將一杯古柯茶也送上來了。

丁姐姐最是高興，馬上去拿了照相機進來，東一張西一張的拍。

聽說我次日便要離開了，吳媽媽——也就是吳祖禹大使的夫人，便說中飯要帶了出去吃。我心中急得很，眼看他們要來愛護我了，這使我非常不安，覺得給人招了麻煩，浪費了別人寶貝的時間。

「外面還有一個同事等著。」不得已說了出來。

「什麼樣子的？我去找！」丁姐姐那份率真令人拒絕不得。

「穿涼鞋毛線衣的高個子。」我說。

這一來，米夏也被拉了進來。

其實大使夫人吳媽媽的照片已經在此地最大的報紙上看過了，一共兩張，是宴請玻利維亞總統夫人及各首長夫人茶會時刊登的。

我在街上買的報紙，除了看照片中的人物之外，一直在細看桌上豐盛的點心是些什麼好東西，後來才知，這些中國點心都是大使夫人親手做的。

「我這裏有一張請帖，是此地軍校校長邀請的，下午參加他們的嘉年華會慶祝，不是太正式的場合，你們要不要一起參加？」吳媽媽很客氣的問著米夏與我。

「那我們先離開，吃完中飯再來了一起去。」我說。

「吃飯當然跟我們去了！」

長輩如此誠意，卻之不恭，勉強接受了，心中還是不安得很。

那一日是週末，大使請他司機回去休息，自己開車，帶著米夏與我回到他們住宅區的家中去。

大使的家，坐落在高級住宅區裏面，四周是一個大院落，種滿了花草果樹，建築是歐式的，不但氣派而又有一種保守的深度，牆上爬滿了常春藤的葉子。

看見代表自己國家的大使，住在這樣美麗的房子裏，心中不知如何的快慰，我們的駐外機構要這麼漂亮才是好的，畢竟它代表的不是個人，而是整個的國家。

「這個房子在搬來的時候花園完全荒蕪了，弄了近兩年，才有這樣的規模。」吳媽媽指著眼前的一片欣欣向榮，快樂的說。

那個噴水池，車道所用的石塊，是大使週末上雪山上抬回來的，這時才知為何我們的大使在下班時間有一輛吉普車的道理了。

我的性格是深愛吉普車的，看見大使也有一輛，心中不由得喜歡了他。

「進屋來看房子。」吳媽媽親切的引我入室。

報上茶會中的佈置便盡入眼前了。

吳媽媽喜歡收集古董，牆上盡是安地斯高原的居民所用的銀器，滿滿的掛著。

大使特別送給我玻利維亞的詩和神話書籍，他最愛書，自己的收藏亦是豐富。

這兒的報紙，曾經寫過長長的一篇文章介紹我們的吳大使，題目叫做：〈一個親近印地安人的大使〉。

五年的時光在這個國家度過，大使夫婦被選為此地一個古風猶存的印地安村落「達日阿布哥」的教父教母，這份百姓對他們的愛，是民間親近中國最好的象徵。

我是一個怕生而敏感的人，如果對方對我有些矜持和距離，不必再留幾分鐘，一定有理由可以逃掉。

在大使夫婦的家中，卻因看不完的珍藏和花草，以及他們對待小輩的那份儒者的親和，一直如沐春風，捨不得離開。

「坐吉普車出去好不好？」大使換下了西裝，一件夾克便下樓了，笑吟吟的問我。

他的手中拿了好大一頂西部牛仔式米色的帽子，上車自自然然的往頭上一戴。

「今天嘉年華會！」大使笑著說，那份怡然自得的態度，便是他的好風采。

我看這一對大使夫婦，喜愛的不是書籍便是石頭，收集的東西，民俗古物偏重，花園內的果實纍纍，下班開的竟是一輛吉普車。

這位大使先生喜愛大自然，星期天海拔五千多公尺的大雪山一個人爬上去，躺在冰雪中休息，說是靈魂的更新。

說他是高人雅士當然不錯，事實上也是個怪人。

「吃本地菜好嗎？」吳媽媽問我。

最喜入境問俗，當然喜愛本地菜。

爬上了那輛情趣充足的吉普車，心中十分快樂。

車子在市郊一帶開著，處處好風景。

大使說話淡淡、低沉的調子，冷不防一句幽默滑出來，別人笑，他不笑，沒事似的。

那是一幢被鮮花和果樹包圍著的餐廳，裏面佈置脫俗雅致，一派鄉村風味。

也只有懂得生活情趣的人，才找得到如此的好地方。

那一頓飯吃得熱鬧，其他桌上的人、餐館的工作人員，個個與大使夫婦親密友好，招呼不斷。

看得出那些人不是在應酬，因為他們沒有必要。

這是一位廣受歡迎的大使，便是在小小的地方也看得出來。

他的夫人功不可沒——吳媽媽是甜蜜的。

走出餐館時，花徑旁落著一只好大的梨，大使拾了起來，追著前面兩個本地小女孩便喊：

「小女孩，妳的梨掉啦！回來拿吧！」

那個大眼睛的孩子回過頭來，果然抱了滿懷的梨子。

「送給你——」她甜甜的望著大使一笑，轉身又走了。

「送給我可以，也讓我謝謝妳一個親吻吧！」大使回答她。

小傢伙仰起了頭，大使彎下了腰。

那只梨，他恭恭敬敬的謝了孩子，帶上車來。

這份親子的赤子之心，被我悄悄的看了下來，藏在心裏。

一個對小孩子也付出尊敬的人，我又如何能不敬他？

「有沒有去過月谷？」大使問著。

「還沒有，因為距離近，計畫是今天下午坐公共汽車去的。」我說。

「那麼現在就帶你們去吧！」吳媽媽說。

「嘉年華會呢？」我問。

「再晚些去也可以，他們開始得晚！」

我實是怕累了長輩，心中不安得很，不然去風景區打一個轉就走，好給他們週末安靜休息，可是以後尚有嘉年華會在等著呢！

一路上大使風趣不斷，迷人的談吐卻偏是一副淡然的樣子，與吳媽媽的另一份活潑，恰好是一個對比。美麗的月谷拍完照片，又去了高爾夫球場。

「這是世界最高的球場，拍一張照片吧！」大使說。

「在這兒打球，阻力也是少的。」

聽見大使這麼說，我笑了起來，好多天在這片高原上，事實已不太喘，常常忘了自己的位置。

那輛瀟瀟灑灑的小吉普車，終於開到軍校裏去，校長為了這個嘉年華會，特別在請帖之外又附了一封信給大使，非來不可的。

那時候，我悄悄的看大使，怕他覺得累，已經是下午五點半鐘了。

進入禮堂內，主人當然在，另有此地的內政部長、省長、市長、將軍和一大群帶了眷屬的人，氣氛很輕鬆，衣著也隨便，因是嘉年華會。

吳媽媽十二分的活躍而有人緣，馬上被省長拉了去跳舞，她的步伐輕、身體靈活，是全場視線的中心。

大使在此朋友多，看得出過去五年來在「外交」上所付出的努力。

雖然我知大使夫婦陪著我們一下午，實在也累了，可是場中兩人的好風采一樣怡然，那些玻利維亞的友人又是多麼的愛他們。

「做這種工作太辛苦了，平日國家大事已經夠重了，週末不能在家休息，還得來這兒連絡感情，唉——」我望著場中跳舞的吳媽媽嘆了口氣。

當然這句話是用中文跟米夏說的，旁邊坐著的內政部長聽不懂。

「他們合適，不看大家如何的歡迎妳的『大使』夫婦——」米夏笑著說。

這時拉巴斯的市長走了過來，我放下米夏的談話，與市長說起他的城市來，將這份欣賞不保留的傾訴給他。

市長聽了我的談話，一再問我何時離去，我說次日便要走了。

不知他回去卻給我安排了電台的訪問。

夜來了，大使帶著我們想離去，吳媽媽卻被主人硬留下來，不肯我們沒有吃晚飯便走。

那是一頓豐盛的玻利維亞菜和美酒。四周的人，對我親切自然，一家人似的沒有距離。

離去時夜已深了，我們走過深藍天空下的軍校操場，眼看別離又臨，對於這一對長者更加付出了一份親密，那時涼涼的青草地上已經沾滿了夜露。

一日與大使夫婦的相處，學到的東西並不能訴諸筆墨，那是一種無形的感化和薰染，是一個人的風度言談裏自然流露出來的學問，親近這股汩汩的氣質，是不可能空手而回的。

次日早晨又與吳媽媽打了電話才上街去，回來時兩本忘在吉普車上的書籍放在旅舍櫃檯上，必是大使來過了。

接受了電台的訪問之後已是午後，匆匆跑去「使館」，再見丁虹姐姐一面。

丁姐姐一個人在玻利維亞，想來亦是寂寞，可是她是那種懂得安排生活的人，並不太需要別人多餘的掛心。

丁姐姐堅持要帶米夏與我去吃最後一頓飯，又找了一個十三歲的中國小朋友作陪。

「不跟妳客氣，要去中國飯店內吃豆腐。」我說。

丁姐姐只要我肯吃，哪有不答應的，飯店內叫了一大堆菜，也算是份難忘的回憶吧！

夜間的拉巴斯是那麼的寧靜平和，在那多樹的街道上談話，散步，呼吸著完全沒有污染的空氣，走過一幢一幢透著燈火的小樓，我禁不住為自己的離去，留下了深深的悵然。

第二日早晨離去之前，與張文雄先生通了電話：「張先生，不與你說再見是不能走的，再見了，謝謝一切！希望很快再見！」

旅館看櫃檯的男孩子追了出來，喊了一聲：「快回來，一定要快回來！」便呆住了，好似要哭似的。

玻利維亞，我深愛的國家，在這兒，我得了自己同胞的情分，也得了你們珍貴的友誼，但願再回來，重溫一次如此的溫馨和愛。

我的小讀者們，玻利維亞的時光太匆忙，你們要求的座談會來不及安排，亦是使我難過。中國的好孩子，雖然身在異國，但是中文永遠不要放下，這份美麗的文化，將是終身的享受和珍寶。天涯海角，我們彼此鼓勵紀念吧！

智利五日。

——智利紀行

出了智利的海關，找不到旅客服務中心的櫃檯，我等了一會兒，看見海關的官員有一個已經不忙了，便請問他詢問處的所在。

「別問我，我又不是的。」

一句冷冷淡淡的回答並沒有將我嚇到，厚著臉皮又問：「請您告訴我在哪兒好嗎？」

「外面！」

外面左邊還是右邊他沒說，我道謝了便出來了。

許多計程車在攬生意，拿出參考書中的幾家旅舍地址來問司機先生們，其中的一位不耐煩的說：「妳去旅客服務中心好了！我們又不是導遊。」

我又道謝了，往旅客中心跑去。

那時太陽已經偏西，櫃檯內的小姐位子正好西曬，一副無精打采的表情。

「請給我看看旅館名單好嗎？」

她的手臂下便壓著一張，略略移了幾行，都是百元美金以上一日的。

「再低價一些的有嗎？」

手臂又移下了些，露出六十元美金以上的一排。

「我可以付到四十美金一日。」我說。

她很特別的看了我一眼，那張紙一丟丟了過來，還是不說一句話。

「請問哪裏可以換錢？」我再問。

「關了！」

「進城的公車有嗎？」

「沒有換錢怎麼坐？」她說。

「可不可以——」

「不可以。」

我根本沒有問完，她就說不可以，別再自討沒趣了，道謝離開。

在這兒，智利的首都聖地牙哥，不敢如同在哥斯大黎加的機場一樣伸手向人討零錢，因為感覺不同，也知道得不著什麼的。

抵達秘魯的那一站是深夜四點，身上沒有當地錢，也沒有旅館，可是巴士司機熱心服務，一直將我們轉到有了安身之處才肯離去，那份照顧，回想起來便是感激。

因為旅程拖了好幾個月了，體力漸漸不支，每一次的飛行，必然大量嘔吐，下機便很累了，很想快快躺下休息。

沒有公車坐計程車也是可以的，挑了一家三十八元美金的旅館，已是最便宜的了。

上了車，也沒跟司機生氣，他先發制人了。

「妳的同胞在智利越來越多了。」

「是嗎？我倒不曉得呢！」

「都是小氣鬼，一毛不拔的。」

「中國人，是勤勞刻苦又和平的民族，我們不擾亂社會的。」我慢吞吞的說，心中對司機便不能有好感了。

「死要錢，賺那麼多有什麼用，不知享受生命的！」

「那只是你的看法而已！」我不想再說什麼，心中計算著到了旅館要多給這位偏見的人小帳，免得他又罵中國人。

旅館坐落在一條沒有通路的死巷中，車子進不去，我先下車去看有沒有空房間，為著跑快一些，手中一個放著全部旅行支票、現款美金、護照及機票的皮包便交給了米夏。

「拿好了！我先下車。」說完我便走了。

跑了沒幾步，一回頭發覺米夏竟然也下車了，跟在我後面，雙手完全空的。

「你——」我吃了一驚，眼光馬上轉向那輛車子。

那輛車沒有停住，居然慢慢在跑開。

因為那條街是單行道，車子一時擠不上線，半個車身已經開出去了。

我來不及喊，反身就追，司機回頭看了我一眼，仍要闖出去，我一下拍上了他的肩。

「你做什麼？」我的臉大約也煞白了。

他的表情極冷極冷，眼看跑不掉，便停了。

「我們這兒下車吧！請您開行李廂。」

米夏這時也跟了過來，兩人拿下行李，司機冷眼在一旁看。

「您的車錢，十三塊美金，一共給您十六塊，請數一下。」我的聲音也僵硬了。

「誰說的，是二十五塊。」他居然還有臉加。

「上車說好的。」我說。

「誰跟妳說好的？二十五塊！」

我看了這人一眼，也狠了下來，提起東西便往旅館走，根本一塊也不付。

他一直跟到旅館內，我也不再理，要了房間，只對櫃檯說了一句：「請先替我付公定的價格給司機先生，一會兒再下來跟你們換錢。」

司機不敢攔我，只是喃喃的罵。

初抵智利，這一場驚嚇固然是自己的粗心，可是那份委屈，卻是機場便受了下來的。

放好行李已是夜間了，跟旅館換了一點錢，帶了米夏上街找飯吃。

在市中心一家生意好得不堪的餐廳裏擠到一張桌子，吃完時一對父母帶了三個小孩，就站在我們桌邊等。

我看別人等得辛苦，拿起了桌上已經放著的帳單便站了起來，好把位子讓給別人。

這時收帳的小姐不知哪裏闖了過來，高聲嚷著：「妳為什麼不坐著付帳？如果每個顧客都像妳，我們別開店了！」

「妳的小帳已經留在桌上了！」我慢慢的說。

這人仍是氣沖沖的，瞪了我一眼，刷一下將錢收走，臉上絕對不會笑的。

「智利人好奇怪的。」米夏說。

「這是巧合，不能那麼說。」我沒趣的走出了餐館，心中實在是有些不舒服。

聖地牙哥的市中心全是裝潢極豪華的商店，車輛不能進入，商業區中許多長椅，坐滿了人。好不容易找到一個只有一位小姐獨坐的長椅，我向她道了歉，在她身旁坐下來。

要是在別的國家吧，那個坐在正當中的人一定會挪開一點，教米夏與我都坐得下，說不定還交談兩句，可是這位小姐就是不讓。

「別坐了，難道還一左一右的坐她兩邊當保鏢嗎？」我對米夏說。

走了好大一圈，大都市內車水馬龍，每一個人都很匆忙，衣著極考究，相對的神情也冷漠了。

看見復活島的圖片放在一家旅行社內，忍不住進去問問旅費，這個島雖是智利的版圖，卻在來回大約八千公里的太平洋中。

旅行社的小姐根本不說多少錢，又是跟人不開心的樣子，簡簡單單的說：「很貴的。」

「有多貴呢？」我問。

「妳要去嗎？」她看了我一眼。

「可是有多貴呢？」我又問。

「這些遊客沒事做，專門來問，問了多半去不起。」這位小姐似笑非笑的跟她同事講，也不看我。

我真是委屈了，也不回什麼壞話，推開玻璃門走了出去。

沒踏上智利的土地三小時，不愉快的人大概都碰全了。

回到旅館時碰到打掃的婦人，跟她打招呼時我說：「智利的人好冷淡的，我的衣服乾了就要走，這兒不歡迎我們，走了倒好！」

抵達旅館時將牛仔褲都泡了水，襯衫也洗出來了，晾在浴室裏。

「別那麼說啊！可別一來就洩氣嘛！」那個婦人急著說。

「妳是智利人嗎？」我笑了。

「百分之百啊！不要快走，明天旅館買水果妳吃！」

「衣服乾了還是馬上要走。」我固執的說。

那個婦人聽了什麼也不說，轉身去她的工作房裏拿了一盤水蜜桃和大串葡萄來，在我手中一放：「只有先給妳吃了！」

這一來我不由得笑了。

聖地牙哥是南美第四大城，佔地一百平方公里，人口近四百萬，怎麼能因為幾次不通順的接觸便誤解了它呢！

那一夜切切的想念秘魯和玻利維亞，那兒的百姓手足似的親密，住了一個多月也沒不愉快，沒有印地安人的地方便是不同了。

智利雖說在印加帝國時代，它的北邊也入版圖，可是今日的它，都市內印地安人看不見，西班牙、法國、德國及英國人來此移民的結果，使這狹長地形的國家成了幾乎白人的土地。聖地牙哥首都更是一派歐化。

雖說這個七十五萬六千多平方公里的國家確實不小，它的居民也只有一千一百萬人。這條如彩虹一般橫在安地斯山脈和太平洋之間的土地，全長四千兩百公里，而它最闊的地方只有一百八十公里。

聖地牙哥是一個在一五四一年便建造的城市，舊城氣派，新城摩登，完善的都市計畫，使得它的公園、大道、廣場和樹木整整齊齊，不但地面上交通方便，就是地下車，也是南美旅行各大城市中所沒有的。

置身在一個如此的大城市裏，生活指數當然增加，可是觀察的方向與目的也就與安地斯山區不同，一樣能夠得益的。

這兒的男女可說是南美一路看下來衣著最講究的，極年輕的孩子，一樣穿西裝打領帶，少女不太穿平底鞋，大半高跟涼鞋，上面一件美麗的衣裙。民族風味不濃，而都市的氣氛，實在如同置身歐洲，好似不再拉丁味了。

智利的葡萄酒在哥倫比亞時便已嚐過，他們的水蜜桃世界第一，市場豐豐盛盛，街頭看不見貧窮的人。

就是乞丐吧，少數幾個奏樂乞錢的街頭樂師裏，竟然看到兩個穿著全套西裝，手戴日本錶，甚而用電子琴在路邊討生活的。

事實上將音樂帶上街頭的人並不能算完全的乞者，他們的付出，歡樂了都市的人群，所得也是應當的。

每一家餐館拿旅行的經驗來說，實在比其他國家昂貴了很多，可是生意好到那個樣子，令人不知它們報上的經濟不景氣是在說什麼。

這些觀念，在廣場坐著時與一個青年人說起，他完全不同意我。

「妳看見的智利是表象的！」

「才來三天，只能看見你們的市面和人民，就算是表面的，也要露得出來，其他的國家民風不說，經濟的不景氣、貧富的不均衡便是遊客也瞞不住的。」我說。

「沒有政治自由。」他說。

我手上恰好買了當天的報紙，翻出一段來，指著大標題笑問這人：「你們明指自己的總統政治謀殺，卻拿不出證據，這家報紙明天照樣出刊，是不是一種自由？」

說起政治，這個在玻利維亞碰也不敢碰的話題，便是非常起勁了。

那位青年大學程度，在一家銀行做事，聽我如此解釋自由，幾乎被我氣死。

智利在一九六四年到一九七〇年時本是一位左派思想的弗來伊總統當政，一九七〇年之後阿亦安得總統又走社會主義的路線。

那幾年，政治技術和現實社會的不能配合，使得智利民不聊生。一九七三年畢諾卻將軍接過了智利，成立軍人政府，一直到現在。

選舉，在這個國家要到一九八八年才被允許。

這是智利比較特殊的一種國情，與它的百姓，尤其是青年知識份子交談時，躲不掉的話題。

切切的想去復活島，可是路費太貴，一直猶豫，到了智利才知自己的血壓太低，因此才會那麼劇烈的暈車、暈機，甚而在電梯內上下也要昏眩。

藥房的人非常好，免費量血壓、開藥，又翻了我的眼瞼，說我可能貧血，也給了帶鐵質的維他命，什麼都服下了，而昏眩的感覺不肯退，牙齦卻開始灌膿發炎了。

米夏最怕我沿途鬧小毛病，復活島如果撐著去，先就增加米夏的心理壓力，加上兩個人的路費實該考慮，便放棄了這原先也不在計畫中的一站。

智利的「自然歷史博物館」裏有一樣著名的東西，那是安地斯山脈中一個冰凍印地安小孩，是在距離聖地牙哥四十公里左右的埃·布羅莫的山巔發現的。

據說當年這個孩子是在一場對神的獻祭裏付出了生命，屍體因為長年埋在雪堆裏，幾百年後找出來時仍是完好的。坐了公車去博物館，只有看見照片，沒有看見小孩。

「請問冰凍孩子呢？」我問館內的人。

「在修。」

「在哪裏修？我遠路來的，很想看看他。」

「同樣的溫度凍著呢！四月底會放出來展覽的，現在不能看。」

有時候，我覺得自己也實在纏人，每入一個博物館時，不去則已，去了問題特多。不敢再找智利人討厭，走了一圈博物館便出來了。這兒的人像醫生，不肯多講話。

智利的博物館不及墨西哥、哥斯大黎加、秘魯，也不及玻利維亞，他們沒有愛護這一份文化遺產。

公平的說，聖地牙哥實在是一極美又受到照顧的城市。

馬波秋河由東到西貫穿全城，河邊林蔭大道，綠草如茵，都市中的人，沿河散步，那份大城的壓力在同樣的城內得到舒展。

除了市中心之外，它的住宅區內全是落葉老樹，深夜裏跟米夏跑過橋，到它沒有人跡的空巷中去走，那時家家戶戶都已安睡了，只有樹和幽暗的街燈照著寂靜的空城，夏季快過去了，聖地牙哥的夜，一片秋涼。

因為一直頭暈，口腔發炎，量了兩次血壓也沒因服藥而升高，我知道這是秘魯和玻利維亞的劇烈奔波積下來的累，智利這站不敢跑遠，計畫一週之後便去阿根廷了。

智利也是帶著介紹名片來的，當然不敢用。

最後兩日的黃昏，在街上走著，背後不知何時有人一直用中文追著喊：「三毛，三毛！」我轉身，看見一個戴眼鏡的中國青年很斯文的站在那兒。

原來是台灣來的，在這兒做生意的好孩子。

交談之下，這位青年一再邀我和米夏去家中晚餐，我堅持不肯，覺得已經受恩太多，每到一處，只要碰到中國同胞，必是被接待得太好，這份情，還不完，積在心中要罪過的。

「我父親很想看看妳，吃飯不重要，大家談談話才是主要的，好嗎？」那位同胞又說。

聽見他提出父親來，我倒為難了，畢竟長輩在中國還是為大，他想看我，怎能拒絕呢？

「我叫王鎧男，這是我的片子。」他遞上來，又說，「我的妹妹叫王鎧珠。」

這回該我喊了：「鎧珠不是我馬德里的女友嗎？」

原來是女友的哥哥，還有父親、嫂嫂都在智利，這頓飯便不推卻了。

「過一小時來。」我說。不敢貿然便跟去吃飯嚇人，還是請鎧男先回去說的好。

「找得到嗎？」

「有地址就好找！一會兒見！」我說。

「你看，有同胞就有飯吃，做中國人好不好？」我笑著對米夏說。

米夏最愛吃中國菜，這一路在食物上我沒有委屈，他卻常常要吃中國飯店，一般南美菜不合心意的。

女友的父親當然要尊稱一聲王伯伯，見面時上車便喊，王伯伯非常歡喜，雖然他看上去實在是太年輕了。

鎧男的太太延蓮是韓國華僑，那一日，吃到許多好菜，最中意的卻是她做的韓國泡菜。他鄉遇同胞，喝了許多葡萄酒，談到深夜才散。

「林享能主任那邊去了沒有呀？」王伯伯問。

林先生是我國派駐智利貿易中心的代表，我的行李中便放了介紹名片，可是他那麼忙碌的人，不敢打擾，當然沒有臉去麻煩他。

「不敢去。」我說。

「明天我跟妳連絡。」王伯伯說。

連絡了便馬上必有愛護，這令人急不急？

已經債台高築了，一路便是同胞的愛，他們慷慨付出，我又如何平白受恩？

次日走路去王伯伯的商店拿《聯合報》，並不知中午又有飯吃，結果王伯伯說我們已經被新聞局的代表曾茂川先生請了去吃飯。

聽說我國「奧運會主席」沈家銘伯伯也來了智利，中午會見到他，我看自己穿的是一條工裝藍布褲，便要趕回旅舍去換。

「沈伯伯一生為體育辛勞，我換一條布長裙子去，也算是對他的尊敬。」說著便往旅舍跑，米夏也跟著跑。

已是正午了，跑得滿身大汗回去，換了衣服便叫計程車，下車又到王伯伯的地方，米夏突然很難堪的說，臨時交給他拿的那一小口袋支票和現款完全忘在旅館他房間的桌上了。

王伯伯聽了緊張，車子又開入市中心去擠，拿到那個小口袋出來，時間已是不早了。

曾先生在住宅區的入口處接我們，舒適的房子，能幹的太太，一屋子的客人，一大桌的菜都在等我們。

在那兒，不但認識了沈伯伯，還有林主任夫婦、李寒鏡先生、魏先生與他美麗的太太，更大的驚喜是秘魯才分別的王允昌主任，我的西班牙學長，竟然又在智利見面，看見他，高興得叫了起來，真想念那邊的一群朋友，急著問安。

吃飯時我一直在對自己說，那些負擔全部放下吧！如果同胞們樂於照顧我，不如從此坦然接受，安不安心都是要受寵愛的，何必跟自己那麼過不去呢？

講了很多遍，還是沒有什麼效果，麻煩別人總使我羞愧難安。

王伯伯週末並沒有休息，陪著我們又去林主任的家，在那兒，黃貴美老師——文化大學的同學那麼稱呼的林夫人，又給了我們最熱忱、親切的歡迎和接待。

林家三個孩子國外長大，《聯合報》來了一樣搶著看，中文一直沒有荒廢。

夜間李寒鏡先生，我國的軍方代表家中宴客，請沈家銘伯伯、王允昌先生、許許多多智利的來賓，也一定要米夏與我參加。

當大家都在盡力為國家做事的時候，我這無用的旅人便是夾在裏面吃。中國的太太個個是能幹的，那一夜不知多少客人，菜就沒有吃完過，全是主婦幕後的功勞。

看見我國的代表每一個都盡力在為自己的國民外交努力，心裏深受感動。本以為一日的騷擾已是飽和，恨不能自己快快消失，省了別人的累。我自己也被那份歉疚的心情弄得快折死。

第二日，曾茂川先生全家，還有王伯伯、米夏與我，又開長途車去海邊了。這都是路上被王鎧男一喊喊出來的一場大亂，總是怪三毛了！

海邊回來，文化大學在此的學弟陳吉明夫婦前一日已轉請黃貴美老師約了，要我去外面晚飯。文化的同學便有這份團結友愛，太客氣了。

旅館下樓來，我的讀者朋友，另一對年輕的夫婦打聽到旅舍，便是要相見！

「時間太匆忙，不能說話，明早上飛機前再去你們的商店拜望。」我匆匆忙忙的說。丟下了才到旅館的讀者，心中過意不去，拿了名片便分手了，次日當然去一趟。

那個夜晚，林主任、黃老師、曾先生、陳吉明、廖玉瑟和我又搶時間聚了一次，到了深夜才回去。

智利的最後兩日，同胞的溫情潮水而來。

上機前曾先生夫婦陪去吃飯的中國飯店的主人錢維國叔叔又是不肯收錢。

錢叔叔在梨山的農場是天文、天心他們常去的，後來說是錢叔叔全家出國，去了玻利維亞的。

曾先生無意間說起有家中國飯店內的北方麵食好，我一猜便是朱西寧先生的那位好友，定要見面相問，結果卻是猜中了。

曾先生是極談得來的理想青年，曾太太性格跟我相近，他們誠意陪伴，我心中只有感謝接受。

時間很緊湊，與曾先生在車子內還在拚命計畫如何宣傳我們的國家，那時黃貴美老師也上了車，一路開到機場，不讓她送是沒辦法的，只有感謝。

眼看自己又一次勞師動眾，深恨自己的麻煩，這份情感的債，不是揮揮手便能忘卻，永遠深植在心中，有機會時報答在另一個同胞的身上吧！

情人。

——阿根廷紀行

載著我們的大巴士在開過了整個早晨時光的大平原之後，終於轉入一條古木參天的林蔭大道上去。

進口處沒有木柵，看不到人跡。

一棵古樹上釘著塊小木牌，上面寫著「恬睡牧場」。

夏日晴空下的草原散落著看似玩具的牛羊，地平線的盡頭一幢幢淡成骨灰色的小屋冒著青煙，樹林邊無韁的駿馬成群，一隻快樂的黑狗在草地上追逐，而那條貫穿牧場的小溪，絲帶般的繫住了這一片夢土。

路的最底端，揚起了沙塵，幾匹駿騎迎著我們狂奔而來。

車上的遊客一陣騷動，都趴出窗口去搖手，長途的累一霎間已消失了。

我的窗口什麼時候已經有了騎馬的人，那些馬匹肌肉的美令人炫目。

牧場的名字便如眼前的景色一般的甜美而不真實，人間哪裏可能還有這樣的樂土？

面對著已經進來的牧場，我仍是不信，望著那些有血有肉的「高裘」，怎能明白他們也是如我一般的人呢！

一時裏，我的心被一陣巨大柔軟的歡樂淹過，生命的美，又一次向我證明呈現。別人急著下車，我的雙手托住下顎，動也不敢動，只怕一瞬眼，自己要流下淚來。

一生裏夢想的日子，不就是明白放在這兒嗎？

騎在馬背上的一個人，就在注意的看我，那麼銳利的目光，便是在樹蔭下也是灼人。

「下來啊！還在睡覺嗎？小姑娘！」導遊在草地上喊著。

我的樣子在外國人的眼裏確是一個工裝褲梳辮子的小姑娘，誰又知道我心裏在想什麼呢！

理理衣服，最後下了車，騎馬的那個人一勒韁繩，彎下腰來扶我，我的手從他手中滑過，對他笑了一笑。

參加旅行團出來做一日的遊覽，在這四個半月的長程旅行中尚是第一次。

阿根廷這一站只想看牧場，私人沒有門路，不得已請旅行社給安排，說好必要有馬騎的地方才去。

買票的時候我一再的問，是不是行動受制的，如果非得跟著導遊走，那麼便不參加了。

「只要吃午飯的時候妳回來，其他表演如果不想看，可以自由，不拘束妳啦！」

導遊小姐見我下車，立刻又對我表明了一次，態度非常和氣又愉快的。

下了車，早有一群「高裘」彈著吉他，在一大排炭火烤著的牛排、羔羊、香腸的架子邊高唱起草原之歌來。

遠遠的樹林裏站著上好鞍的駿馬，正午的陽光並不炎熱，一團一團銅板似的灑落在靜靜吃草的馬群身上。

周圍的一大批遊客，包括米夏在內，大都進入了一個草棚，去喝冰凍的葡萄酒和檸檬汁去了。

我不急於去騎馬，注視著「高裘」們的服裝，目不轉睛的看著他們。

「高裘」是阿根廷草原上一種特別的居民，早先這個字的意思，等於是：「沒有父親的孩子。」

一五八〇年時，西班牙人阿裏亞斯在南美阿根廷這片近三百萬平方公里的土地上移進了牛群。當時因為管理的困難，牛群四散蔓延生長，終於變成了上萬的野牛。

那時候，一種居所不定的人，叫做「高裘」的，開始跟著野牛一同生活，不放牧，不佔土地，逐水草而生。他們的生活方式演變到今天，已成了大牧場中牛仔生活的代稱。

「高裘」們到現在仍穿著古式黑色的上衣，同色的燈籠長褲，腰紮綴滿銀幣的闊皮帶，腳蹬牛皮靴，背後插得一把手肘般長銀鞘刀，右臂圈著牛筋繩索，頭上一頂呢帽及脖上繫著的手絹永遠跟著。

那塊厚料子中挖一個洞，套頭穿下的「蹦裘」在冬天是外衣，在寒流的原野，也是睡覺的毯子。

除了這些東西之外，大草原中討生活的他們，一匹駿馬之外，可能也只有一把吉他了。

過去的高裘沒有家庭，沒有固定的女人，到處留情的結果，又產生了一群沒有父親的孩子。

我喝了兩大杯紫紅色的好酒，便問米夏去不去騎馬。

「太陽曬，再說騎了馬明天要痠痛死的！」

「先享受再說嘛！不痛也沒有快樂了，是不是？」

「不去！」他說。

「那我去了啊！一會兒你來替馬和我照相嘅！」

我離開了人群，向那些馬兒跑過去。

寂寂的草原上聽不見自己的足音，馬兒們見我去了，起了輕微的騷動。

「不要怕，好寶貝，來，來——」我輕輕的靠上去，貼著一匹棕色的馬低低說話。

「不怕，不怕，乖！」試著用手慢慢撫過馬鼻，牠不動了。

雙手環上去親吻馬，牠貼著我好舒服的樣子，大眼睛溫柔的一溜一溜偷看著我。

「我們去玩，你帶我，好不好？」我問。

馬兒不說話，又貼近了我一點，我解下了繫著的馬韁，爬到鐵欄杆上，再扳住馬鞍，一下子跨上去了。

「走吧！好孩子！」我拍拍馬，兩個便在陽光下小跑起來。

那匹馬並不知有幾歲了，也許因為天氣對牠仍是太熱，跑得不烈，最後乾脆慢吞吞的在那一大片藍天下散起步來。

不勉強馬兒載著我快跑，坐直了身子，讓草原的輕風暢快的吹拂著，一顆心，在這兒飛揚起來。

四周什麼也不見，蒼鷹在高高無雲的天空打轉。

那個人奔馳而來的時候先在草原上帶起了一陣輕煙，他的領巾在風裏抖動得如同一隻跟著飛翔的白鳥，馬蹄狂翻的聲音遠遠便能聽見，直直的往我追上來。

眼看又是下車時釘住我看的那個「高裘」，我一掉頭，便不看他了。

那匹大馬嘩一下衝過我，手中高舉的鞭子呼的打在我背後，結結實實一鞭。

他打我的馬。

馬吃了鞭子，嘶叫了一聲，我一拉緊韁繩，牠乾脆站立起來，這時我也狂叫了。

前面的人聽見我喊，勒住了馬，見我並沒有跌下來，一轉身又跑，我的馬瘋狂的追了上去。

追逐的馬怎麼也收不回，任著牠奔騰，不知自己在什麼時候會滾下馬背。

前面那匹馬跑進了樹林，我見那些低垂的枝椏越來越近，一低頭抱住了馬的脖子。

「呀——救命——」

那人就在我衝進去的地方站著，伸手一搆我的馬韁，馬硬煞住了，蹬著蹄子呼呼喘氣。

「我不會騎馬的，你怎麼開這樣的玩笑？」

嚇得全身發抖，要哭了似的叫著。

那個高裘勒馬過來，遞上一條手帕，我啪一下打開了他，滑下馬背，抱住一棵樹咳個不停。

「對不起！」

「你故意的，走開！滾開！」

他凝視了我好一會兒，臉上絲絲的笑著，也不再說話，拎起尚在掙扎的我，往那匹空馬上一丟，自己悠然的出了林子，頭都不再回一下。

吃中飯的時候我坐在長桌最邊上的一個，高裘們開始弄吉他，氣氛非常熱烈，葡萄美酒大壺大壺的傳上來。牧場裏的宴會，粗粗獷獷的大盤牛排帶血的放滿了長桌。

「今天第一首阿根廷的民歌，是我們中間的一個高裘，特別指定送給一位中國女孩子的，向她獻上最真誠的歡迎——」

聽見吉他手那麼說，也沒抬頭，不知他是指的誰，四周便響起了掌聲。

「中國女孩，就是妳嘛！」導遊西維亞指著我叫。

我放下了刀叉，站起來舉舉雙手，算做答謝，那首情歌便在空空朗朗的草原上蕩著飄下去，也不知誰送來的。

遠遠大樹下一張小方桌特別鋪了白桌布，一張椅子等著人來，不是遊客的位子。

那個打我馬的人，大家都沒注意的時候在那單獨的桌子前坐了。立刻有烤肉的茶房拿了一份酒和牛排上去。

我看了那人一眼，遠遠的他向我悄悄舉了一下酒杯，輕微得只有我們兩人知曉。

這一頓長長的午餐便是再也不肯看他了。

其實，那是一個非常神氣的人。

馬術表演熱熱鬧鬧的在草原裏展開，滿場狂奔的馬匹又引來了一群無鞍的馬，不知何處衝來那麼多條獵狗，跟著這場喧譁吠叫。

我坐在一只木箱上，遠遠的離開了觀眾，身後幾十棵巨大的尤加利樹，密密的落下一片蔭涼。

那匹穿飾得特別華麗的馬並不在表演。

我悄悄的一回頭，又看見他騎在馬上，站在林蔭深處，望著我出神。

我們對視了很久，誰都不肯動。

他輕輕一策馬，移到我身邊來。

馬蹄再移一步便要踩上我了，我站起來，靠到樹幹上去，瞪了他一眼。

四周的喧譁突然聽不見了，樹林裏靜得只有沙沙風吹的聲音。

「上來吧！」他輕輕的說。

我猶豫了一會兒，又接觸到他的眼光。

我不說什麼，將木箱豎直了，站在它上面，也不動也不求他。

他彎腰下來一提，我上了他的馬背。

這個人乘勢親了一下我的頭髮。

「抱住我。」他說。

我順從的做了。

那匹馬踏著小跑步，繞過樹林，慢慢的離開了看表演的人群。

「喜歡牧場嗎？」
「太喜歡了！」我嘆了口氣。
「喜歡高裘們嗎？」
「你算一個真正的高裘嗎？」
「當然，孩子，一生都是的啊！」
「我卻不是孩子。」我說。
那人勒住了馬，轉過身來，握住我的手，靜靜的看著我，深深的看進我的眼裏去。
「妳這種女人，對馬說話的樣子，天生該是一個『高恰』，孩子，我一直在觀察妳呢！」
「沒有高恰的，只有牧場男人叫高裘，女人沒有的。」我笑了起來。
「哪裏學的西班牙文？」他問。
「馬德里。」
「妳知道，在阿根廷，一般如我們的鄉下人怎麼叫自己的太太嗎？」
「China。」我說，想到玻利維亞魔鬼們的太太也發這個音，不禁笑了。
「妳願做一個China嗎？」
「本來就是一個中國女人嘛！」
他玩文字遊戲，便不好講下去了。
「帶我去看牛。」我拍拍馬，馬小跑起來。

「帶妳去一個地方——」

「樹林不去的。」我說。

「不是——」

這人縱馬跑著，不再說話。

跑到河邊他不停步，進入完全密封了的大柳樹，穿過花花的流水，涉了過去。

是不是每星期一次的旅行團來，在他的馬背上必有一個不同國籍的女人呢？

想到自己可能只是別人收集的一個數目，就想下馬走路算了，一時裏非常後悔自己的輕浮。

「這個地方平日沒有人來，就連牧場上的人也不過來的。」他說。

又跑了許多路，一幢維多利亞時代建築的大房子巨人般的呈現在寂寂的草原上。他停住了馬，遠遠的站著。

那幢樓房不能否認的是一個人間的夢魅，靜靜的立在地平線上，四周的百葉窗全下著，午後的陽光下，一份凝固的死寂。

「喜歡嗎？」

「很喜歡，非常喜歡。」

我快要哭起來了，這一切，於我都是平日生活裏不可能看見的幸福！

「我們走近去看！」他慢慢騎過去。

這個人萍水相逢，可是他知道我，知道我心中要的是什麼。

「是不是每週一次的遊客參觀你都加這麼個節目？」我說。
他停了馬，轉過身子，微微笑了一下。
「孩子，我對妳特殊，妳怎麼反而輕看自己了？」
「這幢房子是誰的？」我問。
「牧場主人，連帶這一千公頃的土地和牛羊，我們不是靠遊客吃飯的——」
「誰是牧場的主人？」
「賈莫拉先生。」
「不住這房子裏了？」
「太太死了，孩子散了，他一個人什麼地方也能住，房子，是不必了。」
「那乾脆走掉算了，什麼也不帶。」
「牧場是他的生命，妳懂嗎？」
怎能不懂呢！高裘失了草原，還算是高裘嗎？高裘不騎馬，難道去城內坐公共汽車嗎？
他們是特殊的一種人，離開了馬匹、牛群和天空便活不下去了吧！
「這個牧場，來過很多的旅行團參觀，他們要看的，只是那些表演，對於土地的愛和感動，沒有幾個人——」他說。
「我——」
「妳不是的，因此帶妳上了馬背，還不明白嗎？」

我沉默著，靠在他的背上，馬兒將我載著越走越近那幢房子。

「做一個高袠，是快樂的，雖然別人眼中的這種曠野生活，以為艱苦。」

「我喜歡。」

「知道妳喜歡，住下來，三五年便離不開了。下來吧！」他下了馬，將我接下地。

「看房子去嗎？」我有些吃驚。

那人也不說話，掏出一大串鑰匙來。

「你怎麼能有鑰匙？我是不進去的。」

「不想看嗎？」他淡淡的問。

「主人不在。」我堅持不進去。

「也好！」他是索然了，可是掩飾得好。

「想看什麼？」

「牛群。」我說。

「很遠的。」

「沒關係。」

他輕輕打了一鞭子馬，載著我往天邊奔去。一路上我們沒有再說話。

「累了，放我下來！」看過了牛群已不知離開烤肉的地方有好遠了。

「那邊，豎著一個直木幹的地方，有一口活井，喝些水來便不會累了，我在這兒等妳。」

說著他下了馬，將腳環給我調整到踏得穩的高度。

「我一個人騎？」

「試試看，不要怕，妳會喜歡的。」

他輕輕一打馬，我便向黃昏草原那顆血紅的太陽裏奔了進去。

這是他引誘女人的一種方式，絕對不要上當，有的女人不能這種方法，對我，卻是完全猜中。

斜掛著的太陽怎麼也追不到，我喝叱著那匹駿馬，也不喝水，盡情的在曠野裏奔馳。

恬睡牧場，你是你，我是我，兩不相涉，除非我墜馬，從此躺在這片土地上，不然便不要來弄亂我平靜的心吧！

馬跑得累了，轉身去找牠的主人，無雲的天空下只有馬蹄的聲音重沉沉的響著。

距離尚很遠，他的目光是繩子，一步一步將我收過去。

我的頭髮散了，趴在馬背上不能動彈。

「來——」他伸出了手臂。

「騎得好，怕不怕？」將我托下了地。

我搖搖頭，走到一片草上去，撲在它上面默然不語。

「孩子，妳會回來嗎？」身後有人問我。我搖搖頭。

「這是適合妳的一種生活，來做一個馬上的高恰吧！」一隻手溫柔的替我梳理頭髮，紮頭繩。我再搖頭。

「跟住我，住在牧場上，肯嗎？」

「你不知我是誰。」

「我知道妳會成為一個好高恰，想一想！嗯！」

不能想，這個牛仔瘋了。

「我們回去吧！」我說。

他先抱我上馬，上了一半，又在我髮際親了一下。

「妳住布埃諾斯·埃宜勒斯的哪一家旅館？」

「佛羅里達之家，很小的一間旅館。」我說。

「什麼時候走？」

「五天以後去烏拉圭。」

「明天晚上七點我來找妳，一起開車去兜風好嗎？」

我猶豫了一會兒，才說：「好的。」

「給我五天的時間，留住妳——」

「留住了又怎麼樣？」我說。

「牧場是妳的。」

這個人是瘋子還是誰？

我不說什麼，任著他將我帶，雙手環在他的腰上，一直跑到來著的那群人裏去。

「失蹤的人回來啦！以為綁架走了呢！」

導遊喊著跑過來，我靠在那人的背上不語。

「再繞一圈就下，好嗎？」那人問我。

我方一點頭，他狂鞭一下馬，口裏一陣長嘯，這一回拉緊了馬韁，那匹馬直直人立起來，一次不夠，又拉一次，再一次不夠，又拉一次，馬嘶叫得壯烈，人群也驚叫退後了。

然後他一低身體，對我喊：「抱緊了，我們跑呀！」

牧場上的人影遠了，馬背上只聽見呼呼的風聲，雙手緊緊抱住前面的人，他一面狂馳，一面喊叫著，好似這一午後的情懷便要在這飛翻的馬蹄裏踏出一個答案來——

「愛我嗎？」他問，風裏的叫聲如吼。

「不愛——」我喊著。

他又鞭了一下馬，我嚇得狂喊不停。

那一個世紀長的奔馳，我一直抱著他。

回到遊覽車旁，他終於慢下了馬，我問他：「能不能下來了？」

他一跳下馬，伸手將我一拉，當著眾人緊緊的抱住我，不肯放手。

「明天在旅館等我？」

「你當真？」

「妳不當真？」

我看著他，慢慢的又說：「你連我是誰都不知道，別再開這種玩笑了。」

如果我認真，他又如何？他根本知道要受拒的。

「愛的是這種生活和環境，不是你。」我說。

「我知道，我又是誰呢？」他輕輕的說，環著我的雙臂鬆了。

「你是賈莫拉，這個牧場的主人，一個到處留情的騙子。」

他聽見我喊出了他的名字，微微一愣，歪著頭苦澀的笑了。

「不如說是一個寂寞的老頭子吧！」

「年紀不是問題，如果願意，我會留下的。」

我急了，喊了起來。

他不說什麼，拉著馬踱開去。

導遊西維亞什麼時候靠過來了。望著那個背影說：「賈莫拉先生今天發瘋了。平日的他根本不理遊客的，很孤獨的一個高裘！」

我訝異的看著她。

「真的，他對妳很特殊，連吃飯都在我們旁邊加了桌子。便是要在妳身旁——」

「平常——」

「什麼平常？來了好多回了。他來看一看就走。還有帶人去騎馬的事嗎？」

我聽了這話便去追他，這時候他戴上了眼鏡，一下顯得蒼老了。

「我來跟你說再見！」
「再陪我走一段？」
「好——」
「下次妳再回來，我不知活不活了。」
「人是永生的，不要這麼說。」
說著我忍不住親了他一下面頰。
「妳叫什麼名字？也好以後常常在心裏喚妳。」
這個高裘真是瘋狂，我卻沒有一絲怪責。
「我叫China！」我說。
巴士車發動了，一群群高裘騎在馬上相送，跟著慢慢開出牧場的車子揮手狂跑。
那時的賈莫拉先生又在馬上了。
黃昏的草原在他身後無盡的鋪展下去，那副昂然挺伸的身軀在夕陽西下的霞光裏成了一個不動的小點。

悲歡交織錄。
——三毛故鄉歸

中國這片海棠葉子，實在太——大了。

而我，從來不喜歡在我的人生裏，走馬看花、行色匆匆。面對它，我猶豫了，不知道要在哪一點，著陸。

終於，選擇，我最不該碰觸的，最柔弱的那一莖葉脈——我的故鄉，我的根，去面對。

從小，我們一直嚮往著那「杏花煙雨江南」，到底是怎樣一個地方，竟然能讓乾隆皇帝六下江南。於是，放棄了大氣磅礴的北方，決定走江南。在春天，去看那無際的油菜花。

就這麼決定了，要先對祖先和傳統回歸，對鄉愁做一個交代，然後，才能將自己的心情變成一個遊客。

因此，在南方的第一大城——上海，降落。它，是我父母出生的地方。

在上海，有個家，就是三毛爸爸——漫畫家張樂平的家。

在現今的三毛還沒有出生以前，張樂平已經創造了一個叫做三毛的孤兒——這個孩子和父母總是無緣的。所以，這個叫三毛的女子，也就和那個叫三毛的小人兒一樣，注定和父母無緣。即使是回家吧，也不過只得三天好日子而已。

張府方才三日天倫，又必匆匆別離，揮淚回首，腳步依依，而，返鄉之行開始了。

那時候，三毛回大陸的消息已經見報，三毛不能是她自己了，三毛是三毛。於是，搬進了上海同濟大學招待所，沒有去住旅館。招待所有警衛。為著身體的健康，自己的心有餘而力不足，三毛對廣大的中國知識青年保持著一段距離，免得在情感上過分的衝擊與體力上過分的消耗，使自己不勝負荷。

那個張愛玲筆下魂牽夢縈，響著電車叮叮噹噹，烤著麵包香，華洋夾雜的大上海，果然氣派不同。

但是，跑不完哪。

七天之後，還是離開上海，到了蘇州。

姑蘇，蘇州，林黛玉的故鄉，而那位林妹妹是《紅樓夢》裏非常被人疼惜的一個角色。

那天到了蘇州已是黃昏。為著已經付了昂貴的車資，把行李往表哥家一丟，就道：「我們利用車子趕快走吧！」隨行關愛三毛的親戚都問：「要去什麼地方那麼急迫？」答：「寒山寺。」

四點多鐘的下午，遊客已經散盡。

天氣微涼，初春雨滴在風裏斜斜的打在綠綠發芽的楓葉上。輕輕的走進寒山寺，四周鴉雀無聲。綠蔭小道上，一個黑衣高僧大步走來，這時蹲了下去，對著背影喀嚓一聲，一張照片，並沒有驚動任何人。

走到禪房，看到一個大和尚靜悄悄的在寫字，兩個小和尚在一旁拉紙。站在門檻外，頭伸進門裏，微微一笑。

小和尚認出來者是他的精神好友，叫了一聲「哎唷」。於是被請進禪房，又是微微一笑。就在大和尚還沒有了悟過來來者是誰的時候，雙林小和尚立即道：「這是台灣來的，鼎鼎大名的作家三毛小姐。」

三毛此時已知了一分，三毛在中國的所有名聲，並不是個腳踏實地之人，只是個「鼎鼎大名的三毛」而已，此時，內心一陣黯然。

了然了，是一個虛的。

於是，大和尚給寫了一幅字，於是也還出一幅字出來。拿起筆來一揮，自稱鄭板橋式。寫好之後，大和尚極有分寸的合掌，道了再見。

小和尚依依不捨，送了出來，跟到一棟小樓，就在三毛措手不及的時候引上樓梯。一個轉彎，哎呀，三毛叫了一聲，寒山寺那口大鐘就在眼前。

鐘在眼前，心中說了一句：「這是假的。那個真的鐘已經到日本去了。」

但是鐘就是鐘，也就不再分真分假。

小和尚把三毛引到鐘錘垂吊之處，道：「妳敲。」

當時本想謙虛，一看，鐘上塑著八卦，那個鐘錘正對著乾卦「☰」字。自己的名字就在上面，大好機會如何不敲，須知機會稍縱即逝。手一揚，扶住鐘錘，開始用盡全身的氣和志——衝撞，橫著衝的。

ㄅㄤ——餘音幾乎要斷了，

ㄅㄤ——餘音要斷，

ㄅㄤ——

撞畢三下。一邊旁聽的親友都說：「這一生再要聽鐘，必在某年某月的某一天黃昏，靜坐在寒山寺外，等待，感受今天這種措手不及之下的寒山寺的鐘聲。」

下得樓來，靠在牆上問自己：這莫非是夢吧?!雙腳幾乎無法走路。蹣躅走到香火的地方，見到明明一座禪寺，禪的境界何需香火？此時開口笑道：「上香不必了。」

正待舉步，小僧來報：「性空法師請入禪房。」原來那收入相機的黑衣高僧就是方丈性空。

方丈來了，留下一幅字，小和尚立即上前捲好。以三毛之名留下一件東西之後，離去。回到家裏，嫂嫂開飯了。

從此，蘇州五日，成了一個林黛玉，哭哭笑笑，風、花、雪、月。

走進蘇州小院，笑道：「這個院子跟照片裏的，不同。照片裏的中國名園，看了也不怎麼樣，深入其境的時候，噯——」不說話了。

旁邊的人問：「跟照片有什麼不同呢？」
又道：「少了，一陣風——吧！」
這時，微風吹來，滿天杏花緩緩飄落地上。眾人正要穿越花雨，三毛伸手將人擋住，叫道：「別動，且等，等林妹妹來把花給葬了，再踩過去。林妹妹正在假山後面哭著呢，你們可都沒聽到嗎？」
如此五日。
五日之後，經過一條國人所不太知悉的水道，開始了河上之行。
跟著堂堂哥哥行在一條船上，做妹妹的就想：「這不是林妹妹跟著璉二哥哥走水道回家去嗎？」這時哥哥累極，躺下就開始打呼，妹妹看到哥哥累了，輕輕打開船艙門。哥哥警覺性高，揚聲說道：「妹妹不要動，哪裏去？」妹妹用吳儂軟語說：「外面月亮白白的，我去看看。」哥哥實在力竭，便說：「妹妹，那麼自己當心，不要掉到水裏去。」
這一夜，沿著隋煬帝的運河，一路的走，妹妹開始有淚如傾。
水道進入浙江省的時候，哥哥醒來，已是清早。哥哥問了一句話，妹妹沒聽清楚，突然用寧波話問道：「梭西？」這一路，從上海話改蘇州話，又從蘇州話改成寧波話。妹妹心中故國山河隨行隨變，都在語言裏。
杭州兩日，躲開一切記者。記者正在大賓館裏找不到三毛的時候，已然悄悄躲進鋪位，開始擠十六路公共汽車。

那時三毛不再是三毛，三毛只是中國十一億人裏的一株小草，被人——盡情踐踏。

兩天的經歷，十分可貴。

只因血壓太低，高血壓七十，低血壓四十，六度昏了過去。妹妹終於道：「哥哥，不好了，讓我們回故鄉吧。」

當車子進入寧波城，故鄉人已經從舟山群島專來遠迎。此去四小時之路，只要車子行過的地方，全部綠燈。

到了碼頭，船長和海軍來接，要渡海進入舟山群島。來接的鄉親方才問說：「剛才一路順暢，知道為什麼嗎？」答道：「沒有注意，一直在看兩岸風景。」問話的人又說：「綠燈一條龍，全是為妳，妹妹。」妹妹臉色不大好看，回答：「也太低估我了，我可不是這等之人。」一時場面頗窘。

船進舟山群島鴨蛋山碼頭，船長說：「妹妹，遠道而來，碼頭上這麼多人等著妳，這一聲入港的汽笛——妳拉。」妹妹堂而皇之的過去。

尖叫呀，那汽笛聲，充滿著複雜的狂喜，好似在喊：「回來啦——」

船靠岸，岸上黑壓壓的一大群人。自忖並無近親在故鄉，哥哥說：「他們都是——記者。」妹妹不知道要把這一顆心交給故鄉的誰？便又開始灑淚。

上岸，在人群裏高喚：「竹青叔叔，竹青叔叔，你——在——哪——裏？」眼睛穿過人群拚命搜索——陳家當年的老家人——倪竹青。

人群擠了上來，很多人開始認親，管他是誰，一把抓來，抱住就哭。鄉愁眼淚，藉著一個親情的名詞，灑在那些人的身上。

抱過一個又一個，淚珠慌慌的掉。等到竹青叔叔出現，妹妹方才靠在青叔肩上放聲大哭。「竹青叔，當年我三歲零六個月，你抱過我。現在我們兩人白髮、夕陽、殘生再相見，讓我抱住你吧。」說罷，又是灑淚痛哭。

然後，這一路走，妹妹恍恍惚惚，一切如在夢中。將自己那雙義大利短靴重重的踩在故鄉的泥土上，跟自己說：「可不是——在做夢吧？」

這時候，所有聽到的聲音都說著一樣的話：「不要哭，不要哭。回來了，回來了，回來了。好了好了，好了好了。休息了，休息了，休息了。好了好了好了好了好了好了……」

妹妹的淚流不止歇。

當時一路車隊要送妹妹直奔華僑賓館，妹妹突然問：「阿龍伯母在哪裏？她是我們在故鄉僅存的長輩，要去拜訪。」於是，車子再掉頭駛近一幢老屋。

人未到，妹妹聲先奪人：「阿龍伯母——平平回來啦——」老太太沒來得及察覺，一把將她抓來往椅子上一推，不等攝影記者來得及拍照，電視台錄影的人還沒衝進來，妹妹馬上跪了下來，磕三個頭，一陣風似的，又走了。上華僑賓館。

好，父母官來了。記者招待會來了。

三天後，回到定海市郊外——小沙鄉，陳家村。祖父出生的老宅去了。

那一天，人山人海，叫說：「小沙女回來了。」

三毛有了一個新的名字——小沙女。

鄉親指著一個柴房說：「妳的祖父就是在這個房間裏出生的。」妹妹撲到門上去，門上一把鎖。從木窗裏張望，裏面堆著柴，這時候妹妹再度灑淚。

進入一個堂堂伯母的房子，有人捧上來一盆洗臉水，一條全新的毛巾，妹妹手上拿起，心下正想臉上還有化妝，又一轉念，這毛巾來得意義不同，便坦坦然洗掉——四十年的風塵。用的是——故鄉的水。

水是暖的。妹妹卻再度昏倒過去。

十五分鐘之後，妹妹醒來，說道：「好，祭祖。」

走到已經關了四十年的陳家祠堂，妹妹做了一個姿勢，道：「開祠堂。」

鄉人早已預備了祭祖之禮，而不知如何拜天祭祖，四十年變遷，將這一切，都遺失了。點了香一看，沒有香爐，找了個鐵罐頭也一樣好。妹妹一看，要了數根香，排開人群，叫了一聲：「請——讓開。」

轉過頭來，對著天空，妹妹大聲道：「先謝天，再謝地，圍觀的鄉親請一定讓開，你們——當不起。」

回過身來，看到一條紅毯，妹妹跌跪下去。將香插進那破破小罐頭裏。此時妹妹不哭，開始在心中向列位祖先說話：「平兒身是女子，向來不可列入家譜。今日海外歸來的一族替各位列祖衣錦還鄉，來的可是個，你陳家不許進入家譜之人。」

拜祖先，點蠟燭，對著牌位，平兒恭恭敬敬的三跪九叩首——用的是閩南風俗。因為又是個台灣人，從關帝廟裏看來的。

拜完，平兒又昏過去，過了十五分鐘後，醒來，道：「好，上墳。」數百人跟著往山上去了。

幾乎是被人拖著上山，好似騰雲駕霧。

來到祖父墳前。天剛下過雨，地上被踩得一片泥濘。妹妹先看風水，不錯。再看地基穩不穩固，水土保持牢不牢靠，行。再看祖父名字對不對，為他立碑人是誰，再看兩邊雕的是松，是柏，是村花，點頭道：「很好。」這才上香。

墳前，妹妹放聲高喚：「阿ㄧˋㄚ、阿ㄧˋㄚ——魂——魄——歸——來，平平來看你了。」此時放懷痛哭。像一個承歡膝下的孫兒，將這一路心的勞累、身的勞累，都化做放心淚水交給親愛親愛的祖父。

正當淚如雨下之時，一群七八歲的小孩穿著紅衣在一旁圍觀，大笑。心裏想起賀知章的句子：鄉音不改鬢毛——兒童——笑問客從何處來。他們只道來了一個外地人，坐著轎車來的，對著一個土饅頭在那裏哭。他們又哪裏懂得。

兒童拍手歡笑，但是在場四十歲以上的人眼眶裏全含著一泡淚，有的落了下來，有的忍著。

一切祭祖的形式已完。父親的老書記竹青叔走到毛毯前，撲通跪了下去，眼睛微微發紅，開始磕頭。三毛立即跪下，在泥濘地裏，還禮。

親友們，鄉人們，陸續上來。外姓長輩的，平兒在泥地裏還禮；平輩的，不還禮。鄉人一面流淚，一面哭墳：「叔公啊，當年我是一個家貧子弟，不是你開了振民小學給村莊裏所有孩子免費來讀書，今天我還做不成一個小學的老師，可能只是一個文盲。」少數幾個都來拜啦，都來哭啦。這時陳姓人站著，噯——可暫時平了，那過去四十年——善霸之恥。

還完禮，祖父魂魄並未歸來。平兒略略吃驚。

撲到新修墓碑上，拍打墓碑叫喚：「阿ㄧㄚˋ，阿ㄧㄚˋ，你還不來。時光匆匆，不來，我們來不及了。」

來了，阿ㄧㄚˋ來了。留下幾句話。

平兒聽了祖父的話，收起眼淚擦乾。抓起祖父墳頭一把土，放進一個塑膠袋。平兒道：「好，我們走了，下山吧。」

下山路滑，跟隨記者有的滑倒，有的滾下山坡，只小沙女腳步穩穩的，一步一踏。只見她突然蹲下，眾人以為又要昏倒，又看她站起來，手裏多了一朵白色小野花。紅色霹靂袋一打開，花朵輕輕擺進去。不夠。再走十步之後，又蹲一次，一片落葉，再蹲一次，一片落葉，再蹲一次——三片落葉。

好了。起身道：「故鄉那口井，可沒忘，我們往它走去。」

祖父老宅的水井仍在。

親戚疼愛小沙女，都以為台灣小姐嬌滴滴的，立即用鉛桶打了一桶水上來要給。妹妹道：「別打，讓我自己來。」鄉人問：「妳也會打水嗎？」小沙女道：「你們可別低估了人。」於是，把水倒空，將桶再放進井裏去，把自己影子倒映在水裏，哐噹一聲，繩子一拉，滿滿一桶水。

水倒進一個瓶子裏。不放心沿途還有很多波折，生恐故鄉的水失落。拿起一個玻璃杯，把沒有過濾的、混混的井水裝了，不顧哥哥一旁阻攔：「妹妹不可以，都是髒的——」一口喝下。

東張西望，看到屋頂上有個鐵鉤掛著，一指：「那個破破舊舊的提籃，可還用嗎？」堂堂伯母說：「提籃裏不過是些菜乾，妹妹可要菜乾嗎？」妹妹答：「菜乾不必，提籃倒是送給我也好。」

堂伯母把提籃擦擦，果然給了平兒。

喝了井水，拿了提籃，回到旅館，還是不放心。拿出那罐土，倒來那瓶井水，摻了一杯，悄悄喝下。心裏告訴自己：「從此不會生病了，走到哪裏都不再水土不服。」

兩天後，三毛離開了故鄉。

天，開始下起了綿綿細雨，送別它的小沙女。正是——風雨送春歸。

妹妹灑淚上車，仍然頻頻回首道：「我的提籃可給提好啊！」裏面菜乾換了，擱著一只陳家當年盛飯的老粗碗。

上船了，對著賓館外面那片美麗的鴉片花，跟自己說：「是時候了。」拿著一塊白色哭絹頭，再抱緊一次竹青叔，好，放手。上船。

此時，汽笛響了，顧不到旁的什麼，哭倒在欄杆上，自語：「死也瞑目。」

此生——

無——憾。

是了，風雨送春歸，在春樓主走也。是《紅樓夢》裏，「元迎探惜」之外多了的一個姐妹——在春。

走了走了。

好了好了。不再胡鬧了。

但有舊歡新怨。

——金陵記

每當有親友返回大陸旅遊或歸鄉，總會在臨行之前順口問一句：「可要帶些什麼東西給妳？」我的回答千篇一律：「口袋裏放些雨花台的小石頭回來，那就千恩萬謝了。」人說：「妳還是愛石頭。」我笑說：「是呀——嗳——」

也有些年輕人不明白——這麼不曉事的，會緊接著追問：「雨花石在什麼地方？難道要親自去為妳撿石頭嗎？」我又嗳了一聲，說：「南京呀——」

說起南京，那是中國六大名都之一。

每當我看歷史，看到唐、虞、夏、商、晉、戰國、梁武帝、三國、太平天國……這些時代，總也脫不開那份跟南京這個地名的聯想。包括有一回，坐計程車，駕駛先生姓彭名建業，我就去問他是否江蘇南京人。那人說不是，反問我為什麼如此猜測。我說：「三國時代吳國建都南京，時稱——建業。」那位老先生笑說：「小姐倒是反應靈敏，卻是不相干的。倒想請教小姐——我有個弟弟喚做建康，妳當他是何地人聯想？」我說：「那您令弟必然又是個南京人——晉朝時代，五胡亂華，晉室被迫南渡——就在南京建都，當時南京叫做建康。以後宋、齊、梁、陳還有南唐，都在那個地方建都。」那位駕駛先生笑道：「小姐倒是真會拉扯，我的兒子叫做子文，總不能也給扯到南京去了吧？」我說：「那就得請求您大伯伯讓我在車子裏開窗——抽煙，就再說了——」他連忙遞上自己的長壽煙來，說：「妳請、妳請。」我取一支煙，說：「好——東南之奧區，群山之總匯——金陵也。而其統領，實為鍾山。鍾山是大茅山脈的支阜——這不扯了。鍾山又名蔣山——東漢時代有個秣陵尉——蔣子文，就死在那裏——而得名。」我向窗外忽——吹了一口煙，笑說：「大伯伯，您老家河北，這我也聽得出來。不過請看，您老——公子的大名，不也在南京給扯出來了？」那位駕駛伯伯喜得一直回頭看我，都不顧那交通了。又說：「小姐好生有趣，倒是再來考考妳。我們河北小地方，在《水滸傳》裏可出了個大名鼎鼎的縣——至今還在——是我老家。妳倒猜猜？」我當當心心的笑說：「大伯伯莫非是清河縣人氏？」那位榮民伯伯突然一踩煞車，快沒把那緊貼在我們後面開車的一位小姐給驚死——她按喇叭罵我們。我說：「大伯伯是武大郎的好同鄉。」那伯伯喊道：「妳小姐怎不說我是好漢武松的小同鄉，倒來笑話人。」此時的我，在這種對話中，正是明月如霜，好風如水，我又笑說：「倒是您老哦——可別笑話了自家人。請問伯伯——武大武二是一母所生兩個，還是幾母所生？」那計程車一拍手，喊聲「對呀——」的同時，我的地方到了，我付錢，下車。那追趕的聲音急迫：「小姐可是南京人——」我開始衝向綠燈跑斑馬線，在人群裏大喊一聲——中國人——嚇倒了另一位低頭迎面而來的——小姐。

我並不是南京人。

倒是祖父陳宗緒先生，在當年南京一個叫做下關的地方，經營著北方袁世凱家族事業的一部分。祖父將「啟新洋灰」由天津水運過來——一桶一桶裝的，做了江南五省的代理。什麼叫做洋灰呢？說白些，就是現代的水泥。當時，祖父的事業並不只是如此，同時另做木材五金廠以及美孚煤油這些買賣。為著運輸上的方便，祖父在南京下關就靠著長江的地方，設立了倉庫和碼頭。又買下了大片的土地，蓋起了這麼五六十幢二層樓的房子成為一條一條的街衖。我父親，就在南京度過了他的童年。

有關父親的童年，據父親說，並不是只在南京一個地方生活的。我問他這是為了什麼，他說：「打仗呀！兵來了我們就得逃難。一天到晚都在逃的吔！」我又問父親：「你是民國初年的人了，你們逃什麼難呢？」他說：「軍閥嘛，南方北方打來打去，中國人自己打個不停。」我說：「對了，阿爺自傳裏也說：自從孫文革命以來，業務一落千丈。」父親說：「這是祖父文件裏的事，妳又知道了。」我說：「這種信函、地契、自傳、族譜……你們是不看的了，家族中也只有我。當年你們曬衣箱，我就曬在大太陽底下拚命的看。」父親說：「後來，南京那一整條街，都給日本人炸光了。」我說：「我們的產業也就完了。」父親說：「是。我們近代中國人的命運和戰爭有著不可分割的關係。」我心裏笑說：「唉——還不是一樣吃飯睡覺生孩子——偉大。」

我就是在那一睜開眼睛就是兵荒馬亂的——中國，出生的。我看見在幾道河流的三角地帶，停著一架鐵鳥，我在很高的坡地上看得清楚，我們正往那架大鳥的方向接近。我又看見，姐姐和我進入了一種空間，很窄的空間，我們被安放在一個餅乾盒子上坐好，四周尖銳的聲音將我的耳膜弄得很痛。我看見我的頭頂有網籃一般的吊袋，我看見母親的臉色有些緊張。我感覺到坐著的鐵盒子開始傾斜，我絕對沒有可能聽見母親向我說話，因為巨大的聲響蓋過了一切。可是，我知道，我正在經歷一樁危險奇特的事情。當這種時刻來臨時，我感到害怕，於是，我用手緊緊的扳住那坐著的鐵盒子，對自己悄悄說：「哦——耶穌基督。」

「那是什麼地方，有水圍繞？」四十年後我問父親。

「那是重慶珊瑚壩飛機場嘛！」父親說。

「我為什麼不是坐在椅子上？」我說。

「妳倒記得了。妳的確坐在鐵盒子上飛的。」

抗戰勝利了，我的出生卡住了一個和平的時代。就那樣，我們全家由重慶飛回了南京。那個祖父居留過的城市。

祖父並不在南京，我沒有見過阿爺。那時候祖父回到舟山群島老家定海城去了。

我的家庭意識並不成長在南京。如果有家人肯聽我拉扯；好好的大晴天都能夠給我扯到落大雨——我的記憶來自我出生的那一天——有人在說——嗳，又來了個妹妹，也好也好。我聽見父親騎著大馬飛奔而來，馬蹄的聲音方才歇了，他本人的腳步靜靜踏入房間。我又聽見有人對父親說：「是個女孩。」——我心虛，不敢啼哭。我知道——這是父親來世上跟我照面第一回。

我又聽見馬蹄的聲音噠噠響過青石板的路面，而我只看見好大的格子布蒙在我身上。我在一輛馬車裏——深夜，向什麼地方走去。那馬蹄的聲音催人放心入夢，空氣中充滿著樹林般的清香。母親就在旁邊。然後，那個平平坦坦的大宅第，為我的童年，拉開了序幕。

我的家，在南京、鼓樓、頭條巷、四號。

那是不必有人教的，因為我沒有單獨出門的權利，所以也不必記住地址以便迷路了好回來。那是因為哥哥姐姐們講電話給同學聽，講自己住在什麼地方、什麼門牌，就給我聽進心裏去了一輩子。我們是一個大家庭。父親的長兄、長嫂、我的四個堂兄一個堂姐加上我的嫡親姐姐、父親母親和另外一個小男孩子——馬蹄子和他的媽媽蘭瑛以及蘭瑛的親戚——門房老婆婆，還有那永不消失的江媽、大師傅、吳媽、小趙和那溫文儒雅、默默無言的竹青叔叔，全在這個大宅第中一起度著八年抗戰之後再度重建家園的歲月。

「一共二十個人。那我們可是依靠祖上餘蔭在過日子，對不對？」我後來請問父親，已在好多年後了。

父親說：「沒有。」父親說，祖父當年告老還鄉去了。南京的大房子是租下來的。這一大家族沒有分過家。是大伯父漢清先生和父親做事情來維持的。

在南京，父親和大伯父沒有另設辦公室，那幢三層樓西式洋房的樓下書房，做了他們兄弟兩人的法律事務所。至於樓上的幾個房間給了伯父全家人共住。樓下除了客廳書房飯廳之外，另有小房間，那是竹青叔叔居住的地方。

竹青叔姓倪，是我們同鄉——祖父至愛的鄉侄，練得一手好字，當年一切文書全以毛筆字抄寫的時代，青叔是伯父以及父親必須的依靠。青叔自家人，名義上是法律事務所的書記。父親長竹青叔七歲。

我們是兩房姐妹兄弟大排行。我行第七。

就因為我的弟弟也來到了這個世界，雖然家中人口眾多，江媽被分到我們二房來看視，但是我還是意識到了自己的孤單。那時候我兩歲多。不知要說哪一種語言。我們家中，上海話、寧波話、四川話和南京話混著講，我也就沒有了特定的母語。

當年，不上學的孩子只我和小嬰兒弟弟，其他的手足白天不常在家。沒有人講話也是好的，小時候，就因為不必講話，反而學會了一樣終生的興趣——觀察。

那個房子是獨幢的，成為一個回字形。有圍牆，不算太高，如果我爬上假山，站在假山頂上就可以看見外面的街道。如果我不爬假山只站在院子裏，我能看見鼓樓那幢建築以及在空中飄揚的英國旗子和蘇聯的國旗。英國人和俄國人是我們的鄰居。在那幢大房子裏面，有正門，兩面對開的。正門旁邊有著一扇小門，於是門房老婆婆的房間就在那裏了。

每當有客來的時候，先在門房處按鈴，如果有名片的來人，會把名片交給門房，於是名片被先送了進去，伯父或者父親就站在樓下迎客人。當客人要離開的時候，必然由主人親自送到大門外，方才告別。

也不止是客人才來的，那時，有一種推銷員，他們不是白俄就是由蘇聯流亡過來的猶太人，在身上披掛著好重的地毯，也會來按鈴。有一次我聽見一位地毯人跟父親說：「OK——You get it.」然後彼此握了握手。我們家就多了一條地毯。那是我今生第一次聽見英文。

當然，牆外的歲月與我是沒有太大關係的，可是每當那——「馬頭牌冰棒！馬頭牌冰棒！」的吆喝聲開始傳進牆來的時候，我們家裏的後院水井中，就開始被泡下了西瓜。要吃的黃昏，就像打水一般，用個桶下去，哐噹一聲——冰西瓜就上來了。

不，我們是有自來水的，井水用來洗車子。

剛剛講的是前門，在回字形左邊的地方，另有好大的邊門，伯父和父親的三輪車、吉普車就放在後院邊門的地方。於是，前院種了梧桐樹、桑樹和花草。那分隔前後院的籬笆成了一面花的牆——爬牆玫瑰。一切客人來時，視線中望去，並沒有生活的痕跡，只能看見大樹、草地這種東西。而我的遊蹤，卻是滿屋子轉著。我酷愛後院那鮮明活潑的生活——大師傅炒菜、江媽納鞋底、吳媽燙衣服、小趙洗車子、蘭瑛打她的孩子、門房老婆婆打蘭瑛。一到了夏天，堂哥們興趣大，弄來了個「手搖機器」開始自製冰淇淋。那時候我總聽見他們說：「再加些鹽，不夠。」很多年以後，我還是肯定冰淇淋是鹽做出來的。那時候我不問為什麼，那是小七時代，問了也只得一句：「小孩子走開！」沒有回答。

其實，家中住著二十個人，常常來的人就不止這麼些。伯母的弟弟們老往我們家中跑，那三舅舅和五舅舅的樣子，我至今記得。那時他們是一種有著救國思想的熱血青年，一天到晚跟堂哥堂姐講政治，國民黨也是那時候知道的，還有委員長蔣介石也曾聽過。每當，舅舅們講到他們的理想，聲音就低起來了，中國共產黨這種名詞，總是在對我先來兇一句「妳小孩子走開呀——」之後，在我背後輕輕傳來。我覺得有一種氣氛不對勁，可是哪裏說得上來。他們在冬天特別講得多。都靠著壁爐悄悄講。

夏天了，馬蹄子總是要長膿瘡，而且長在頭頂上，母親把他的頭髮給剃了，滿頭塗上白白的粉，我和馬蹄子常常頭靠頭的——頂住，不是玩，搶鞦韆。母親看見就要喊：「你們不要頭靠頭呀！看傳染了——妹妹妳也沒有頭髮。」我哪裏明白那麼多。只知道，如果想搶贏，只要叫聲：「蘭瑛——」

蘭瑛是門房老太太給引介進來幫忙家事的，拖著個孩子，並不知男人有沒有。門房老婆婆是病著了，病著病著不能起床了，蘭瑛每天拿了飯菜得去餵她。每當老婆婆坐在床沿，而蘭瑛拿個湯匙叫「妳吃呀——妳吃呀——」的時候，我就靜靜的觀察老太太的白骨——她極瘦。那兩隻小腿在夏天裏給露了出來，一種令人驚異的細枯。也在那一個夏天，家中有人說：「不成了，要走了，最好給她準備準備。」我知道必是講門房。我常常一個人去偷看她，倒看她怎麼走。那一天，我親眼看見一串白色的飛蛾由老婆婆的口裏飛出去，我很驚奇，跑了開去，又沒有人好去告訴，因為不太會形容這種現象。那天晚上，老婆婆死了。

她的棺材被抬上了一輛大卡車，伯父、父親，還有很多人都坐上了車，我自然只是旁觀者。蘭瑛哭得怪大聲的。那是我第一次意識到死亡。當時我邊看死人邊採梔子花苞，一共四朵。

母親告訴我：「妹妹，我們要相信耶穌，信耶穌可以得永生。」我很認真的又一次點頭。

在我學講話的時代中，爸爸媽媽伯伯嬤嬤——我的大伯母，是共同存在的大人物，還有一位就是耶穌。我實在不知道祂是誰，怎麼每天晚上睡覺以前，母親總是帶了頭要我們小孩子閉上眼睛，然後母親就開始——「求祢——求祢——求祢——」了呢？於是，我了然了，耶穌是一種看不見的東西，正如只有我——看見過門房老婆婆口中飛出去的白蛾一樣，別人是看不見的。所以耶穌是一種比飛蛾更奇妙的東西，因為連我也看不見，一次也沒有見過。有一次我為了討好母親，想，她最愛的名字好像就是耶穌。於是我說：「我要上天堂去看耶穌了。」母親立即罵我：「不要亂說話。」我實在不明白大人的心理。愛祂，怎麼又怕真的碰見祂呢？

而那幢大房子之外的世界，也並不是永恆的將我被高牆所阻隔。每到星期天，母親會拉了姐姐和我，走路去一個有著許多排長條椅子的地方，在那邊唱歌——他們叫那種歌——讚美詩。我一週一次的出門，在三歲半的時候，實在是託了我主耶穌基督之福，好讓我出去逛逛。雖然那教堂不是夫子廟，總也聊勝於無。

在南京，我們住著西洋式的房子，過著西式的耶誕節。每到雪花快要飄落的冬季，那家中大客廳的壁爐上面，自有哥哥姐姐給鋪上了白棉花造成雪景，也會跑出晶晶閃閃的小碎片被什麼人給撒在白雪上。當，耶誕樹頂上那一大顆銀色的伯利恆之星被懸掛了上去的時候，自會有人向我叫喊：「快，把襪子拿出來——掛在壁爐邊邊上，今天晚上聖誕老公公要來送禮物囉——」我從來不在這件事情上費過心，那種大家庭團聚在一起的時光，是我最不自由的證明——每一個人，每一個人都比我大，他們對我說話都是命令式的，包括——「乖——過來。跳一個舞給大家看。好。一二三——跳。」

在冬天下雪不能夠去院子裏玩的時候，我最愛最愛跑到樓下的書房中去。那是家中的辦公室，也是竹青叔寫公文的地方。而我們小孩子，一再被嚴重警告——不許進去玩的禁地。在那安靜極了的地方，我看見了至今仍然酷愛把玩的文房四寶。它們，就像那竹青叔叔，永遠一襲長袍，不說什麼話，而散發出一份文人雅士的清幽之氣——謂之風華。這我自小時候就喜歡上了的家中一角，卻是很少進去。大人很歡喜我去看耶誕樹並且讚嘆它，而我的愛物，卻是一只書房中的中國小瓷花缸。

瓷花缸比一只湯碗還小，裏面斜斜擱著一支比珍珠耳環還要細小的水勺，父親用這水勺淘水，放在大硯台中磨出墨來寫字。每當無人的午後，只要江媽不注意我，我就往書房中跑。進去了，先上椅子，再上桌子，趴在小瓷缸邊，一小匙一小匙的水往硯台凹處當心的倒下去，再拿起墨來，把自己弄成全身上下黑漆漆的時候，大概已經被捉了出來。

冬天的孩子被母親捉住，一定用棉袍把我們變成圓球，行動很不方便。兩隻手臂總是成為八字形，小腳也腫了起來——穿元寶鞋了。在這種包裹的季節裏，院子開始積雪，哥哥姐姐們打雪仗啦！他們放寒假，不必上學。在大雪紛飛的開始，家中大的孩子們——十七八九歲了，會等、等、等，等到他們說「好啦」的時候，積雪一定夠厚，厚到可以堆雪人了。哥哥們做出來的雪人老是咬著一支煙斗，那眼睛——是一圈圈葡萄乾給塞出來的。總是雪人一做好就開始打雪仗，平日不太理會我的那上面六個兄姐，在這種時候特別注意到跑不快的我，那種雪彈——啪——往我飛來的時候，只有給自己炸掉，哭都不好哭，不然就不給參加了。打中了還得合作倒地——叫做——死啦！

有一次，院子裏還在呼嘯開戰的當兒，我悄悄跑進了書房。那會子撞到了父親，他對我說：「不許碰東西。」父親離開了，我哪裏忍得住不爬上椅子去碰文具。還是那只放水的小花瓷缸，水面上露出小勺子來。我只輕輕一拿小勺子，那小水缸啪一下子碎開了，而水不流出來——它們結成了冰。我意識到自己闖了大禍，立即開溜，心跳得好快。不久之後，父親在樓梯間中將我找到了，把我帶進書房，輕輕問我：「這小水缸是不是妳弄破的？」我拚命搖頭。

那是我今生第一次不開口也說了謊，動機出於害怕。

那一次，沒有人打罵我，我被單獨留在書房中罰站。那竹青叔叔——不過二十多歲但是絕對不參加哥哥們遊戲、談話的他，悄悄走了進來，抱起了三歲零六個月的我，交給我一枝毛筆。

可以想見，四十年後，當竹青叔叔和我再度在故鄉舟山群島的碼頭上相見時，我狂喊著「竹青叔叔——」同時撲進他懷裏去時，那沉如三鼓，鏗然一葉，黯黯夢魂驚斷——在他和我的淚眼中，數十年光陰重疊鏡頭般，嘩嘩流轉成時空倒置的浮生幻境。

四十年前的樓下書房之外，在南京那幢大房子裏的二樓，還有一間圖書室。大人的書，給放在架子上面，兒童書籍被排在接近地板的地方。我常常躲在書架跟牆縫的角落裏看小人書——我沒有不識字的記憶而我還沒有上幼稚園。就在那個快樂天堂裏，我發現唯一的堂姐明珠，坐在床沿，生氣般的垂著頭，而三舅的一位男同學，正在向她下跪。那個圖書室大概也是明珠姐姐的睡房，不然哪來的一張單人床呢？

當時，是我先進去看書的，擠在凹進去的牆縫裏，他們兩個也進來了，而沒有發現我的存在。於是，男的向姐姐求愛。姐姐一看到那呆住了的我，一推跪著的人，自己就衝了出去，接著那個三舅的男同學也衝了出去。我的心，啪一下炸掉了，炸成好多好多雞心由空中再向自己的身上慢慢、慢慢飄落下來。那好幾天，我魂不能守舍，一直臉上發熱。我親眼看見了一件比耶穌基督、飛蛾更神秘的東西——愛情。就在南京的圖書室裏那個下跪男人的反光眼鏡裏。

也是在那一場好戲裏，我手中正拿著一本漫畫書——《三毛從軍記》。

四十年之後的初春，我下了中國民航，在大上海的夜裏，上了汽車往一個人直奔而去。我奔向歸鄉第一站中的第一個人——他——八十二歲——他——站在寂靜的衖堂中被兒女攙扶著迎接我——我——緊張得跑了起來，我們同時張開了手臂，我這天涯倦客，輕輕擁抱住了——三毛的創作者——張樂平大師。一時裏我哭了。方才知道，浮生如夢，只要還是眼底有淚，又何曾捨得夢覺。南京故居的那個愛看書的小孩子，再一度不知今夕何年。

當時，我又何曾明白，徐蚌會戰，山河易色——是什麼時代的轉換帶動了包括我們家族的變遷。只聽見，伯母告訴她的弟弟們：「你們這種樣子的言論，國民黨要來捉人了。」家中呈現了一份不尋常的緊張氣氛。不，那不是因為祖父阿爺的過世，那也是緊張的。全家大小突然在我身邊消失了好久好久，連姐姐弟弟都不見了。我跟著江媽，唱「春天裏呀百花香」。家人再出現時，母親逼我穿上一種白色的布鞋，我不肯穿上，母親指著牆角幽暗的地方對我說：

「妳不聽話，看，阿爺的鬼魂從那個地方冒出來捉妳。」我怕得不得了，就穿上了那雙白布鞋。那是我第一次又意識到，除了飛蛾——我可是看到的——耶穌基督、愛情之外，生命中還可以有另外一種看不見的東西，而這種東西叫做——鬼魂。可是哥哥的淚並不因為他怕鬼。

我從來沒有看見三堂哥哭過，他十多歲了，喜歡養蠶，而我很不喜歡這種涼涼軟軟的東西，牠們灰白的顏色也令人感到噁心。就有那麼一天，我爬到窗沿邊去玩，窗沿下放著一盤盤竹子編成的好大扁盤，盤子裏面數千條哥哥養的蠶。我一不當心，仰面跌倒下去，跌在那些蠶的身上，我一時爬不起來，那些未死的蠶開始爬到我身上來，在我尖聲狂叫的同時，哥哥趕來——發覺我壓死了他的數百條心肝寶貝——他哭了。

而上三段我正在說起並不知道南京家中緊張氣氛的來臨是為了什麼的時候，父親突然交給我好大一疊鈔票——真的金圓券——國民政府的鈔票，對我淡淡的說：「拿去玩吧——沒有用了。」那是一種比鬼魅更要令人不安的東西，看得見的，在我小小的手中，一大疊——鈔票，父親叫我拿去玩。在那同時，三堂哥把他視為第二生命的蠶寶寶，整盤整盤的給抖落到院子中的桑樹上去——他站在假山上把蠶往樹頂上倒，口裏說：「你們自己活命去吧，我不能再養你們了。」

我聽見明珠姐姐對大伯父說：「要走你們走，我要留下來念大學。」我聽見母親跟父親深夜裏商量——先帶妹妹走，還是先帶寶寶——寶寶是我的大弟。我看見箱子，大箱子由閣樓上被拖了下來。我看見地毯被捲了起來，我看見小趙、江媽、吳媽、蘭瑛日漸嚴肅的面容——

他們忙。我看見哥哥們理書包、丟書。我看見家中人來人往，我聽見姐姐的同學們向她說再見。我發覺母親不許我跟馬蹄子搶一隻玩具熊，她對我說：「妳不許搶，留下來給他，統統給他。」在這些這些不合一般生活秩序中最使我懼怕的卻是一種「分離的意識」：明珠姐姐要跟父親分開。舅舅們可能被一種力量捉去。母親在選擇弟弟和我。姐姐的小朋友不再一起上學。代表行動的箱子一口一口出現。哥哥寶愛的蠶要被倒在樹上。明明是紙鈔，父親給了我又說它沒有用。我們的書都不能再翻——叫我們放下。生活中每天一樣的日子不能夠再度出現。

我當時並不能明白，中國人的命運和那永不停止的戰爭，和小小的我有著什麼關係。而我所甚感知足的日子，為什麼要以離開，成為我長大的記憶。我以為，南京鼓樓的一切，就是我的全部；而我不是剛剛被送進鼓樓幼稚園通過了一場考試——在老師們面前唱歌跳舞，而被允許去做幼兒生了嗎？

沒有人向我解釋這一場變化。

我生命中第二次的遷移發生在南京火車站。當我被舉著放進車廂裏去時，我看見家中不可分離的江媽、小趙、大師傅、蘭瑛他們，拚命向車內的我們遞塞吃的東西，連平日不常吃到的香蕉都成串的往我們丟上來。他們緊緊拉住母親的手、姐姐的手、我的手。火車長鳴一聲——汽笛拉起了尖銳的聲音，車子慢慢開動了，雙方的手鍊不肯放開。人群中，車外送行的老家人，叫喊起來：「小妹——妹妹——快快回來——太太——三五個月——就快回來——我們當心看住房子——快去快回呀——不過又是一場逃難——」他們哭了，車速漸漸加快，我們被拉得快斷掉的手，啪一下鬆了。母親嘩一下撲倒在臥鋪上。我不敢出聲，看見母親那個樣子，我嚇得不能動彈。

我們就這樣離開了南京。

那是西元一九四九年底的冬天。

總有人來問我：「三毛我們要去大陸了，妳要什麼東西？」

我說：「請你心裏為我帶些雨花台的小石頭來，就很感謝了。」

聽的人說：「上半年妳隻身去了大陸，光是江蘇浙江就走了三十七天，難道沒有去南京嗎？」

我笑了笑，搖搖頭。

父親說：「對呀——妳這次回大陸怎麼沒有去南京看看呢？」

我說：「肯定碰到明珠姐姐，如果我去頭條巷。」母親駭了一跳，說：「明珠不是死在文化大革命了嗎？」「沒有。」我說：「假如我這次走進南京的老房子——我當然先向書房走去，人還正在花園裏呢，背後會有笑聲說——妹妹這一覺睡得好長，都黃昏了才起來。看——姐姐手裏什麼好東西，過來拿呀——」我說：「明珠姐姐就站在我背後假山上，手裏面捧著那同治年間粉彩小花水缸，笑著向我招手哪——」父親說：「妳又來嚇人了。」我說：「我可是被嚇了一跳，問說——明珠姐姐妳不是死在瀋陽的嗎？怎麼倒來嚇我？姐姐笑著說——妹妹可真是睡蒙過去了，盡說胡說——看，四歲多的娃娃了還不知道梳頭洗臉，不看江媽又要來數落妳了。」母親說：「好了，快吃飯，不要再做白日夢了。」「對啦！明珠姐姐也說——妹妹不過做了一場夢。什麼台灣歐洲非洲美洲的，不看哥哥姐姐都還在大學中學，妹妹到底怎麼環遊世界去了。都是牆外邊那面英國旗子飄啊飄的把妹妹夢裏飄零四十年——」

母親看了我一眼，把個電視遙控器輕輕一壓——民進黨正在演講，桌子拍得好大聲呀——那聲音淹沒了明珠姐姐的講話，我笑了起來。

我看見了，就在三百八十度電視機畫面中間的我，我正用自己的腳蹤，再度走向南京的故居，在那夕陽將盡的黃昏。我輕輕按鈴，站在門外等待。夜茫茫。讓我進去可不可以？我是以前這幢房子的住客。重尊無處——噯——一切的東西都縮小了尺寸。覺來小園行遍。讓我上去圖書室好嗎？——明珠姐姐——異時對——明珠姐姐妳在家嗎——燕子樓空——那怎麼連江媽也看不到了呢——好——當它是——來呀——三毛——古今如夢——我們在這梧桐樹下合拍一張照片好不好——對——用鎂光燈——笑呀——不要嘆氣嘛——一二三我們笑呀——看，這黃樓夜景多麼美麗——還有這秋天的月亮當頭照著——好了。快。拍好了就快走吧。車子在等。後天我們飛回台北就快快去沖底片了——

如果，我青石板的街道——噠噠的馬蹄——是個過客——不是不是歸人——我——不帶走一片雲彩——我——揮一揮手——我——走了——如果這也要參破成空——望斷成空故國成空心眼成空——那一個失去了夢的人，活得活不下去又活得活不下去——小姐可是南京人——大伯伯你我可是個中國人。

夜半逾城。

——敦煌記

印度悉達多太子十九歲時，有感人世生老病死各種痛苦，為了尋求解脫諸苦方法，決定捨棄王族生活，於一日夜間乘馬逾越迦毗羅衛城到深山修道。悉達多騎馬上，馭者車匿持扇隨行馬後。天人托著馬足飛奔騰空而去。空中飛天一迎面散花，一追逐前進。

——敦煌莫高窟 三七五窟 西壁龕南側壁畫故事

「那麼妳是後天早晨離開嗎？」父親說。

我說：「是。」

「好，祝妳旅途愉快了。」父親又說。

我謝了父母，回到自己溫暖的小樓來坐了一夜。天亮了，再靜坐到黃昏，然後慢慢走路去了父母家。

「咦，我們以為妳不再來了。等等嘛，我們看完這個電視劇。」父母說。我等了十數分鐘。坐了一會兒。

「那麼我走了。」我說。

「好，祝妳旅途愉快哦！」

「謝謝。」我輕輕說，再深深的看了父母一眼。

回家之後，將房子上上下下的塵埃全部清除，摸摸架上書籍、拍鬆所有彩色靠墊、全部音樂卡帶歸盒、屋頂花園施上肥料澆足水、瓦斯總門確定關好、寫了幾封信貼足郵資，這才打開衣櫃，將少數衣裳捲捲緊，放進大背包裏去。拿了一本書想帶著行路——《金剛經》，想想又不帶了。

離開家的清晨，是一個晴天，我關上房門之前，再看了一眼這繽紛的小屋，輕輕對它說：「再見了。我愛你。謝謝。」

當我親眼看見那成排的兵馬俑就立在我面前時，我的心跳得好快，夢境一般的恍惚感，再度成為漩渦，將我慢慢、慢慢、慢慢，捲進一種奇異的昏眩裏去。

去年在江南的時候，也是這個樣子。

這是我第二次歸去。

當國際旅行社的海濤在嘉峪關機場接到我的時候，我笑著跟他握手，彼此道了辛苦。

一路上舟車的確緊張，行色匆匆，總也不感覺人和天有著什麼關係，直到進入河西走廊，那壯闊的大西北方才展現了大地的氣勢。

車子到了嘉峪關的城關口，海濤說下來拍照，然後再上車開進去。

我沒有再上車，將東西全部丟在座位上，開始向那寸草不生的荒原奔去。

在那接近零度的空氣裏，生命又開始了它的悸動，靈魂甦醒的滋味，接近喜極而泣，又想尖叫起來。

很多年了，自從離開了撒哈拉沙漠之後，不再感覺自己是一個大地的孩子、蒼天的子民。很多人對我說：「心嘛，住在擠擠的台北市，心寬就好了呀。」我說：「沒有這種功力，對不起。」

海濤見我大步走向城牆，一不當心又跑了起來，跑過他身邊的時候，海濤說：「是太冷了嗎？」我說：「不是。很快樂。跑跑就會平靜下來的。」

站在萬里長城的城牆上。別人都在看牆，我仰頭望天。天地寬寬大大、厚厚實實的將我接納，風吹過來，吹掉了心中所有的捆綁。

我跑到無人的一個角落去，嗷——長嘯了一下，卻嚇到了躲在轉彎牆邊的一對情侶。我們三個人對視了幾秒鐘，我咯咯笑著往大巴士狂奔而去，沒有道歉。

趴在窗口等開車的時候，遠處那駐守的解放軍三三兩兩的正在追逐嬉耍——他們也在跑著玩。我笑了起來。

離開了嘉峪關，我的下一站是敦煌。

海濤說，休息吧，接著而來的七八小時車程全是戈壁——戈壁就是荒原的意思。荒原的變化是不多的，它的確枯燥——如果你不愛它。車上的人全都安靜了，我睜大著眼睛，不捨得放過那流逝在窗外的每一寸風景，腦海中那如同一塊狗啃骨頭形狀的地圖——中國甘肅省，又在意識裏浮現出來。

而我這一回，將這輛行走的巴士和我自己也放進想像的地圖中間去，一時裏，那種明顯的漩渦再度開始旋轉，我又不能控制的被捲進了某種不真實的夢境裏去。它，這一回摻雜進了那條〈大黃河〉的音樂曲調做為背景，鬼魅一般佔住了我全部的思緒。

雖然外邊起了大風暴，我還是悄悄推開了那麼一公分的窗框。為著擔心坐在我身後的人不喜歡，我回了一下頭。

我回過身來，將窗子砰一下關了起來，心裏驚駭到不能動彈：「怎麼會是他？」

我不敢再回頭，呆呆的對著窗外，我聽見有聲音在說：「原來妳在這兒。」

這原是兩個人的位子，卻是我一個人給坐了，當然是我自己在對自己說話。又有聲音說：「去年在姑蘇的時候，林妹妹先用一塊雪白的絲手帕託人在一場宴會裏悄悄送上，等到我上了那條運河從水道去杭州的時候，她左手戴了一隻空花的白手套出現在岸邊哭得死去活來的送別——」

我疑疑惑惑的再度回頭，又看見了那光頭的青年。我接觸到他那雙眼睛，我再度回過身來看著窗外那連綿到天邊的電線杆，又聽見自己在說同樣的話：「寶玉，原來你在這兒。」

這時，昏眩的感覺加重了，我對自己說：「不好了，今生被這本書迷得太厲害，這不是發瘋了吧？為什麼一到中國，看見的人全是它的聯想，包括大西北也扯上了寶玉和出家。」

我不敢再回頭，拿出噴水小壺來，往臉上噴了一些涼水。

一時裏我發覺我已經站在那個青年人的座位前。我們含笑望著彼此。我說：「你從哪裏來？」他說：「蘭州。」我說：「你到哪裏去？」他說：「敦煌。」我說：「你去敦煌做什麼？」他說：「我住在莫高窟。」我說：「你在莫高窟做什麼？」他說：「我臨摹壁畫。」

「你怎麼會臨摹？」

「我不知道。」

「學的？」我說。

「小時候就會了。」

我說：「我認識你。」他說：「我也認識妳。」

我笑說：「我是誰？」他說：「妳是三毛。」

我覺得疲倦如同潮水般的淹住了我，又有聲音在我心裏響起：「我以為，你會說，你認識我——因為我是你的三姐姐探春，不然、不然，好歹我當年也是你們大觀園裏的哪一個人——」

我又對他笑笑，我們就是微微的笑著。後來，我坐回了自己的位子，兩三小時，不再講話。

再回首的時候，那個青年拿手掌撐著面頰，斜躺在座位上。

一霎間，寶玉消失了。他不是。

「小兄弟，看你是一座涅槃像。」我笑說。

車裏的人聽我這麼說，都開始看他。他抿抿嘴，恬淡的笑容，如同一朵蓮花緩緩開放。

「你叫什麼名字？」我說。

「偉文。」

「一九六七年出生的。」我肯定的說，不是問句。

「對了。」

旁邊的一位乘客插進來說：「那請妳也看看我是哪一年生的。」我說：「沒有感應不行的。」笑指著偉文，又說：「他的生肖是——」我心裏想的超出了十二生肖，我心裏說：「他是蟾蜍。」

「我是青蛙。」偉文突然說。

我深深的看了偉文一眼，一笑，走了。

那個傍晚，我們抵達了敦煌市。

我將簡單的行李往旅館房間裏一丟，跑下樓去吃了一頓魂不守舍的晚飯，這就往街上走去。

海濤說：「今晚起大風，可惜沒得夜市了。三毛加件衣服，認好路回來。」

我說：「沒事。」這句沒事在大陸非常好用。

無星無月的夜晚，凜冽的風，吹颳著一排排沒有葉子的白楊樹，街上空空盪盪，偶爾幾輛腳踏車靜悄悄滑過身邊、行人匆匆趕路、商店敞開著、沒有顧客，廣場中心一座「飛天」雕像好似正要破空而去。

我大步在街道上行走，走到後來忍不住跑到街道中間去試走了一段——沒有來車，整條長長的路，屬於我一個人。我覺得很不習慣，又自動回到人行道上來。另一個旅者，背著他的背包，戴著口罩與我擦肩而過。這時我看見有旅舍外邊寫著：「住宿三元」。

一時裏，我的思緒又把正在走路的自己，給夾進了那幾本放在台北家中書架上的《敦煌宗教藝術》的書籍裏去混成一團。天是那麼的寒冷，我被凍在一種冷冷的清醒裏面。

這時候經過一家大商場，想起來這一路過來都是用手指梳頭的，進去買一把梳子倒也很好。我一個一個的櫃檯看過去，對於那些鄉土氣息的大花搪瓷杯碗起了愛戀之心，可是沒有碰觸它們。付完了梳子錢，我說：「同志，妳沒有找我錢。」那位同志叫喊起來：「我明明找給妳了。」我打開腰包再看，零錢就在裏面。那時候，隔壁一個櫃檯在放錄音帶，他們把擴音機放得震天價響，我聽見羅大佑的〈戀曲一九九〇〉在大西北之夜裏惆惆悵悵的唱著——或許明日太陽西下倦鳥已歸時，你將已經踏上舊時的歸途——一幅巨大的標語在路燈下高懸——「效法雷鋒精神」。

我進入了另一種時空混亂的恍惚和不能明白，夢，又開始嘩嘩的慢慢旋轉起來。就在那個郵箱的旁邊，我又看到了他。

「偉文。」我說，「今天是一九八九年幾月幾日？」

偉文看著我手中拿著的小錄音機，輕輕搖頭說：「三毛。妳怎麼了？」

我哦了一聲，沒有做什麼解釋，笑起來了。

偉文和我完全沉默的開始大街小巷的走著。風，在這個無聲的城市裏流浪，夜是如此的荒涼，我好似正被刀片輕輕割著，一刀一刀帶些微疼的劃過心頭，我知道這開始了另一種愛情——對於大西北的土地，這片沒有花朵的荒原。

親愛的朋友，我走了。

當我在敦煌莫高窟面對「飛天」的時候，會想念你。謝謝多年來真摯的友情。再見的時候，我將不再是以前的我了。

愛你的朋友三毛

離開台灣之前，我把三五封這樣的信件，投進了郵箱，又附上一九九〇年四月四日拍攝的照片，清楚註明日期，然後走進了候機室。

一路上，其實不很在意經過了什麼地方又什麼地方，只有在蘭州飄雪的深夜裏看到黃河的時候，心裏喊了她一聲母親。那一夜我沒有闔過眼。

敦煌的夜晚，在旅館客廳裏跟海濤、偉文，一些又加進來的國內朋友坐了一會兒。我變得沉靜，海濤幾次目示我，悄悄對我說：「三毛，去睡。」我歉然的站起來道了晚安，偉文叫住我，舉起了我遺落在沙發上的小背包，我笑著搖搖頭說：「不行，太累了。」

其實我正在緊張。潛意識裏相當的緊張。

明天，就是面對莫高窟那些千年洞穴和壁畫的日子。

我的生命，走到這裏，已經接近盡頭。不知道日後還有什麼權利要求更多。

那一夜，我獨自在房間裏，對著一件全新的毛線衣——石綠色，那種壁畫上的綠，靜靜的發愣。天，就這麼亮了。

我又看見了海濤和偉文，在升起朝陽的清晨。

「早上好。」我笑著打招呼。

「妳完全變了一個人。」偉文說。

我笑著掠了一下梳洗清潔的頭髮，豎豎外套的領子，說：「過了今天，還會再有更大的變化。」

那時候廣場上有人陸陸續續上來請求一起拍照。我把海濤一拉，說：「來，我們來拍照。」我將他拉開了人群，小聲說：「海濤，我要跟你打商量，今天，是我的大日子，一會兒這一車的人到了莫高窟，你負責他們參觀的事情，我會一下子就不見了。你不要找我也不要擔心我不回市區裏來吃中飯。到了黃昏，我自會找到你的車子回來。放心。」

這時候三五個人過來問我：「三毛，兵馬俑和莫高窟比起來妳怎麼想呢？」

我說：「古蹟屬於主觀的喜愛，不必比的。嚴格說來，我認為，那是帝王的兵馬俑，這是民間的莫高窟。前者是個人欲望和野心的完成，後者滿含著人類對於蒼天謙卑的祈福、許願和感恩。敦煌莫高窟連綿興建了接近一千年，自從前秦苻堅建元二年，也就是西元三六六年開始——」

我突然發覺在聽我講話的全是甘肅本地人，這一下紅了臉，停住了。

其實，講的都是歷史和道理。那真正的神秘感應，不在莫高窟，自己本身靈魂深處的密碼，才是開啟它的鑰匙。

在我們往敦煌市東南方鳴沙山東面斷崖上的莫高窟開去時，我悄悄對偉文說：「你得幫我了，偉文，你是敦煌研究所裏的人。待會兒，我要一個人進洞子，我要安安靜靜的留在洞子裏，並不敢指定要哪幾個窟。我只求你把我跟參觀的人隔開，我沒有功力混在人群裏面對壁畫和彩塑，還沒有完全走到這一步。求求你了——」

「今天，對我是一個很重要的日子。」我又說。

當那莫高窟連綿的洞穴出現在車窗玻璃上時，一陣眼熱，哭了。

海濤宣佈停車照相的時候，我站在結冰的河岸邊、白楊樹林的枯枝下，舉起相機拍了的——不是那些洞穴。

當那西北姑娘，研究所裏工作的小馬——馬育紅，為我把第一扇洞穴的門輕輕打開時，我遲疑了幾秒鐘。「要我為妳講解嗎？」小馬親切的問。「我持續看過很多年有關莫高窟的書，還有圖片。」我說。偉文拉了她一下。我慢慢走進去，把門和陽光都關在外面了。

我靜靜站在黑暗中。我深呼吸，再呼吸、再呼吸——

我打開了手電棒，昏黃的光圈下，出現了環繞七佛的飛天、舞樂、天龍八部、脅侍眷屬。我看到了畫中燈火輝煌、歌舞蹁躚、繁華昇平、管弦絲竹、寶池蕩漾——壁畫開始流轉起來，視線裏出現了另一組好比幻燈片打在牆上的交疊畫面——一個穿著綠色學生制服的女孩正坐在床沿自殺，她左腕和睡袍上的鮮血疊到壁畫上的人身上去——那個少女一直長大一直長大並沒有死。她的一生電影一般在牆上流過，緊緊交纏在畫中那個繁花似錦的世界中，最後它們流到我身上來，滿佈了我白色的外套。

我嚇得熄了光。

「我沒有病。」我對自己說，「心理學的書上講過：人，碰到極大衝擊的時候，很自然的會把自己的一生，從頭算起——在這世界上，當我面對這巨大而神秘——屬於我的生命密碼時，這種強烈反應是自然的。」

我仆伏在彌勒菩薩巨大的塑像前，對菩薩說：「敦煌百姓在古老的傳說和信仰裏，認為，只有住在兜率天宮裏的祢——『下生人間』，天下才能太平。是不是？」

我仰望菩薩的面容，用不著手電筒了，菩薩臉上大放光明燦爛，眼神無比慈愛，我感應到菩薩將左手移到我的頭上來輕輕撫過。

菩薩微笑，問：「妳哭什麼？」

我說：「苦海無邊。」

菩薩又說：「妳悟了嗎？」

我不能回答，一時間熱淚狂流出來。

我在彌勒菩薩的腳下哀哀痛哭不肯起身。

又聽見說：「不肯走，就來吧。」

我說：「好。」

這時候，心裏的塵埃被沖洗得乾乾淨淨，我跪在光光亮亮的洞裏，再沒有了激動的情緒。

多久的時間過去了，我不知道。

「請菩薩安排，感動研究所，讓我留下來做一個掃洞子的人。」我說。

菩薩嘆了口氣：「不在這裏。妳去人群裏再過過，不要拒絕他們。放心放心，再有妳回來的時候。」

我又趺坐了一會兒。

菩薩說：「來了就好。現在去吧。」

我和小馬、偉文站在欄杆邊邊上說著閒話，三個人，透著一片親愛祥和。

「偉文，為什麼我看過的這些洞子裏，只有那尊彌勒菩薩的洞頂開了天窗，這樣不是風化得更快了嗎？菩薩的臉又為什麼只有這一尊是白瓷燒的呢？」

偉文說：「沒有天窗。不是瓷的。」

「可是我明明沒有舉手電棒，那時候根本是小馬在外邊替我拿著電棒的。有明顯的強光直射下來，看得清清楚楚。」我說。

偉文看著我，說：「我不知道。」

我一掉頭，開始去追其他的參觀者，我攔住一個，問他彌勒菩薩是什麼樣子，我聽了不相信，又攔住了兩個人追問。他們一致說：「太高了，裏邊暗暗的，看不清楚什麼。」

我腿軟，坐了下來，不能夠講一句話。

一群人等在欄杆外大樹下，叫喊：「三毛，下來讓我們合照呀——」

偉文說：「可以繞這邊走，再躲一下。累不累？」

我說：「不累。不讓人久等，我們過去吧。」

當我在空無一人的柏油路面上踩著白楊樹影行走的時候，海濤帶隊的大巴士由後面開過來，突然煞車了。台灣同胞蔡健夫從車上雙手遞下來兩本由他助印的經書，說：「三毛，前人藏經在莫高窟，我們要把這份工作再延續下去，接好了，妳一會兒代表交給敦煌研究所了。」

我在陽光下打開了一本大紅封面的經書，赫然發現那一段正在發願，願在來生一願如何、二願如何、三願如何……我看到書中第八願的時候，偉文匆匆跑上來，我將經書一合。

偉文說：「走了，去我們所裏吃中飯。」

我笑說：「噯。」

那一路，我對自己說，這又是一次再生的靈魂了，不必等待那肉身的消亡。那第九個願其實我已看到了半段，偉文恰好上來將我阻住，那麼就在今生自自然然去實踐前面的幾個發願心也是好的。

跟偉文在食堂裏吃過了中飯，研究所裏的女孩子們請我去她們宿舍裏去坐坐，我滿含感激的答應了。

往宿舍去的小路上，一個工作人員跑上來攔住了我，好大聲的說：「三毛，我得謝謝妳，當初我媳婦兒嫌我收入不高又在這麼遠離人煙的地方工作，不肯答應我的求婚，後來她看了妳的書，受到了感動，就嫁給我了。現在呀，胖兒子都有了，謝謝妳大媒。」

我握住這個人的雙手，眼裏充滿了笑意。

「遠離人煙嗎？真的。就我們所裏這一百多人住在這裏。一星期嘛，有車進一次城。冬天遊客不來了，更是安靜。」一個會講德語的女孩子說，她是接待員。

「想離開嗎？」我靠在床上問她們。

「想過。真走到外邊兒去，又想回來。這是魔鬼窟哦——愛它又恨它，就是離不開它。」

「有沒有講西班牙文的接待員？」我問。

「什麼文都有，就少西班牙文人才。」

我心跳得好快。把手去揉胸口。

「累了？三毛睡一下。」

我搖搖頭，說：「明天要去吐魯番了。捨不得。」

女孩子們說：「那就留下來了。」

我把衣袖蒙住了眼睛，說：「來了就好。現在得去。沒有辦法。」

黃昏了，我們在莫高窟外面大泉河畔那成千的白楊樹林裏慢慢的走，偉文不說什麼話，包括下午我們再進了一個洞，爬架子，爬到高台上去看他的臨摹，他都不大講話。我們實在不必說什麼，感應就好了。

「那邊一個山坡，我們爬上去。」偉文說。

我其實累了，可是想：偉文不可能不明白我身體的狀況，他想帶我去的地方，必然是有著含意的。

我們一步一步往那黃土高地上走去，夕陽照著坡上坐著的三個藍衣老婆婆，她們口中吟唱著反覆而平常的調子：「南無阿彌陀佛——南無阿彌陀佛——南無阿彌陀佛——」一面唱著一面用手拍打著膝蓋，那梵音，在風中陪著我一步一步上升。經過老太太們時，偉文說：「距離這裏四十公里的地方，有一座佛寺，老太太們背著麵粉口袋，走路去，要好幾天才回得來，她們在寺裏自己和麵吃。」我聽著聽著，就聽見好像是老太太在說：「好了、好了。來了、來了。」

山坡的頂上，三座荒墳。那望下去啊——沙漠瀚海終於如詩如畫如泣如訴一般的在我腳下展開，直到天的終極。

我說：「哦——回家了。就是這裏了。」

偉文指指三座沙堆做成的墳，只用土磚平壓著四周的墳，說：「這是貢獻了一生給莫高窟的老先生們，他們生，在研究所裏，死了也不回原籍，在這裏睡下了。」又說：「清明節剛過，我們來給他們上墳呢！」

一個被風弄破了的紙花圈，在涼涼的大氣裏啪啪的吹打著。明亮的大紅、橘黃、雪白是這片沙地上特別寂寞的顏色。

「偉文，你也留在這裏一輩子？」我說。

「噯。」

「臨摹下來的壁畫怎麼保存呢？」

「庫存起來。有一天，洞子被風化了，還有我們的紀錄。」

「喜歡這個工作嗎？」

「愛。」

「上洞子多少年了？」

「五年。」

「將來你也睡在這兒？」

「是。」

夕陽染紅了這一大片無邊無際的沙漠，我對偉文說：「要是有那麼一天，我活著不能回來，灰也是要回來的。偉文，記住了，這也是我埋骨的地方，到時候你得幫幫忙。」

「不管妳怎麼回來，我都一樣等妳。」

「好，是時候了。」我站起來，再看了一眼那片我心的歸宿，說：「你陪我搭車回敦煌市去了。」

「小馬，再見了。莫高窟的一扇扇門，是妳親手為我打開。我會永遠記得感激妳。」我緊緊的擁抱著小馬。一撒手，大步走去，不敢回頭。

海濤問我這莫高窟的一日過得如何，我點點頭，一笑，上車了。

偉文一路跟車子送到敦煌市，他手裏一個袋子也沒有的，捲著一團布，也不知做什麼。

我跑回敦煌市的旅館裏，快快脫下了那件V字領的毛線衣，放在一個小包包裏面。

「偉文，快，今晚有夜市，我們去坐露天茶館吃小攤子。」我接近歡悅的叫喊起來。

「吃攤子嗎？」

「不然呢？吃飯店多麼辜負了地方風味。」

我半躺在露天茶座上，用厚外套蓋住自己。今天沒有風暴，滿街的人們，不擠的一種活潑，將這敦煌襯得另是一番流麗風情。

夜來了，我得回旅館。而我實在捨不得。

「你是從壁畫上下來接我的對不對？」我又問一遍偉文。

他開玩笑的說：「是。」

「不過，你不是佛，你是一種——嗯——弟子。這是我的感覺。」

偉文指指乍一下亮起來的霓虹燈，說：「看燈。」

「哦，很好看。」我讚嘆著人間燈火，受到了很真切的感覺。而那廣場中間白色的塑雕「飛天」依舊舞出了她那飛上天去的姿勢。

「這不過是塑像罷了，真的她，早就飛來飛去了。」

我指指廣場中心，向偉文笑笑。

這時，台灣來的同胞向我叫過來——他們也在街上，「三毛，我們去跳舞，來嘛來嘛——我們去跳DISCO，嘢嘢嘢——」一個寶貝蹲在我座位旁邊扭來扭去。

我笑著把他們揮揮走，親愛的啪一下輕打了那個台灣青年的頭。整條街上又飽滿了這樣在唱著的歌——輕飄飄的舊時光就這麼溜走，轉頭回去看看時已匆匆數年，蒼茫茫的天涯路是妳的飄泊……

我仍舊在想為什麼那個彌勒大佛在我眼中變成白瓷面孔？又在想那照明給我看的光束為何別人都沒有看見的問題。側過去看看偉文，他手裏捲著的那包布料輕描淡寫的遞了過來。我突然發覺偉文像極了他正在臨摹壁畫的洞子——那位站在南無本師釋迦牟尼佛身邊的大弟子——阿難。

「這是我很愛的一件衣服，還有一本有關敦煌的書、幾套敦煌壁畫的明信片，妳帶去了做個紀念。」偉文說。

我慢慢打開了那塊灰色的布料——一件小和尚的僧衣，對襟開的，在我手裏展開。

「我喜歡。謝謝你。」

我的手撫過柔軟棉布的質地，抬眼看了一下穹蒼，天邊幾顆小星星疏疏落落的掛了上來。

「明天我要走了。」我輕輕說。

「噯。」

「以後的路，一時也不能說。」我說，「我們留地址嗎？」

「都一樣。」偉文說。

「我也是這麼想。」我又說，「我看一本書上說，我們甘肅省有一種世界上唯一的特產，叫做『苦水玫瑰』，它的抗逆性特別強韌，香氣也飽含馥郁，你回去，告訴所裏的女孩子，她們就是。」

「知道了。」

「年紀輕輕的，天天在洞子裏邊面壁，偉文，我叫做——這是你的事業，不是企業，我們知道做事情和賺錢有時候是兩回事的，對不對？」我說。

「我也是這麼看法。」

「謝謝你們為敦煌所做的事情。也謝謝你給我這兩天的日子。」

「沒事。」

「我給你講個故事，就散了。」我開始說：「很久以前，一個法國飛機師駕著飛機，因為故障，迫降在撒哈拉沙漠裏去。頭一天晚上，飛機師比一個飄流在大海木筏上面的遇難者還要孤單。當天剛破曉的時候，他被一種奇異的小孩聲音叫醒，那聲音說——請你……給我畫一隻綿羊……」

偉文很專心很專心的聽起《小王子》的故事來。

「很多年以後，如果你偶爾想起了消失的我，我也偶然想起了你，偉文，我們去看星星。你會發現滿天的星星都在向你笑，好像鈴鐺一樣。」

「噯。」

「記住我選的地方了？那個瞭望沙漠的小坡？」

「記得。」

我們在一個十字路口站住了，旅館在我的背後。我拿出放著綠色毛衣的口袋來，緊了一緊

偉文送給我的衣服。

「偉文，恰好我要給你的紀念，也是一件衣服。現在我把我的顏色，親手交給你了。」

「好，我收下。」

天是那麼的黑，因為沒有月亮。

我看見偉文的一雙眼睛，寒星一樣看住了憔悴的我。

我知道，我們再也不會也不必連絡了。

我再看了偉文最後一眼，他的身後，那DISCO的霓虹燈和「飛天」同時存在著，一前一後。

「那麼我走了。」我說。

「嗳。」偉文抿了抿嘴唇，重重的點了一下頭。

我轉身，慢慢、慢慢往天邊的幾顆星星走上去，口袋裏那把旅館鑰匙，被我輕輕握在掌心中。

三毛一生大事記。

- 本名陳平，浙江定海人，一九四三年三月二十六日（農曆二月二十一日）生於四川重慶。
- 幼年期的三毛即顯現對書本的愛好，小學五年級時就在看《紅樓夢》。初中時幾乎看遍了市面上的世界名著。
- 初二那年休學，由父母親自悉心教導，在詩詞古文、英文方面，打下深厚的基礎。並先後跟隨顧福生、邵幼軒兩位畫家習畫。
- 一九六四年，得到文化大學創辦人張其昀先生的特許，到該校哲學系當旁聽生，課業成績優異。
- 一九六七年再次休學，隻身遠赴西班牙。在三年之間，前後就讀西班牙馬德里大學、德國哥德書院，在美國伊利諾大學法學圖書館工作。對她的人生歷練和語文進修上有很大的助益。
- 一九七〇年回國，受張其昀先生之邀聘，在文大德文系、哲學系任教。後因未婚夫猝逝，她在哀痛之餘，再次離台，又到西班牙。與苦戀她六年的荷西重逢。
- 一九七四年，於西屬撒哈拉沙漠的當地法院，與荷西公證結婚。
- 在沙漠時期的生活，激發她潛藏的寫作才華，並受當時擔任聯合報主編平鑫濤先生的鼓勵，作品源源不斷，並且開始結集出書。第一部作品《撒哈拉的故事》在一九七六年五月出版。

● 一九七九年九月三十日，夫婿荷西因潛水意外事件喪生，三毛在父母扶持下，回到台灣。

● 一九八一年，三毛決定結束流浪異國十四年的生活，在國內定居。

● 同年十一月，聯合報特別贊助她往中南美洲旅行半年，回來後寫成《千山萬水走遍》，並作環島演講。

● 之後，三毛任教文化大學文藝組，教〈小說創作〉、〈散文習作〉兩門課程，深受學生喜愛。

● 一九八四年，因健康關係，辭卸教職，而以寫作、演講為生活重心。

● 一九八九年四月首次回大陸家鄉，發現自己的作品，在大陸也擁有許多的讀者。並專誠拜訪以漫畫《三毛流浪記》馳名的張樂平先生，一償夙願。

● 一九九〇年從事劇本寫作，完成她第一部中文劇本，也是她最後一部作品《滾滾紅塵》。

● 一九九一年一月四日清晨去世，享年四十八歲。

● 二〇〇〇年七月三毛遺物入藏國立文化資產保存研究中心籌備處。現址為台南市中西區中正路一號國立台灣文學館。

● 二〇〇〇年十二月在浙江定海成立三毛紀念館，由杭州大學旅遊研究所教授傅文偉夫婦籌劃。

● 二〇一〇年《三毛典藏》新版由皇冠出版。

● 二〇一六年十月二十六日三毛作品《撒哈拉歲月》西班牙版與加泰隆尼亞版，於西班牙出版。

● 二〇一六年十二月二十日國立台灣文學館出版《台灣現當代作家研究資料彙編．89．三毛》。

● 二〇一六年至二〇二〇年三毛書出版九國不同翻譯版本。
● 二〇一七年四月二十日中國大陸浙江省舉辦「三毛散文獎」決選及頒獎典禮。
● 二〇一九年美國《紐約時報》（New York Times）推文介紹這位被遺忘的作家三毛，同年Google於三月二十八日選取三毛為華人婦女代表。
● 二〇二一年《三毛典藏》逝世30週年紀念版由皇冠出版。

國家圖書館出版品預行編目資料

奔走在日光大道 / 三毛作．-- 二版．-- 臺北市：皇冠，2021.09；面； 公分．--（皇冠叢書；第 4974 種）(三毛典藏；08)
ISBN 978-957-33-3757-7(平裝)

755.09　　110010482

皇冠叢書第4974種
三毛典藏 8

奔走在日光大道

作　　者—三毛
發 行 人—平雲
出版發行—皇冠文化出版有限公司
台北市敦化北路120巷50號
電話◎02-27168888
郵撥帳號◎15261516號
皇冠出版社(香港)有限公司
香港銅鑼灣道180號百樂商業中心
19字樓1903室
電話◎2529-1778　傳真◎2527-0904
總 編 輯—許婷婷
責任編輯—黃雅群
美術設計—嚴昱琳
著作完成日期—1985年
二版一刷日期—2021年9月
二版二刷日期—2023年5月
法律顧問—王惠光律師

讀者服務傳真專線◎02-27150507
電腦編號◎003208
ISBN◎978-957-33-3757-7
Printed in Taiwan
本書定價◎新台幣380元/港幣127元